1941 Liebe in herzlosen Zeiten

Nach einer betriebswirtschaftlichen Ausbildung arbeitete Margrit Cantieni im kulturellen, sozialen und gewerblichen Bereich. 2009 gründete sie den Cancas Verlag, der sich auf Bücher mit Bezug zu Mittelbünden spezialisiert und in dem sie auch eigene Werke veröffentlicht. Ihr Debütroman «Nicht von hier» erschien 2020. Margrit Cantieni ist verheiratet und lebt in Chur.

Dieses Buch ist ein Roman. Die Personen sind frei erfunden. Nur General Bronisław Prugar, Abschnittskommandant Paul Engi und der Kommandant der Strafanstalt Wauwilermoos existierten wirklich. Die Handlung basiert auf einem historischen Hintergrund.

MARGRIT CANTIENI

1941
Liebe in herzlosen Zeiten

ROMAN

emons:

Bibliografische Information der Deutschen Nationalbibliothek
Die Deutsche Nationalbibliothek verzeichnet diese Publikation in der Deutschen Nationalbibliografie; detaillierte bibliografische Daten sind im Internet über http://dnb.d-nb.de abrufbar.

FSC www.fsc.org
MIX
Papier aus verantwortungsvollen Quellen
FSC® C014496

Umschlaggestaltung: Nina Schäfer, unter Verwendung der Bildmotive stock.abobe.com/nicolaskostja, arcangel.com/Collaboration JS
Gestaltung Innenteil: DÜDE Satz und Grafik, Odenthal
Lektorat: Irène Kost, Biel/Bienne, Schweiz
Druck und Bindung: GGP Media GmbH, Pößneck
Printed in Germany 2023
ISBN 978-3-7408-1786-2
Roman
Originalausgabe

Ist es denn irgendwie schlimm,
Wenn zwei Menschen, die sich leiden
Können, ohne Wort, ohne Nimm
Und ohne Gib
Bald wieder voneinander scheiden?
«Den oder die habe ich lieb.»

Joachim Ringelnatz (1883–1934)

Prolog

Langsam glitten die Finger über das Geländer. Als der Zeigefinger einen Holzsplitter erspürte, der nadelspitz hervorstand, hielt die Hand kurz inne. Der Finger tastete über die Spitze, drückte sie, widerstand dem Schmerz, verstärkte den Druck, liess den Einstich zu. Der Daumen verrieb den winzigen Blutstropfen auf der Fingerbeere. Dann wanderte die Hand weiter bis zur Mitte des Geländers. Dort blieb sie stehen.

Der Fluss trug Baumstämme mit sich. Wenn einer davon den Kopf träfe, würde man sicher ohnmächtig und still in den Fluten versinken. Man hätte Ruhe vor dieser Zerrissenheit in der Seele, vor der Angst, dieser übergrossen Verantwortung nicht gerecht zu werden und die Liebsten unglücklich zu machen.

Was blieb dem Menschen ohne Heimat? Was blieb, wenn man entwurzelt wurde?

Es war leicht, das Geländer zu übersteigen, die Augen zu schliessen und loszulassen.

Wie viel durfte der geliebte Mensch von einem verlangen?

Teil 1

1

Sofia riss ungehalten die Haustüre auf. Seit über einer Stunde hockte sie trotz wunderschönen Augustwetters in ihrem Zimmer und suchte sich einen Weg durch verwirrende algebraische Gleichungen. Das Ergebnis war greifbar nahe. Sie musste es nur noch einfangen wie einen vor der Nase tanzenden Schmetterling. Doch dann hatte es geklingelt, schrill und scharf. Der Schmetterling flog davon und mit ihm die Inspiration.

«Was ist?», raunzte sie, noch bevor sie die Türe ganz geöffnet hatte, in einem Ton, der ihr selbst fremd vorkam.

Heitere Augen, deren Braun die gleiche Farbe hatte wie die Kaffeebohnen, die sie jeden Morgen mahlte, blickten sie an. Der junge Mann trug eine hellbraune Uniform und streckte ihr wie eine Opfergabe drei Spazierstöcke auf den offenen Handflächen und den Unterarmen entgegen. Sein Lächeln entblösste ebenmässige Zähne.

«Guten Tag, gnädiges Fräulein», sagte er und verneigte sich leicht. «Ich hoffe, ich störe nicht.» Sein Deutsch hatte einen seltsamen Akzent.

«Nein, nein», log sie hastig. Die Algebra war plötzlich weit weg, ihr Unmut wie durch Zauberhand verschwunden. Sie schämte sich wegen ihres barschen Auftretens. «Guten Tag», beeilte sie sich hinzuzufügen.

Der junge Mann war nur wenig grösser als sie. Der oberste Knopf seiner Uniformjacke war offen und liess die schwarze Krawatte sehen. Die Hosen plusterten sich durch die Wadenbinden unterhalb des Knies wie bei Knickerbockern auf, was Sofia etwas albern fand. Auf dem rechten Oberarm war ein rotes, zweifingerbreites Stoffteil mit der weissen Aufschrift «Poland» angebracht.

«Gefallen Ihnen meine Spazierstöcke? Ich habe sie selbst geschnitzt.» Die hoch liegenden Brauen verliehen seinem runden Gesicht einen erstaunten Ausdruck. Das schwarze Béret sass schief auf dem Kopf, was ihm etwas Verwegenes gab.

Sofia musterte die Stöcke unsicher. Sie waren mit Tieren und Blumenornamenten, Schlangenlinien und efeuähnlichem Blattwerk verziert. Einer hatte einen Handgriff in Form eines schmalen Fisches mit Schuppen, ein anderer sah aus wie ein Pickel zum Bergsteigen, nur viel feiner.

«Sie sind ganz billig, nur zwanzig Rappen. Und sie halten ein ganzes Leben lang.»

«Ach, wie langweilig», entfuhr es ihr.

Die Augenbrauen des jungen Mannes schoben sich noch weiter nach oben. «Langweilig?», fragte er.

«Ja, langweilig. Wer will schon ein Leben lang den gleichen Spazierstock benutzen. Das ist doch langweilig. Dann kann man sich nie einen neuen gönnen. Zwei Stöcke wären einer zu viel.»

Er lachte hell auf. «Das habe ich mir noch nie überlegt. Aber vielleicht lässt man mal einen im Zug liegen oder schenkt ihn weiter an den Grossvater oder die Tante. Als Erinnerung.»

«Oder man verfeuert ihn im Winter, wenn man zu wenig Holz hat.»

«Das wäre ein schlimmes Schicksal für meine Spazierstöcke. Das hätten sie nicht verdient.»

Grinsend blickten sie einander an. Sofias Herz pochte stärker als sonst.

«Oder er wird gestohlen, weil er so schön ist. Schöne Dinge werden oft gestohlen», sagte er.

Sofia erwiderte rasch und bestimmt: «Bei uns im Dorf wird nichts gestohlen. Da kann man alles stehen und liegen lassen, wo man will. Am nächsten Morgen ist alles noch da.»

Sein Lächeln wurde schwächer.

«Ja, bei uns im Dorf in Polen konnten wir die Türen auch unverschlossen lassen. Bis die fremden Soldaten kamen.» Er stellte die Stöcke auf den Boden. Die Spitzen verursachten beim Auftreffen auf den Kies feine helle Töne.

«Jetzt sind Sie selbst ein fremder Soldat. – Muss ich nun meine Haustüre abschliessen?» Sie hatte es als Scherz gemeint, um ihn wieder aufzumuntern. Doch tatsächlich hatte sie im Dorf schon Bemerkungen gehört, dass man derzeit vorsichtiger sein müsse wegen der vielen Internierten im Lager.

«Nein, das müssen Sie nicht. Wir Polen wollen niemandes Land stehlen. Wir sind den Schweizern dankbar, dass sie uns aufgenommen haben. Wissen Sie, schönes Fräulein, was meine Grossmutter immer sagt?» Seine Augen funkelten. «Sie sagt, dass selbst der heiligste Mensch einmal in seinem Leben gestohlen hat. Und sei es nur jemandes Zeit.»

Seine Fröhlichkeit war wieder da.

«Ich heisse Marek. Und jetzt, da Sie meinen Namen kennen, bin ich Ihnen auch nicht mehr fremd, nicht wahr? Ich bin dort unten im Lager untergebracht, auf der anderen Seite des Flusses.»

Er zeigte mit dem Arm die Strasse hinunter zum Hinterrhein, obwohl das nicht nötig war. Alle im Dorf wussten, wo das Lager war. Es lag unübersehbar auf halbem Weg zwischen Rodels nach Cazis, gegenüber dem kleinen Bahnhof. Fast hundert Polen waren dort untergebracht. Es kämen noch mehr, hiess es im Dorf. Für bis dreihundert Männer gäbe es Platz.

Einen Moment schwiegen beide.

Unter halb gesenkten Lidern musterte Sofia den jungen Mann, der unschlüssig seine Spazierstöcke betrachtete. «Ich kann Ihnen leider nichts abkaufen. Ich habe kein Geld, und mein Vater ist nicht da.»

Josef Caderas war ins Wirtshaus gegangen. Heute brauchte er ein Bier mit Freunden, um seinen Ärger über die Geländegewinne der deutschen Wehrmacht in Russland hinunterzuspülen, hatte er gesagt.

«Und Ihre Mutter?»

«Meine Mutter ist tot.»

Mareks Lächeln verschwand schlagartig, als hätte ihn ein Blitz getroffen. «Wie schrecklich», stammelte er. «Das tut mir so leid, gnädiges Fräulein. Die Mutter ist das Herz der Familie. Ihre Seele. Ihr Mittelpunkt.»

Über seine Augen hatte sich ein Schleier gelegt. Sofia fand seine Reaktion übertrieben. Schliesslich kannten sie sich gerade mal seit fünf Minuten. Da war so viel Mitgefühl fehl am Platz.

«Sie ist schon vor über elf Jahren gestorben. Als ich sieben war.»

Ihre Erklärung änderte wenig an seinem Gesichtsausdruck.

«Die Mutter zu verlieren, das ist so schlimm. Wenn ich mir vorstelle, dass meine Mama sterben würde. Mein Herz würde aufhören zu schlagen.»

«Dann könnten Sie keine Spazierstöcke mehr schnitzen.» Sofia lächelte leicht. Die Bemerkung war etwas grob, doch sie wollte kein Mitleid. Den Tod ihrer Mutter hatte sie schon lange überwunden. Sie war zufrieden mit ihrem Leben, hatte es gut mit ihrem Vater. Manchmal hätte sie gerne eine Schwester gehabt, mit der sie abends im Bett über hübsche Unterwäsche, über die monatlichen Beschwerden oder über Nagellack und Lippenstift reden könnte.

Marek schien etwas irritiert, bevor sich seine Züge entspannten. «Darf ich Sie nach Ihrem Namen fragen?»

Sie zögerte. Weshalb sollte sie einem polnischen Soldaten ihren Namen verraten? Nur weil er den seinen genannt hatte, musste sie das noch lange nicht. Dann flutschte er ihr heraus wie ein Stück Seife, das man festhalten will und einem doch aus den Händen gleitet. «Sofia.»

«Sofia. Was für ein wunderbarer Name für ein wunderschönes Fräulein.»

Er strahlte, als hätte er einen Diamanten gefunden. Sie hatte das Gefühl, dass das Gespräch langsam zu persönlich wurde.

«Ich muss wieder an meine Schulaufgaben», sagte sie. Es gab nichts mehr zu bereden. Sie würde keinen Spazierstock kaufen.

Er hatte den Wink verstanden. Trotzdem fragte er, während er die Stöcke mit einer Schnur zu einem Bündel zusammenschnürte: «Sie gehen ins Gymnasium?»

«Nein, ins Lehrerseminar.» Wiederum waren die Worte entschlüpft, bevor Sofia sie daran hindern konnte. Doch jetzt würde sie nichts mehr sagen, sich nur noch verabschieden. «Ich wünsche Ihnen noch einen schönen Abend.»

Marek klemmte die Spazierstöcke unter den linken Arm, und bevor sie wusste, wie ihr geschah, ergriff er ihre Hand und führte sie an seine Lippen. Sekundenbruchteile berührte sein Mund den Handrücken, kaum spürbar.

«Auch Ihnen einen schönen Abend, Sofia. Es hat mich sehr gefreut, Sie kennenzulernen.»

In ihrem Inneren flatterte etwas. Hastig entzog sie Marek die Hand und trat zurück auf die Türschwelle.

«Darf ich wiederkommen, wenn Ihr Vater da ist? Vielleicht möchte er einen Spazierstock kaufen.»

Sie zuckte mit den Schultern. Auf keinen Fall sollte er denken, dass sie ihn zu einem neuerlichen Besuch auffordern wolle.

«Wenn Sie wollen», sagte sie und ergriff die Türklinke.

Franz, ein junger Bauer aus dem Dorf, kam die Strasse herunter. Neugierig schaute er herüber. Sofia nickte ihm leicht zu. Ausgerechnet der, dachte sie. Franz war ein Klatschmaul.

«Also dann», sagte sie nachdrücklich zu Marek. «Nochmals einen schönen Abend.»

Auch Marek musterte Franz kurz, dann wandte er sich wieder an Sofia. «Danke. Ihnen auch.» Er tippte sich mit zwei Fingern an die Mütze und folgte Franz hinunter zum Fluss. Ein fröhliches Pfeifen ertönte.

Sofia sah ihm nach, bis er hinter der Wegbiegung verschwunden war. Ihr Blick blieb an der Kapuzinerkresse hängen, die sie in einem Topf an der Hauswand angepflanzt hatte. Sie kniete nieder, brach ein Blümchen ab und steckte es sich ins Haar. Doch dann zog sie es wieder heraus und warf es kopfschüttelnd auf die Strasse. Es war höchste Zeit, sich wieder der Mathematik zu widmen.

2

Den ganzen Tag war leiser Regen gefallen, der die Erde zwischen den Baracken aufgeweicht hatte. Sie klebte an den klobigen Schuhsohlen. Mit energischem Stampfen klopfte Marek sie ab, bevor er in die Soldatenstube trat. Leonora lächelte ihm zu, während sie mit zwei Topflappen ein viereckiges Blech mit Apfelkuchen aus dem Ofen des Holzkochherds zog. Ein verlockender Duft erfüllte den Raum.

Nur ein Dutzend Kameraden sass an den beiden langen Tischen, vier von ihnen waren in ein Kartenspiel vertieft. Die anderen waren draussen, spielten trotz des schweren Bodens Fussball oder schauten zu.

Marek setzte sich. Kleine Vasen mit gelben, blauen und violetten Blumen, zarten Gräsern und Weizenstängeln standen auf den Tischen. Er machte Leonora ein Zeichen, und sie brachte ihm ein Bier.

«Viva», sagte sie.

Er dankte flüchtig. Seine Gedanken waren bei der jungen Frau, die er tags zuvor kennengelernt hatte. Sie hatte ihm auf Anhieb gefallen. Als er ihr die Hand geküsst hatte, war sie rot geworden. Das fand er süss. Auch ihre Stupsnase und die Sommersprossen.

Leonora kam mit einem Teller voller Guetzli und legte ihm eines hin.

«Danke, Leonora.»

Sie verstand es, auch ohne den rationierten Zucker gut zu backen. Saccharin verflüchtigte sich zwar rasch, wodurch die Guetzli schnell hart wurden. Doch ihr Gebäck fand Abnehmer, kaum dass es ausgekühlt war. Sie war eine kleine Frau, kaum ein Meter sechzig gross, mit Ansätzen zur Rundlichkeit, die durchschlagen würde, wenn man wieder so viel

Zucker und Rahm und Butter essen konnte, wie man wollte. Einzelne feine graue Haare durchzogen ihre dunklen, halblangen Locken. Sie war dreiundvierzig Jahre alt, Witwe und kinderlos.

«Ihr seid jetzt meine Kinder», sagte sie, wenn die Polen ihr zu Ehren ein schwermütiges Lied sangen, wischte sich eine Träne aus den Augenwinkeln und verschenkte die letzten Kuchenstücke.

Leonora blieb neben Marek stehen. Sie hatte ein knielanges rotes Kleid an. Rot war ihre Lieblingsfarbe. Etwas Rotes trug sie meistens, zumindest einen Schal oder einen Gurt. Es betonte ihre dunkelbraunen Augen und ihre rosigen Wangen.

«Alles in Ordnung, Marek? Du bist so abwesend.»

«Alles gut. Danke. Ich bin nur etwas müde. Bäumefällen ist anstrengend.»

«Ja, das verstehe ich. Vor allem, wenn man weiss, dass ein Wald von siebzig Hektaren gerodet werden muss. Da sieht man kein Ende.»

Sie ging zurück zum Herd, und er dachte wieder an Sofia. Das war auch ein polnischer Name. Als der junge Bauer vorbeigegangen war, hatte sie verlegen zur Seite geschaut, als wäre es ihr nicht recht, dass dieser sie im angeregten Gespräch mit ihm gesehen hatte. Als wäre sie bei etwas Unziemlichem ertappt worden.

Am Nebentisch wurde es laut. Krystian, einer der Kartenspieler, warf mit einem triumphierenden «Ha» die letzte Karte auf den Tisch.

«Gewonnen», rief er mit lallender Zunge. «Leonora, bring mir einen Schnaps.»

«Du weisst, dass du hier bei mir keinen Schnaps bekommst.»

Krystian drehte sich hölzern um. Seine Lider drückten schwer auf die Augen.

«Warum nicht? In den Restaurants bekommen wir ihn auch. Und in den Läden.» Er rülpste. «Ausserdem kann ich selbst entscheiden, was und wie viel ich trinken will.» Seine Stimme war lauter geworden. «Ich bin schliesslich kein Gefangener.»

Einer seiner Mitspieler legte ihm die Hand auf den Arm. «Lass gut sein, Krystian. Komm, spielen wir noch eine Runde. Du hast heute Glück beim Spiel. Vielleicht gewinnst du noch einmal. Und Leonora bringt dir einen Kaffee.» Er blickte fragend zu Leonora.

Diese nickte, nahm eine Tasse hervor, schenkte aus Zichorienwurzeln aufgebrühten Kaffee ein und brachte die Tasse an den Tisch. Krystian brummelte Unverständliches vor sich hin, war jedoch bereits wieder am Mischen der Karten.

Leonora setzte sich zu Marek.

«Wenn er nüchtern ist, ist er ganz nett», sagte er leise mit einer Kopfbewegung zu Krystian.

«Ich weiss.»

«Wir haben eigenen Wodka, weisst du? Den besten der Welt. Viel besseren als euren.»

Sie drohte ihm scherzhaft mit dem Finger. «Sag das nicht. Unser Schnaps ist aus süssen Früchten gemacht, nicht nur aus gewöhnlichen Kartoffeln wie euer Wodka. Bei uns gedeiht das beste Obst. Früher hat man es bis nach St. Petersburg geliefert. Es gibt bei uns über hundert Apfelsorten.»

Die vielen Obstgärten rings um die Dörfer waren Marek bei seiner Ankunft vor vier Wochen als Erstes aufgefallen. Schön sahen die Apfel-, Zwetschgen-, Mirabellen-, Kirsch- und Birnbäume aus. Auf den ersten Blick kam man sich wie im Paradies vor. Doch es gab kein Paradies. Auch in der Schweiz nicht.

«Ich habe gestern ein Mädchen kennengelernt.» Er verzog verlegen den Mund. «Sofia heisst sie.»

Leonora blickte neugierig auf. «Ach ja?» Sie drehte an

ihrem Ehering, den sie immer noch trug, obwohl ihr Gatte vor fast sieben Jahren gestorben war. «Ist es jemand von hier?»

«Ja. Aus Rodels.»

«Das freut mich für dich.»

Doch Marek war nicht sicher, ob sie es wirklich so meinte. Ihrer Miene war keine Freude anzusehen. Er bereute, dass er von Sofia erzählt hatte. Schliesslich hatte er sie nur einmal gesehen.

«Ich gehe noch ein wenig zu den anderen zum Fussballspiel», sagte er abrupt, stürzte den letzten Rest des Bieres hinunter und stand auf.

Leonora hob die Augenbrauen. «Ist was?»

Marek schüttelte den Kopf. «Nein, nein. Gar nicht.»

Er ging nicht zum Fussballspiel. Er ging in seine Baracke, warf sich auf sein Strohbett, schloss die Augen und rief sich Sofias Gesicht in Erinnerung, den trotzigen herzförmigen Mund, das schüchterne Lächeln. Morgen würde er im Wald ein geeignetes Stück Holz suchen und daraus für sie etwas Hübsches schnitzen.

3

«Ein polnischer Soldat war vorgestern hier», sagte Sofia wie beiläufig. Sie hatte versucht, Mareks Gesicht aus ihrem Kopf zu verdrängen. Ohne Erfolg. Die Mathematikaufgabe war noch immer ungelöst. Mathematik war ihr schwächstes Fach. Sie hatte sich vorgenommen, den letztjährigen Stoff bis zum Schulbeginn im September nochmals durchzuarbeiten. Es blieben ihr noch knapp vier Wochen.

«Ein Internierter?», fragte ihr Vater. «Davon hast du noch gar nichts erzählt. Was wollte er denn?»

«Einen Spazierstock verkaufen.» Sie wusste selbst nicht, warum sie ihrem Vater noch nichts gesagt hatte.

«Er hat hausiert?», fragte Leonora.

Josef Caderas lud seine Schwägerin Leonora hin und wieder zum Mittagessen ein. Er verdankte ihr einiges. Nach dem Tod seiner Frau war sie für Sofia da gewesen, auf zurückhaltende, stille Art. Sie hatte sie getröstet, wenn der Kummer über den Verlust ihrer Mutter sie übermannt hatte, ihre aufgeschürften Knie verarztet, sich mit ihr über gute Schulnoten gefreut und Sofia einige Jahre später in die Geheimnisse des Frauwerdens eingeweiht. Ihrem Schwager hatte sie das Kochen beigebracht.

Sofia stocherte im Reis mit den gedörrten Sellerie- und Karottenstäbchen. Gedörrtes Gemüse war ihr zuwider. Doch das behielt sie für sich. Als sie sich kürzlich beklagt hatte, dass es nur noch Haferrösti, Erbsenmus mit Kartoffelstängeln und zur Vorspeise dünne Suppen gäbe, die nach nichts schmeckten, hatte ihr Vater sie zurechtgewiesen. Andere Menschen hätten in diesen Zeiten gar nichts zu essen, hatte er gesagt und ihr ein schlechtes Gewissen verursacht.

Etwas an Leonoras Tonfall liess Sofia aufhorchen. «Kennst du ihn, Tante? Er ist im Lager untergebracht, wo du die Soldatenstube führst. Er heisst Marek.»

Bevor Leonora antworten konnte, sagte ihr Vater: «Ich glaube, die Internierten dürfen gar nicht hausieren. Sie bekommen im Lager alles, was sie brauchen. Auch einen Lohn für ihre Arbeit.»

«Das stimmt», pflichtete Leonora bei. «Ich hoffe nur, dass Marek mit dem Hausieren aufhört. Sonst bekommt er Ärger mit den Behörden. Und was deine Frage betrifft: Ja, ich kenne ihn.»

Vergebens wartete Sofia darauf, dass Leonora etwas mehr zu Marek sagen würde.

«Aber es schadet doch niemandem, wenn die Internierten ihre selbst gemachten Sachen verkaufen, finde ich», sagte sie. Ein trotziger Ton drängte in ihre Stimme.

«Schaden? Nein, das tut es nicht. Doch die Behörden wollen nicht, dass die Internierten Kontakt mit der Bevölkerung haben. Deshalb brauchen sie für alles eine Bewilligung. Zum Beispiel, wenn sie in ein Wirtshaus gehen wollen oder wenn sie jemanden privat besuchen möchten», erklärte Leonora.

«Warum nur? Sie sind doch nicht gefährlich, oder?», fragte Sofia.

Internierte. Ein seltsames Wort mit einem Beigeschmack von Trauer, Niederlage, Warten und Hoffen – und Einsamkeit.

«Es geht nicht darum, ob sie gefährlich sind», antwortete Leonora. «Es geht darum zu verhindern, dass sie fliehen und wieder in den Krieg eingreifen.»

«Aber von diesen Internierten will doch sicher keiner wieder in den Krieg ziehen?», fragte Sofia ungläubig.

«Vielleicht doch? Vergiss nicht: Sie sind freiwillig in ihre Schützendivision eingetreten, um gegen die Nazis zu kämpfen. Ich habe gehört ...», setzte Leonora nach kurzem

Überlegen hinzu, «... dass schon viele von ihnen geflohen sind. Die Deutschen seien ziemlich ungehalten darüber und drohten der Schweiz mit Schwierigkeiten, wenn dies kein Ende nehme. Wer weiss, was sie damit meinen.»

Sofia pickte nachdenklich die Gemüsestängel auf. Wollte dieser Marek auch wieder gegen die Deutschen kämpfen? Warum machte sie sich überhaupt solche Gedanken um ihn? Sicher hatte er ihre Begegnung schon vergessen.

Schweigend assen sie weiter. Aus dem Radio ertönte eine Symphonie von Johannes Brahms. Zur Freude von Sofias Vater, der klassische Musik liebte. Vor allem Werke von Johann Sebastian Bach. Hin und wieder besuchte er ein Konzert im Stadttheater in Chur. Sofia fand diese Musik langweilig. Sie tönte oft schwermütig oder dann wieder übertrieben pompös. Warum konnten die im Radio nicht auch mal fröhlichen Jazz bringen?

Nach dem Essen verabschiedete sich Leonora.

«Vielleicht kommt er noch einmal vorbei», sagte Sofia, als sie ihre Tante zur Tür begleitete.

Diese wusste sofort, von wem Sofia redete. «Dann sag ihm, dass es verboten ist, zu hausieren, und dass er nicht mehr kommen soll. Und kauf ihm nichts ab.» Nach kurzem Zögern ergänzte sie: «Und vergiss ihn. Du hast genug zu tun mit deiner Ausbildung.»

Sofia ärgerte sich über diese Bemerkung. Aber sie entgegnete nichts. Sie ging zurück in die Stube und räumte den Tisch ab. Würde Marek wiederkommen? Wahrscheinlich nicht. Sie hatte sich ja unmöglich benommen, hatte versucht, humorvoll zu sein und doch vornehm zurückhaltend. Beides war ihr nicht gelungen. Sicher hielt er sie für eine dumme Gans. Die Teller klapperten, und die Pfannen schepperten, als Sofia sie energisch in den Schrank versorgte. Mit einer festen Drehbewegung wrang sie den Abwaschlappen aus. Dann holte sie ihre Schulsachen und setzte sich an den Stubentisch. Ihr Vater zog sich in sein Zimmer zurück, um sein Nickerchen zu machen.

Nach dem Abendessen hatte sich Josef Caderas in der Stube eine Zigarette angezündet und das Radio lauter gestellt. Wie jeden Freitag ertönte um sieben Uhr auf Radio Beromünster die Weltchronik von Jean Rudolf von Salis.

«Ich bin gespannt, wie lange von Salis noch so offen informieren und kommentieren darf», sagte er. «Sonst ist jede Zeitungsmeldung, jede Tagesschau, jede Wochenschau im Kino bis auf den kleinsten Buchstaben zensuriert. Es ist beschämend, was für Informationen und Meldungen uns da aufgetischt werden. Man weiss kaum mehr, was wahr ist und was nur Propaganda von den Deutschen. Die behandeln uns wie Kinder, denen man die Wahrheit nicht zumuten kann.»

Mit «die» meinte er die Bundesbehörde, die seit Kriegsbeginn rigoros darauf achtete, dass kein Zeitungsbericht die Neutralität verletzte und weder den Deutschen noch den Alliierten Angriffsflächen bot für politische oder militärische Reaktionen. Auf den Historiker Jean Rudolf von Salis war Sofias Vater stolz. Weil dieser Bündner war und nach Josef Caderas' Meinung der einzig zuverlässige Kommentator im Land.

Sofia nahm sich einen Apfel aus der Obstschale, biss ein Stück ab und setzte sich auf das Sofa. Sie liess sich Zeit mit dem Apfel, knabberte ihn gründlich ab. Dann ass sie auch die Fliege und das Kerngehäuse auf. Vielleicht hörte so das eigenartige Bauchgrimmen auf, von dem sie nicht wusste, ob es vom nicht restlos getilgten Hunger oder von etwas anderem kam.

Josef Caderas verfolgte von Salis' Ausführungen mit starr auf den Boden gerichtetem Blick. Dieser berichtete von der Konferenz zwischen Amerikas Präsident Roosevelt und dem englischen Premierminister Churchill. Roosevelt hatte angetönt, dass sich der Krieg bis zum übernächsten Jahr, 1943, hinziehen könne, da nicht im Geringsten Hoffnung auf einen Verständigungsfrieden bestünde. Die beiden Staatsführer hatten Stalin zugesichert, dass sie Russland alles, was ihnen möglich war, zukommen lassen würden, um die Angriffe der deutschen Wehrmacht zurückzuschlagen. Den Deutschen waren grosse Geländegewinne gelungen, vor allem in der südlichen Ukraine, auch im Norden Russlands. Sie standen nur noch wenige Kilometer vor Leningrad. Doch Stalin liess verlauten, dass die Rote Armee im russischen Winter einen zusätzlichen mächtigen Verbündeten haben werde.

Sofias Vater seufzte, als von Salis seine Ausführungen beendet hatte, und stellte das Radio leiser.

«Wie ist es im Krieg, Papa?», fragte Sofia unvermittelt. Diese Frage war ihr den ganzen Nachmittag im Kopf herumgegangen. Mit der Mathematik war sie nicht weitergekommen.

Ihr Vater nahm einen tiefen Zug und schaute dem Rauch nach, der zur Decke stieg.

«Ich weiss nicht, wie es ist. Während der Mobilmachung zu Kriegsbeginn waren wir zu unserem Glück nicht in Kampfhandlungen verwickelt. Ich musste mit meiner Kompanie Bunker bauen und Manöver üben. Und Wache stehen bei Brücken oder Bahngleisen oder vor wichtigen Gebäuden. Stundenlang. Es war furchtbar kalt im Winter 1939/40, tagelang weit unter null Grad. Ich kann mich an keinen eisigeren Winter erinnern. Wir haben gefroren wie die Hunde, vor allem nachts. In den Hütten und Baracken war es fast ebenso kalt wie draussen. Aber das Schlimmste war die Ungewissheit, ob uns die Deutschen angreifen, so wie sie es mit anderen Ländern gemacht hatten. Dann hätte jeder Tag mein letzter sein können. Ich durfte nicht daran denken, was dann aus dir geworden wäre.»

«Diese Polen waren im richtigen Krieg, nicht wahr?», fragte Sofia.

«Ja, sie waren im richtigen Krieg, wie du es nennst. Sie gehören der 2. polnischen Infanterie-Schützendivision an und diese dem 45. französischen Armeekorps. Die Division wurde gegründet, damit die Polen, die bei Kriegsbeginn aus ihrer Heimat geflohen sind, gegen die Nazis kämpfen konnten. Zudem leben in Frankreich seit vielen Jahren polnische Emigranten. Auch von ihnen sind viele der Division beigetreten. Soviel ich weiss, waren sie ziemlich schlecht ausgerüstet. Im Juni 1940 ist das ganze Armeekorps von der deutschen Wehrmacht an der Grenze zur Schweiz eingekesselt worden. Die einzige Möglichkeit, am Leben und frei zu bleiben, war die Flucht in die Schweiz. Der Bundesrat hat den Übertritt auf schweizerisches Staatsgebiet erlaubt. Und so sind über vierzigtausend Männer zu uns gekommen. Franzosen, Marokkaner, Polen, Briten und Belgier. Kannst du dir vorstellen, wie schwierig es war, alle unterzubringen und zu verpflegen?»

Darüber hatte Sofia nicht nachgedacht.

«Die Franzosen, Belgier, Marokkaner und Briten konnten nach einigen Monaten wieder zurück nach Frankreich, weil Deutschland einen Waffenstillstand mit Frankreich abgeschlossen hatte. Die Polen mussten hierbleiben.»

«Warum?»

«Sie konnten nicht zurück in ihre Heimat. Das wäre für sie viel zu gefährlich gewesen. Von dort sind sie ja geflohen. Ausserdem hat Polen denjenigen Landsleuten, die ausserhalb Polens lebten, die Staatsbürgerschaft abgesprochen. Sie sind also staatenlos.»

«Sie können froh sein, dass sie jetzt hier bei uns sind, oder?»

Ihr Vater überlegte. «Das müsste man sie selbst fragen.»

Sofia musterte das schmale Gesicht ihres Vaters. Die Falten um seinen Mund waren in den letzten Monaten tiefer geworden, neue hatten sich auf der Stirn gebildet. Vorläufig musste ihr Vater nicht mehr einrücken. Doch das konnte sich schnell ändern. Das kam ganz auf diesen verrückten Hitler an.

Ihr Vater suchte den BBC-Sender. Aber nur ein wirres Rauschen ertönte, mal leiser, mal aufgeregter. Da stellte er murrend das Radio ab und legte eine Schallplatte von Mozart auf. Sofia wusste nicht, was für ein Werk es war. Auf jeden Fall eines der schwermütigen Sorte. Sie nahm die Stickerei hervor, die sie in Arbeit hatte. Es sollte ein Bezug für ein Sofakissen werden, reich verziert mit Blumen im Kreuzstichmuster. Den wollte sie ihrer Tante zum Geburtstag schenken, wenn er bis dann fertig wurde. Sonst gäbe es halt ein Weihnachtsgeschenk für sie. Oder für sonst jemanden, der Freude daran hätte. Sofia lächelte, ohne es zu merken.

4

Rodels hatte um ein Vielfaches mehr Obstbäume als Häuser. Das Dorf lag rechts des Hinterrheins, auf halbem Weg durchs Domleschg. Knapp drei Dutzend Gebäude drängten sich an der Landstrasse aneinander. Die meisten waren dreistöckig, mit ziegelbedeckten Satteldächern und weiss getünchten Steinmauern. Schmucklos waren sie, und doch erschienen sie Marek standhaft und selbstbewusst. Er fragte sich, ob deren Bewohner auch so waren. Oberhalb des Dorfes schaute wie ein behäbiger Krösus das Schloss Rietberg auf das Dorf hinunter, mit seinem mächtigen viereckigen Turm, dessen steinerne Wände mehr als zwei Meter dick waren. Die Fassade des Turmes kam Marek vor wie ein Gesicht. Die beiden runden Öffnungen unterhalb des flachen Turmdachs bildeten kalt starrende Augen, die ihm folgten, wenn er vom Lager hinauf ins Dorf ging. Die zwei schmalen Schiessscharten erinnerten an geblähte Nasenflügel und die darunterliegenden Sprossenfenster an einen zähnezeigenden Mund.

Da war ihm die schlichte, aber trotzdem Furchtlosigkeit und Unbeugsamkeit ausstrahlende katholische Kirche mit dem Zwiebelturm lieber. Sie lag in der Mitte des Dorfes. Ein Mäuerchen umfasste sie und das kleine Gräberfeld. Die Kirche war dem Apostel Jakobus dem Älteren und dem heiligen Christophorus geweiht. Marek hatte sich schon lange vorgenommen, das Gotteshaus zu besuchen und eine Kerze anzuzünden. Schliesslich war Christophorus der Schutzheilige der Reisenden, den man um eine gesunde Heimkehr bat. Vielleicht würde er auch Marek dazu verhelfen.

Gleich neben der Kirche befand sich der kleine Laden. Als Marek eintrat, klingelte hell ein Glöckchen. Die Verkäuferin empfing ihn mit einem freundlichen, aber beiläufigen Blick.

Ihre Aufmerksamkeit war auf den jungen Bauern gerichtet, der auf sie einredete und sich von Mareks Eintreten nicht stören liess.

«Während der Generalmobilmachung vor zwei Jahren hatte ich einen Vorgesetzten im Militär, wie ich noch nie einen erlebt habe. Ein richtiger Drecksack war das, ein arroganter, aufgeblasener Idiot. Er behandelte uns wie dumme Buben. Wir würden dann schon noch Disziplin lernen, wenn wir dem grossdeutschen Reich angehörten. Ich sage dir, Carolina: Wenn es bei uns zum Krieg kommen würde und dieses Schwein mein Vorgesetzter wäre, würde ich ihn erschiessen wie einen deutschen Nazi. Auch wenn er ein Schweizer Offizier ist.»

Erst jetzt drehte er sich um, und Marek erkannte in ihm den jungen Bauern, der an Sofias Haus vorbeigegangen war, als er ihr einen Spazierstock verkaufen wollte. Ungeniert musterte er Marek, als wollte er prüfen, welche Wirkung seine Worte auf ihn hatten.

Carolina tippte dem Bauern mit dem Zeigefinger auf den Arm, und als er sich ihr wieder zuwandte, sprudelte es aus ihr heraus: «Letzthin kam ein Mann in den Laden. Er redete Unterländer Dialekt. Dick war er und hatte einen goldenen Ring mit einem gelben Stein am Finger, der sicher ein Vermögen gekostet hatte. Seine Jacke war aus ganz feinem Stoff. Ich habe mich gefragt, wie man so dick sein kann in diesen Zeiten. Der bekommt sicher mehr Lebensmittelmarken, als ihm zustehen. Und hat auch noch das Geld dazu, um diese einzulösen. Weisst du, was er wollte, Franz?», fragte Carolina mit grossen Augen, als ob sie es immer noch nicht fassen könnte.

«Was denn?»

«Er wollte, dass ich Nazihefte verkaufe. Das ‹Signal› und die ‹Front›. Ich habe ihm klipp und klar gesagt, dass wir hier keine Nazifreunde seien, und er solle sich zum Teufel scheren. Da hat er blöde gelacht und gesagt, dass ich mich da noch täuschen könne. Ich habe gezittert vor Wut.»

«Gut gemacht. Solches Gesindel und solche Schundhefte haben bei uns keinen Platz», antwortete Franz, den Blick wieder auf Marek geheftet.

«Hast du wieder hausiert?», fragte er.

«Nnnein», stotterte Marek, überrascht von der Frage. Er berichtete nicht, dass er am Abend zuvor bei Sofias Haus gewesen war, doch ohne einen selbst geschnitzten Spazierstock, denn seine Kameraden hatten gesagt, dass er das Verkaufen lieber bleiben lassen solle. Das sei verboten. Er hatte Sofia ein Blumensträusschen bringen wollen, das er in den Wiesen zusammengesucht hatte. Doch niemand war zu Hause gewesen. So hatte er das Sträusschen auf dem Rückweg in den Fluss geworfen. Ins Lager konnte er es ja nicht mitnehmen.

«Das ist auch besser so», sagte Franz.

Marek schwieg. Der raue Tonfall irritierte ihn. Auch, dass er ihn einfach duzte.

Carolina plapperte weiter: «Ich habe wirklich Angst vor diesen Nazis. Wenn ich mir vorstelle, dass sie bei uns einmarschieren, wird mir übel, und ich kann die ganze Nacht nicht schlafen. Was meinst du: Wird Amerika in den Krieg eingreifen? Dann wäre er sicher schnell vorüber. Die Amerikaner sind stark.»

«Ja, das hoffe ich auch», pflichtete Marek ihr bei. «Dann würde Churchill endlich Unterstützung bekommen. Er ist ein grosser Mann. Er kämpft für ganz Europa.»

Carolina nickte eifrig und zog ihren Rossschwanz zurecht. «Was darf ich Ihnen denn geben?», fragte sie.

«Ich hätte gerne Zigaretten, bitte.»

«Ich habe nur Marocaine. Ist das in Ordnung?»

«Aber sicher.» Marek trat an die Verkaufstheke. Sie holte aus einer Schublade eine Packung hervor und schob sie ihm zu.

«Herr Capadrutt kann sich keine Zigaretten mehr leisten, sagt seine Frau.»

«Herr Capadrutt?» Marek wusste nicht, wer Herr Capadrutt war. Carolina hüpfte von einem Thema zum anderen. Es war schwierig, ihren Gedankensprüngen zu folgen.

«Das ist ein Familienvater aus dem Dorf. Er hat sieben Kinder und verdient keine zweihundert Franken im Monat», erklärte Franz.

«Ich weiss nicht, ob Sie das im Lager mitbekommen», führte Carolina weiter aus. «Die Lebensmittel werden immer teurer. Es gibt Familien mit vielen Kindern, die kaum mehr genug kaufen können, um alle satt zu bekommen. Natürlich kann Herr Capadrutt einen Teil bei uns anschreiben lassen. Aber wir müssen auch unsere Rechnungen bezahlen. Zum Glück hat sein Ältester, Anastasius, die Schule abgeschlossen und kann nun in der Fabrik in Ems arbeiten. Er ist ja schon sechzehn Jahre alt. Und Frau Capadrutt macht Näharbeiten und so, um etwas dazuzuverdienen.»

Marek wehrte sich dagegen, ein schlechtes Gewissen zu haben, weil er sich Zigaretten leisten konnte. Schliesslich arbeitete er hart für den einen Franken Tageslohn. Wortlos legte er einige Münzen auf den Tisch.

«Hat Ihnen denn unsere 1.-August-Feier gefallen? Ich glaube, ich habe Sie dort gesehen. Oder irre ich mich?»

Wieder hatte Carolina das Thema gewechselt. Sie kam Marek vor wie eine Heuschrecke, die von einem Grashalm zum anderen hüpfte und überall nur kurz verweilte, als wolle sie alle Halme mit ihrer Anwesenheit beehren.

Er und einige seiner Kameraden hatten an der Feier im Dorf vor rund zwei Wochen teilgenommen. Der Lagerkommandant hatte während des Appells erklärt, dass der 1. August der Nationalfeiertag der Schweiz sei. Und in diesem Jahr sogar ein ganz besonderer. Vor sechshundertfünfzig Jahren sei die Schweiz gegründet worden. Vor sechshundertfünfzig Jahren! Marek war beeindruckt. Der Lagerkommandant hatte ihnen für diesen festlichen Anlass bis um Mitternacht Ausgang gegeben und angefügt, dass sie sich anständig benehmen und dem Land, das ihnen Gastrecht gebe, Ehre entgegenbringen sollten. Es war klar, dass er damit meinte, dass sie sich mit dem Alkohol zurückhalten sollten.

«Ja, Fräulein Carolina. Es war sehr schön, sehr feierlich. Vor allem die Feuer auf den Bergen haben mir gefallen.»

Der Vorsteher des Dorfes hatte in einer langen Ansprache davon gesprochen, durchzuhalten und zusammenzustehen gegen den Feind. Die Kirchenglocken hatten geläutet, die Dorfmusik gespielt und der Kirchenchor gesungen. Die Kinder hatten kaum warten können, bis sie mit ihren Fackeln den Holzstoss auf dem Dorfplatz anzünden durften. Am eindrücklichsten aber waren die Höhenfeuer gewesen. Junge Männer hatten Tage zuvor Unmengen von Holz auf die Gipfel hinaufgeschleppt, es zu riesigen Scheiterhaufen gestapelt und diese am Abend, als es eindunkelte, angezündet. Im ganzen Tal waren die Feuer zu sehen gewesen. Ein Schauer war Marek bei ihrem Anblick über den Rücken gelaufen.

«Wir Schweizer lieben unser Land.» Franz' Blick war voller Stolz. «Und wir kämpfen für unsere Freiheit bis zum Tod.»

Marek fühlte sich angegriffen. «Auch wir Polen lieben und ehren unser Land», sagte er, bemüht, seine Stimme ruhig zu halten. «Auch wir wollen unser Leben für unsere Heimat geben. Doch Gott hat anders entschieden. Ich kann nicht mehr mitkämpfen. Ich muss hier ausharren und warten, bis der Krieg vorbei ist. Fern von meinem Land und meiner Familie.»

«Seien Sie doch froh, dass Sie hier in Sicherheit sind», sagte Carolina. «Es sterben schon genug Menschen.»

«Ja», sagte Marek bloss. Er beneidete dieses kleine Land,

das sogar in diesem fürchterlichen Krieg, in dem ein Land nach dem anderen dem braunen Irrsinn zum Opfer fiel, immer noch frei war. Tränen drängten in ihm hoch, Tränen der Wut über die polnische Armee, die so schwach gewesen war und ihr Land kaum mehr als ein paar Wochen hatte verteidigen können, Tränen der Angst um das Schicksal seiner Familie und Tränen der Verzweiflung über sein Los als Internierter. Hastig wischte er sie weg. Er wollte vor den beiden nicht schwach erscheinen, seiner Armee keine Schande machen. Er ergriff die Zigarettenpackung.

«Ich wünsche Ihnen einen schönen Tag», sagte er mit fester Stimme und erhobenem Haupt.

Als er hinaustrat, bimmelte die Türglocke.

5

Die Lippen der beiden Klarinettisten umklammerten das Mundstück, als wären sie daran festgeklebt. Auf ihren Wangen formten sich lustige Dellen. Den drei polnischen Musikanten war die Freude am Spielen anzusehen. Ihre Körper bewegten sich rhythmisch. Der Fuss des Akkordeonisten wippte wie eine Feder im Takt mit. Seit fast einer Stunde spielten sie zum Tanz auf, Polkas, Walzer, Mazurkas, polnische und rasch einstudierte schweizerische Volkslieder, aber auch Schlager aus Amerika.

Es war drückend warm im «Falken» in Cazis, und es roch nach durchgeschwitzten Hemden, Bier und Kartoffelsalat. Eng drängten sich die Tänzer aneinander. Zum dritten Mal tanzte Sofia mit Marek. Er hatte kein anderes Mädchen aufgefordert. Nur sie. Sein Arm lag leicht um ihre Taille, seine linke Hand hielt ihre rechte. Manchmal drückte er etwas fester zu, lockerte dann aber den Griff rasch wieder, als wäre es ein Versehen gewesen. Er führte Sofia leicht und sicher in die Drehungen, nach rechts und ebenso mühelos nach links. Manchmal vergass sie, dass sie nicht gut tanzen konnte, und folgte seinen Bewegungen fast schwerelos. Wenn sie ihm doch einmal auf den Fuss stand, tat er, als ob er es nicht bemerkt hätte.

Der Walzer ging zu Ende.

«Zeit für eine Pause», rief einer der schwarzhaarigen Musiker. Sie legten ihre Instrumente auf den Boden und sprangen leichtfüssig von der Bühne hinunter. An der Theke bestellten sie sich ein Bier.

Marek geleitete Sofia durch das Gedränge zurück an ihren Platz.

«Darf ich Ihnen etwas zu trinken holen?», fragte er.

Sie nickte dankbar. Ihr Mund war ganz ausgetrocknet, ihre Augen brannten wegen des Qualms der Zigarren und Zigaretten. Sie blickte Marek nach, der sich durch die Menge drängte, geschickt und sich immer entschuldigend, wenn er jemanden zu fest angerempelt hatte, um sich einen Weg zu bahnen.

Es war Zufall, dass sie sich im «Falken» getroffen hatten. Sofia hatte sich nach langem Zögern von ihrer Cousine Lina überreden lassen, an den Tanzabend mitzugehen. In der Schule standen wichtige Prüfungen an. Sie hätte noch einiges zu lernen gehabt. Als auch ihr Vater gedrängt hatte, dass sie sich mit den jungen Leuten amüsieren solle, hatte sie sich entschieden, Lina zu begleiten. Dann war Marek im Saal aufgetaucht, zusammen mit anderen Internierten. Ihr Atem war schneller geworden, erst recht, als er sie entdeckt hatte und ein Strahlen über sein Gesicht lief. Wie von selbst hob sich ihre Hand zum Gruss.

«Ihre Uniformen sind viel schmucker als die unserer Soldaten. Nicht so brummig», hatte Lina ihr zugeraunt. Sofia fragte sich, wie eine Uniform «brummig» sein konnte. Grob, einfach, langweilig. Das schon. Aber brummig? Doch sie musste Lina zustimmen. Die polnischen Männer sahen wirklich eleganter aus. An der Farbe ihrer Uniform konnte es nicht liegen. Das dumpfe Braun war nicht besser als das Feldgrau der Schweizer Armee. Trotzdem schien etwas anders zu sein. Vielleicht war der Stoff feiner, die Jacke taillierter, der Gurt breiter? Oder waren es die Männer in den Uniformen, die den Unterschied machten? War ihr Gang selbstbewusster, stolzer, die Gesichter offener, die Augen neugieriger als bei den Bündnern?

Bei ihrem ersten Tanz hatte sie vor lauter Nervosität die Musik kaum wahrgenommen, den Takt dazu noch weniger. Der Gedanke, dass er sie für ein unmusikalisches Trampel halten könnte, liess sie fast erstarren. Doch sein Lächeln wurde keine Sekunde weniger, und sie wagte endlich, sich seiner Führung zu überlassen. Ihre Bewegungen wurden runder, leichter. Wenn sich unwillkürlich ihre Hüften berührten, zuckte Sofia zurück. Das war ihr zu nahe.

Lina hatte sie aus den Augen verloren und Marek sich um seine Kameraden nicht weiter gekümmert. Zuhinterst im Saal hatten sie an einem langen Tisch noch zwei freie Stühle gefunden.

Marek kam mit den Getränken. Most für Sofia und ein grosses Bier für sich.

«Weshalb sprechen Sie so gut Deutsch?», fragte sie, nachdem sie die Hälfte des Glases in einem Zug getrunken hatte.

«Das erkläre ich Ihnen, Fräulein Sofia, wenn ich Sie duzen darf», sagte er. Sie schaute ihn unsicher an. Wollte er so richtig Bruderschaft trinken, mit gegenseitig überkreuzten Armen und einem Kuss? Das würde sie auf keinen Fall erlauben. Nicht in diesem überfüllten Saal mit so vielen Menschen, die zuschauten.

«Also gut», sagte sie schliesslich. «Aber ohne anzustossen.»

Er lächelte und hob leicht sein Glas. «Ich freue mich, dass ich dich kennengelernt habe, Sofia.»

Sofia wusste nicht recht, was sie antworten sollte. Das naheliegende «Ich auch» kam ihr nicht über die Lippen.

«Bei uns sagt man *na zdrowie*», sagte er und nahm einen Schluck.

«Viva», murmelte Sofia.

«Weisst du, wenn man in Polen mit jemandem Bruderschaft getrunken hat, darf man seinen Namenstag niemals vergessen. Dieser ist für uns wichtiger als der Geburtstag. Wir bekommen bei der Taufe einen zweiten Vornamen, benannt nach einem Heiligen. Der Tag dieses Heiligen ist der Namenstag. Dann gibt es Geschenke. Blumen für die Frauen, Wein oder Süssigkeiten für die Männer, Spielzeug für die Kinder. Hast du einen zweiten Vornamen?»

Sofia schüttelte den Kopf.

«Weisst du den Namenstag von Sofia?»

Wieder verneinte sie.

«Es ist der 15. Mai. Mitten im Frühling.»

Er strahlte sie an, als hätte er ihr das Versteck eines unermesslichen Schatzes verraten oder das Geheimnis des Glücks.

«Und wie lautet dein zweiter Vorname?», fragte sie.

«Klaudius oder Klaudiusz, wie du willst. Meine Mutter kommt aus Schlesien. Da wollte sie mir einen Namen geben, den es auf Deutsch und Polnisch gibt. Mein Namenstag ist der 6. Juni.»

Eine spöttische Stimme ertönte. «Hast du einen Liebsten gefunden, Sofia?»

Sie blickte auf. Zwei Plätze weiter oben lehnte sich Franz nach vorne und starrte sie hämisch an. Er war trotz seiner erst dreiundzwanzig Jahre bereits verheiratet und Vater eines Jungen. Es war ein offenes Geheimnis, dass er es mit der Treue nicht so genau nahm.

«Lass dich nur nicht einwickeln von dem», sagte er und prostete Sofia mit dem Bierglas zu. Seine Freunde grinsten. Sie spürte, dass sie rot wurde.

Marek blickte Franz verärgert an. Er schien sich eine passende Antwort zu überlegen, doch als sich Franz wieder abwandte, sagte er: «Komm, lass uns tanzen.»

Sie nickte und stand hastig auf.

Das Tanzen machte Sofia keine Freude mehr. Sie spürte die Blicke von Franz und seinen Kumpanen auf sich. Schon bald glaubte sie, dass sie von allen im Saal beobachtet würde. Immer wieder stolperte sie über Mareks Füsse.

«Es ist Zeit für mich, nach Hause zu gehen», sagte sie, als die Musiker den Walzer beendet hatten.

Marek blickte sie enttäuscht an. «Schon? Es ist doch erst nach zehn.»

«Ich habe am Montag eine wichtige Prüfung und muss morgen dafür lernen. Ausserdem bin ich müde.»

«Nur noch einen Tanz, bitte.»

«Nein, Marek. Wirklich nicht.»

«Dann begleite ich dich. Es ist schon dunkel draussen.»

«Nein, ich gehe alleine. Es ist ja nur eine halbe Stunde nach Hause.»

Sie hatte mit fester Stimme gesprochen und war froh, dass Marek nicht insistierte. Auch wenn sie ihm ansah, dass es ihm nicht recht war. Aber sie wollte nicht, dass Franz sie mit ihm zusammen weggehen sah. Der junge Bauer war bekannt für sein loses Mundwerk. Er hätte keine Hemmungen, ihr ungebührliche Handlungen zu unterstellen.

Marek begleitete sie zum Ausgang und half ihr in den Mantel. Einen Moment lang blieben seine Hände auf ihren Schultern liegen, und sie hielt in der Bewegung inne. Nur ganz kurz. Dann drehte sie sich um und blickte in seine fragenden Augen. Sie wusste, wie die Frage lautete: Darf ich dich wiedersehen?

«Danke für den schönen Abend», sagte sie schnell und gab ihm flüchtig die Hand.

«Ich habe mich zu bedanken. Ich hoffe, dass wir uns bald wiedersehen.»

Das hoffte sie auch, sagte aber nichts.

Der Mond war hinter dicken Wolken verschwunden. Sofia verwünschte die Verdunkelungsvorschriften, die auf Hitlers nachhaltiges Drängen eingeführt worden waren. Den englischen Flugzeugen sollten die Orientierung erschwert und nächtliche Luftangriffe auf deutsches Grenzgebiet verunmöglicht werden. Keine einzige Strassenlampe brannte. Nur ein dicker weisser Strich am Trottoir zeigte den Weg, zumindest bis ans Ende des Dorfes. Sie bereute, dass sie Mareks Begleitung ausgeschlagen hatte. Sie hätte auch warten können, bis Lina mitkam. Sie ging immer schneller, warf hastige Blicke zu den hohen Tannen auf der linken Seite der Strasse, die sich nur konturenhaft wie Riesen gegen die Dunkelheit abhoben. Ein scharrendes Geräusch liess sie zusammenzucken. Dumme Kuh, schimpfte sie sich, als sie erkannte, dass es die ersten fallenden Blätter der Obstbäume waren, die der leichte Wind auf der Strasse herumtanzen liess.

Das Rauschen des Hinterrheins kam näher. Tagsüber nahm sie das Geräusch kaum wahr, empfand es als harmlos. Jetzt, alleine im Finstern, klang es beängstigend. An der Brücke zögerte sie bei der Vorstellung des wilden Wassers unter ihren Füssen. Sie eilte hinüber, darauf bedacht, in der Mitte zu gehen, um so keinen Blick in das unheimliche Nass zu werfen. Ihre Schritte tönten hart auf den dicken Bohlen. Sie liess die Brücke hinter sich und hastete den letzten Anstieg nach Rodels hinauf. Die Fenster der Häuser waren mit schwarzen Vorhängen verdeckt. Nur vor ihrem Zuhause, im Windfang der Haustüre, leuchtete ganz schwach eine Laterne.

«Danke, Papa», flüsterte sie keuchend. Sie wartete einen Moment, bis sich ihr Atem beruhigt hatte. Dann nahm sie die Laterne mit in den Flur, löschte sie, zog Schuhe und Mantel aus und trat in die Stube.

«Schon zurück?», fragte ihr Vater, der am Tisch vor der aufgeschlagenen Zeitung sass und neugierig hochsah. «War's schön?»

«Ja», sagte Sofia. «Es war nett.»

6

«Hast du dein Fräulein wiedergesehen?», fragte Krystian. Tief zog er an der Zigarette, die schon fast abgebrannt war.

Marek antwortete nicht. Er wusste nicht, ob aus Krystians Miene Ironie, ehrliches Interesse oder Neid sprach. Wahrscheinlich von allem ein wenig.

Seine Sympathie für Krystian hatte nachgelassen. Er war ein Stänkerer und liess an nichts ein gutes Haar. Das Essen sei ungeniessbar, obwohl es von der polnischen Küchenmannschaft gekocht wurde. Die Internierten würden von den Schweizern ausgenutzt, müssten viel zu viel arbeiten, zehn Stunden am Tag und mehr. Der polnische Verbindungsoffizier, dieser Dummkopf, der nicht arbeiten müsse und gemütlich in einer netten Pension hause, tue nichts dagegen. Er achte nur darauf, dass es ihm selbst gut gehe. Dem Lagerkommandanten wiederum sei bloss wichtig, dass die Internierten das tägliche Arbeitssoll erfüllten. Lediglich über Leonora sagte Krystian kein böses Wort.

In manchen Dingen musste Marek ihm recht geben. Ihre Essensrationen waren knapp bemessen angesichts der schweren körperlichen Arbeit. Und als demütigend empfand auch er die Einschränkungen im Ausgangsrayon. Sie durften sich nur im Umkreis des Lagers frei bewegen.

Der herbstliche Nachmittag zeigte sich von seiner warmen Seite. Die Ärmel der Hemden hochgekrempelt und die Knopfleiste bis zum Bauchnabel geöffnet, sassen Marek und seine Kameraden auf Baumstrünken oder auf dem Boden. Sie hatten Pause. Er nahm einen Schluck Wasser aus der Feldflasche, klopfte sich eine Zigarette aus der Packung und liess den Blick über das Tal schweifen. Das war Sofias Heimat. An Tagen wie diesen, an denen die Sicht so klar war, dass fast jeder Stein an den Berghängen und jeder Apfel an den Bäumen zu erkennen war, fand er sie ganz schön.

Der Hinterrhein unterteilte das breite Tal wie ein straff gespanntes Band. Er kam aus der engen Schlucht der Via Mala, was auf Deutsch «Schlechte Strasse» hiess, wie Marek bei Leonora nachgefragt hatte. Am Talausgang gegen Chur hin zwängte sich der Fluss durch eine schmale Klus, vereinigte sich mit dem Vorderrhein aus dem Bündner Oberland, und gemeinsam flossen sie weit über tausend Kilometer in die Nordsee. Wie viel Leid der Rhein auf seinem Weg sieht, überlegte Marek, mordende Nazis, drangsalierte Menschen, zerstörte Städte und Dörfer. Könnte er doch nur wie eine Sintflut das Böse ertränken.

Rechts des Flusses lagen die Obstgärten, Felder und Heuwiesen, die nach einigen Höhenmetern in bewaldete, von Schuttkegeln durchzogene steile Felswände übergingen. Mit sichtlichem Stolz hatte Leonora ihn auf die herrschaftlichen Häuser und Schlösser hingewiesen, die vom ehemaligen Wohlstand des Tales zeugten, und auch auf die zahlreichen Burgruinen, die oft halb vom Wald versteckt auf schroffen Felsen hockten und von der unruhigen Bündner Geschichte erzählten. Auf der linken Seite, auf einem sanft ansteigenden Höhenrücken, lagen die kleinen Bauerndörfer des Heinzenbergs. Sie schienen wie in sich selbst versunken, als ob sie nichts mit den reichen Domleschgern zu tun haben wollten. Über dem Tal wachte der mächtige Piz Beverin, in dessen spitz zulaufendem Gipfel sich oft Gewitterwolken und morgendliche Nebelfetzen verfingen. Heute zeigte er sich in seiner ganzen Pracht. Zwei von Mareks Kameraden hatten ihn im Sommer gemeinsam mit bergbegeisterten Wachsoldaten bestiegen. Tagelang hatten die beiden im Lager geprahlt, dass sie den fast dreitausend Meter hohen Piz bezwungen hatten. So lange, bis Krystian ihnen gesagt hatte, dass sie langsam allen auf die Nerven gingen.

«Ist sie hübsch, deine Kleine?», fragte Krystian weiter. Ein Grinsen lag auf seinem breiten Mund. Marek schwieg. Er betrachtete die gerodete Fläche. Sie betrug vielleicht ein Sechstel der zu fällenden Hektaren. Am Rand des Hochwaldes lagen grob übereinander Unmengen gefällter Bäume: Buchen, Eschen, Tannen und Fichten. Auf dem ganzen Areal stapelten sich Haufen mit abgeschnittenen Ästen und Zweigen. Neben dem Bahnhof Rodels wartete das Rundholz auf seinen Abtransport. Marek hatte sich abgewöhnt, darüber nachzudenken, wie viele Tausende von Bäumen noch zu fällen waren und wie viel Zeit sie dafür benötigten. Einige der weniger tief verwurzelten Bäume konnten sie mit einer Seilwinde zu Boden ziehen. Doch hartnäckige Wurzelstöcke mussten mit Pickeln, Spaten und Äxten ausgegraben werden. Manchmal nahmen sie Dynamit zu Hilfe.

Er rieb die Schwielen an seinen Handflächen und suchte mit den Augen den Boden nach einem Holzstück ab, das sich für eine schöne Schnitzerei eignen könnte. Da ertönte der Befehl des Wachsoldaten: «Die Pause ist vorbei. Weiterarbeiten!»

Er war kaum älter als Marek, hatte blondes Haar, ein schmales Gesicht und war von kleiner Statur. Mit der übertrieben lauten Stimme und dem forschen Auftreten schien er seine Unsicherheit überspielen zu wollen. Es war schwer, von diesen jungen Soldaten Befehle entgegennehmen zu müssen. Nicht nur für Marek. Seine älteren Kameraden bekundeten noch mehr Mühe, die Befehlsgewalt der jungen Schweizer Soldaten zu akzeptieren, die so gar keine Ahnung vom Krieg hatten, noch nie in einem Schützengraben gekämpft und dabei Todesängste ausgestanden hatten. Hinzu kam, dass das Wachpersonal alle paar Wochen ausgewechselt wurde. Kaum hatten sich Wachtrupps und Internierte aneinander gewöhnt und ansatzweise gelernt, sich gegenseitig zu respektieren, wurden die Schweizer Soldaten abgelöst. Die Machtspiele begannen von Neuem.

«Weiterarbeiten», äffte Krystian den jungen Soldaten nach und löste Gelächter aus. Der Soldat lachte nicht. Zornesfalten traten auf seine Stirn. Er zog tief den Atem ein.

Marek hatte Mitleid mit ihm. Er stand auf. «Kommt, machen wir weiter. Sonst fängt der Kleine noch zu weinen an», sagte er.

Die Internierten schlenderten zum nächstliegenden Baumstrunk. Dort ging das Graben, Schlagen, Hacken, Zerren und Reissen weiter. Schweiss bildete sich auf Stirn und Nacken. Ächzen und Fluchen war zu hören. Der Wachsoldat schaute ihnen stumm zu. Hin und wieder ertönte weiter entfernt ein warnender Ruf, eine Tanne senkte sich wie in Zeitlupe und krachte lärmend zu Boden. Äste, trockene Erde und Steinchen wirbelten auf.

Marek verdrängte die Gedanken an Sofia. Die Arbeit verlangte Konzentration. Absplitterndes Holz oder eine nachlässige Handhabung der Axt konnten schlimme Verletzungen verursachen. Nur Krystian schwatzte ständig, ohne eine Antwort von seinen Kameraden zu erwarten.

Um fünf verkündete ein Hornsignal das Ende des Arbeitstages. Marek nahm unauffällig ein handtellergrosses Holzstück vom Boden auf und stopfte es ins Hemd. Krystian sollte ihn nicht dabei beobachten. Sonst würde er nur wieder dumme Fragen stellen.

In Zweierkolonne marschierten sie zurück ins Lager, links und rechts begleitet von Wachsoldaten. Krystian konnte es sich nicht verkneifen, am Ende der Kolonne den Gleichschritt etwas zu verzögern, um den blonden Soldaten zu ärgern. Dieser tat, als ob er es nicht bemerke, und starrte geradeaus.

Beim abendlichen Appell rief der Lagerkommandant in scharfem Ton die Namen auf, ohne von der Liste aufzublicken. Alle meldeten sich. Mal forsch, mal leise und manchmal auch gelangweilt. Krystian stand neben Marek in der hintersten Reihe und zischte kaum hörbar, dass er dieses Theater langsam satthabe. Marek ging es genauso. Jeden Abend und jeden Morgen gab es Appell, bei Regen, Hitze, Kälte. Vielleicht schon bald bei Schneefall.

Es fehlte niemand. Keiner war geflohen. Kommandant Meierhans, ein grosser Mann mit grauem Schnurrbart, sah zufrieden aus und summte bei der polnischen Nationalhymne, die von den Internierten mit Inbrunst gesungen wurde, mit. Die Flagge mit dem weissen und zinnoberroten Balken wehte leicht im Abendwind. Marek kämpfte gegen ein Zucken seiner Mundwinkel.

Nach dem Abendessen stahl er sich hinter die Schlafbaracken, wo ihn niemand störte, und holte das Holzstück und sein Schnitzmesser hervor. Er wollte ein Herz daraus schnitzen. Oder war das zu intim als Geschenk? Er war Sofia erst zwei Mal begegnet. Nachdenklich zeichnete er eine feine herzförmige Linie ins Holz. Wie könnte es ihm gelingen, Sofia wiederzusehen? Das Hausieren war verboten, das traute er sich nicht mehr.

Da tönte ein wehmütiger Gesang zu ihm herüber. Der Chor, den Karol im Lager gegründet hatte, probte auf dem Platz vor den Baracken. Karol war im zivilen Leben Gesangslehrer an der Musikschule in Warschau und hatte eine warme Tenorstimme. Er wollte für die Leute im Tal ein kleines Konzert geben mit polnischen Liedern. Musik helfe bei der Völkerverständigung, behauptete er. Die Lieder beherrschten die Sänger schon lange. Doch das Singen machte ihnen so viel Freude, dass sie trotzdem zwei bis drei Mal pro Woche probten.

Marek summte bei einigen polnischen Liedern mit. Sofia würde seiner Mutter gefallen. Auch seiner Grossmutter. Ihr wahrscheinlich noch viel mehr. Er musste Sofia wiedersehen. Unbedingt. Und er wusste auch schon, wie.

7

Die Regentropfen eilten in unregelmässigen, dünnen Bahnen das Fenster hinunter. Zwischendurch stockten sie, um ihren Lauf umso schneller wieder aufzunehmen. Als der Zug langsamer wurde, änderte sich ihre Bahn von der fast horizontalen in eine schräge Linie, bis sie schliesslich mit dem Halten des Zuges nahezu vertikal von oben nach unten rannen.

Sofias Unruhe wich einem Lächeln, als sie neben dem Bahnhofhäuschen Marek entdeckte. Er war wieder da, wie schon letzten und vorletzten Dienstag. Dienstags dauerte der Unterricht in Chur bis halb sechs, und sie kam erst gegen sieben nach Hause, später als an den anderen Tagen.

Es war Oktober. Drei Wochen nach Beginn des Schuljahres war Marek das erste Mal am Bahnhof gestanden, ganz zufällig, hatte er behauptet. Er sei ein wenig spazieren gegangen, einfach so. Viel Gescheites gäbe es nicht zu tun am Abend, jetzt, da es um diese Zeit bald dunkel werde. Immer nur Karten spielen und Radio hören sei langweilig. Sofia glaubte ihm diese Zufälligkeit nicht. Doch sie sagte ihm auch nicht, dass sie abends vor dem Schlafengehen manchmal für sich allein in ihrem Zimmer tanzte, eine Walzermelodie summend, aber so leise, dass ihr Vater sie nicht hören konnte.

Trotz aller Freude, ihn heute wieder am Bahnhof zu sehen, wusste Sofia nicht, ob es ihr recht war, dass er sie nach Hause begleitete. Was würde ihr Vater sagen, dem sie noch nicht erzählt hatte, dass sie Marek wiedergesehen hatte? Was würden die andern im Dorf darüber denken? Franz hatte kürzlich im Laden eine Bemerkung gemacht: Fremde seien halt interessanter als Einheimische. Sie hatte so getan, als ob sie nichts gehört hätte, und die Verkäuferin nach dem Gesundheitszustand ihrer Eltern gefragt, obwohl sie wusste, dass es beiden bestens ging.

Ausser Sofia stieg niemand am kleinen Bahnhof aus. Marek begrüsste sie mit einem Strahlen, als erblicke er einen Reigen aus Sternschnuppen, jede glücksverheissender als die andere. Er nahm ihr die Schultasche ab, damit sie den Schirm öffnen konnte. Es war ein kleiner, zusammenfaltbarer, der nicht für zwei Personen gedacht war. Trotzdem versuchte Sofia, sie beide mit ihm vor dem Regen zu schützen.

«Lass nur, Sofia.» Marek lachte. «Meine Pelerine ist zwar hässlich, aber wetterfest.»

Die ersten Minuten gingen sie schweigend und trotz des Regens ohne Eile. Die Dunkelheit, die unheimlich war, wenn Sofia alleine unterwegs war, empfand sie nun als Schutz vor unliebsamen Blicken. Vielleicht, wenn sie den Schirm nicht halten müsste, würde Marek ihren Arm umfassen. Das hatte er das letzte Mal kurz vor ihrem Elternhaus auch getan.

«Wie war es in der Schule?», fragte er nach einer Weile.

«Ach, wie immer. Die Geschichtsstunde war ziemlich mühsam. Der Geschichtslehrer ist ein …», sie hielt inne, um das angemessene Wort zu suchen, blieb dann aber in der Wahl zurückhaltend, «… ein schlechter Mensch. Er sympathisiert mit den Nazis. Er rechtfertigt den Krieg und behauptet, dass wir alle noch einmal dankbar sein würden, wenn unter Deutschlands Führung ein neues, starkes Europa entstünde. Er ist so dumm. Ich frage mich, warum er überhaupt unterrichten darf.» Sie schüttelte den Kopf. «Doch die Deutschstunde war schön, wie immer. Wir diskutieren derzeit den ‹Wilhelm Tell›. Lehrer Lorenz hat uns daraus vorgelesen. Ich glaube, das macht ihm noch mehr Freude als uns. Er setzt sich ganz gerade hin, sieht uns an, bis wir kaum erwarten können, dass er beginnt, öffnet das Buch, atmet tief durch und beginnt zu lesen. Mal leise, dann wieder forsch und laut, wie ein richtiger Schauspieler. Kennst du das Stück? Es ist von Schiller.»

Kaum hörbar kam ein knappes «Nein» unter Mareks Kapuze hervor.

«Wilhelm Tell ist unser Nationalheld. Das Stück spielt in der Zeit, als unsere Schweiz gegründet wurde. 1291 war das. Drei Innerschweizer Bauern haben sich zusammengetan und geschworen, gemeinsam gegen die österreichischen Habsburger zu kämpfen. Wilhelm Tell war bei diesem Schwur – wir nennen ihn den Rütlischwur – aber nicht dabei. Er hat sich auf seine eigene Art gegen die Habsburger aufgelehnt, indem er sich geweigert hat, den Hut von Landvogt Gessler zu grüssen. Dann musste er als Strafe einen Apfel vom Kopf seines kleinen Buben schiessen. Mit einer Armbrust.» Sofia merkte, dass sie ins Dozieren geriet und dass es gar nicht so einfach war, die ganze Geschichte in wenigen Worten zu erzählen. Sie hielt inne. Wahrscheinlich interessierte es Marek gar nicht. Vielleicht hatte er gar nicht zugehört. Sie beschloss, Wilhelm Tell ruhen zu lassen. Doch etwas wollte sie noch loswerden. Wenn nicht für Marek, dann für sich selbst. «Hitler hat der Schweiz verboten, das Drama aufzuführen oder in der Schule zu besprechen. Lehrer Lorenz tut es trotzdem. Er sagt, dass er sich den Schulstoff nicht von Nazis vorschreiben lasse. Natürlich wolle Hitler nichts von Freiheitsliebe und Tyrannenmord hören. Sogar wenn es eines der wichtigsten Werke von Schiller sei.»

Sie sah wieder Lehrer Lorenz vor sich, wie er die Szene vortrug, als Tell den Landvogt tötete. Sie würde ihren zukünftigen Schülern auch vorlesen. In zweieinhalb Jahren erhielt sie das Lehrerpatent. Sie war ihrem Vater unendlich dankbar, dass er ihren innigsten Wunsch, Lehrerin zu werden, unterstützte. In ihrer Familie würde sie die erste Lehrerin sein.

«Du kannst es mir mal zum Lesen geben», hörte sie Mareks Stimme. Sie brauchte einige Sekunden, bis sie begriff, dass er von «Wilhelm Tell» sprach. Ein erfreutes Lächeln huschte über ihr Gesicht. «Wenn du willst, lese ich dir aus ‹Wilhelm Tell› vor. Dann kann ich gleich für meine Schüler üben.»

«Auch wir haben einen Nationalhelden. Tadeusz Kościuszko heisst er. Er hat sich vor hundertsiebzig Jahren für Polens Unabhängigkeit und Freiheit eingesetzt und gegen die damaligen Besatzer gekämpft. Polen hat sich in seiner Geschichte oft gegen fremde Invasoren wehren müssen.»

Schweigend gingen sie weiter. Lag es am Regen, dass Marek wortkarger war als sonst? Sonst hatten sie viel geplaudert auf dem Heimweg. Sie hatte ihn über seine Familie ausgefragt und glaubte, nun alle Mitglieder gut zu kennen: Seine beiden jüngeren Schwestern – die musikalisch begabte Amelia und die aufmüpfige Oliwia –, seine Eltern und vor allem seine Grossmutter, die für jede Situation und für jeden Charakterzug ihrer Mitmenschen einen heiteren Kommentar bereithielt. Marek liebte seine Grossmutter mehr als seine Eltern. Das hatte er zwar nicht so gesagt, doch Sofia spürte es. Er machte auch gerne Spässe und fand lustige Beschreibungen. Er verglich die Nasenlöcher von einem seiner Kameraden mit Eingängen zu Tropfsteinhöhlen und das Lachen seiner Schwester Amelia mit dem feinen Klacken einer Kieselsteinlawine, die auf ein Blech traf. Nach dem Krieg wollte er die Welt sehen und nach Amerika reisen. Oder nach Australien. Mindestens ein Jahr lang. Danach würde er in Polen als Zimmermann arbeiten. Wie sein Vater.

Als sie zur Brücke kamen, hatte der Regen aufgehört. Sofia blieb stehen, um den Schirm zu schliessen. Das Rauschen des Wassers drang schwach zu ihnen herauf.

«Es regnet nicht mehr», sagte sie überflüssigerweise und hielt ihr Gesicht zum Himmel. Marek tat es ihr nach.

«Stimmt», sagte er und zog die Kapuze vom Kopf.

Wie aus dem Nichts war eine Verlegenheit zwischen ihnen. Sie blickte ihn unsicher an.

«Ich kann meine Mappe jetzt selber tragen», sagte sie, klemmte sich den Schirm unter den Arm und streckte ihre Hand aus. Er zögerte, dann übergab er sie, was Sofia enttäuschte, obwohl sie genau das verlangt hatte. Wäre es nicht galant gewesen, wenn er darauf beharrt hätte, die Tasche zu tragen? Sie zog eine Schnute und beobachtete verwundert, dass Marek seine Pelerine aufknöpfte. Bei jedem Knopf schien er zu überlegen, ob er weitermachen solle. Dann griff er mit der Hand in seine Uniformjacke, zögerte wieder, gab sich einen Ruck und zog ein handgrosses, in Zeitungspapier eingewickeltes Päckchen hervor.

«Für dich», sagte er mit heiserer Stimme und hielt es ihr hin. Seine nasse Hand zitterte leicht.

Sofia vergass ihren Schmollmund. Ihr Herz pochte aufgeregt. Als sie mit der rechten Hand nach dem Geschenk griff, berührten ihre Fingerspitzen seine Handfläche und stockten einen Moment lang.

«Gib mir deine Tasche. Dann geht es einfacher», sagte er.

Sofia entschuldigte sich innerlich für die unwilligen Gedanken und reichte sie ihm. Stumm betrachtete sie das Päckchen. Was war drin?

Sie hörte ihn schnaufen, als ob er ungeduldig würde. Vorsichtig löste sie das Zeitungspapier. Etwas Helles, Rundes kam zum Vorschein. Sie ahnte, was es sein könnte, und wagte kaum zu atmen. Langsam entfernte sie das restliche Papier, liess es auf den nassen Boden fallen. Dann lag es in ihrer Hand, das Herz aus Holz, so fein poliert, dass es glatt war wie Glas. Die Maserung des Holzes trat in feinen, unregelmässigen Linien hervor. Sie hielt das Herz mit beiden Händen umfasst, als ob sie es wärmen wollte. Ihre Mundwinkel zuckten.

«Danke», flüsterte sie. Sanft fuhr sie mit dem Zeigefinger über die eingeritzten Buchstaben ihres Namens. Auch deren Kanten waren fein geschliffen. Nicht der Hauch eines Splitters war zu spüren.

«Ich liebe dich», drang wie durch einen Nebel Mareks Stimme an ihr Ohr. Sie fühlte sich wie von einem Zauberstab berührt, der sanft ihre Seele zum Klingen brachte. Mit feuchten Augen schaute sie ihn an. Er erwiderte ihren Blick unsicher, als fürchte er, etwas Falsches gesagt oder getan zu haben. Sie wollte sagen, dass auch sie ihn liebe. Doch es waren mächtige Worte, die nicht aus ihrem Inneren herauswollten. In Mareks Gesicht zeigte sich Enttäuschung. Er erwartete eine Antwort. Doch sie schwieg. War es wirklich Liebe, was sie für ihn empfand? Wie fühlte sich Liebe an? War es die freudige Erwartung, ihn am Bahnhof zu sehen? Die Vertrautheit, die sich einstellte, wenn sie nebeneinander hergingen? Das Zittern, wenn sie einander wie zufällig berührten? Der Wunsch, ihm über die Wangen zu streicheln?

Plötzlich beugte er sich vor und berührte mit seinen Lippen ihren Mund. Ganz kurz nur, dann wich er hastig zurück. Es war so rasch und unerwartet geschehen, dass sie nicht reagieren konnte. Mein erster Kuss, ging es ihr durch den Kopf, und ein Lächeln flog über ihr Gesicht. Als fühle er sich dadurch bestärkt, näherte sich Marek noch einmal. Sie wandte sich nicht ab, und da küsste er sie erneut, diesmal länger und fester. Mit geschlossenen Augen spürte sie seine weichen Lippen. Ein Schauer überkam sie, angenehm, aufregend.

Da fuhr sie zusammen. Vom Dorf her ertönten Stimmen. Unwillkürlich trat sie einen Schritt von Marek zurück und blickte die dunkle Strasse entlang. Der Lärm kam näher.

«Lass uns weitergehen», sagte sie mit belegter Stimme. Sie hätte weinen können, weil dieser besondere Moment so abrupt zerstört worden war. Mit schnellen Schritten, die nicht nur ihren Zorn auf die Störenfriede ausdrückten, sondern auch ihre verwirrten Gefühle, marschierte sie los und liess Marek stehen. Nach wenigen Metern besann sie sich, hielt inne und wandte sich zu ihm um.

«Komm», sagte sie leise mit einer auffordernden Kopfbewegung. Mit beiden Händen drückte sie das hölzerne Herz an ihre Brust. Fast rutschte der Schirm zu Boden. Marek zögerte. Er schien etwas sagen zu wollen, doch Sofia ging schon weiter. Langsamer, damit er nachkommen und neben ihr gehen konnte.

Laut plaudernd kamen ihnen drei Gestalten entgegen. Es waren Franz und seine Freunde. Sofia versteckte hastig das Herz in ihrem Ärmel. Als sie in Hörweite waren, unterbrachen die drei ihr Gespräch und grinsten spöttisch. Hatten sie den Kuss gesehen?

«Schon wieder in netter Begleitung?», fragte Franz. Ohne einen Gruss oder eine Antwort, aber mit erhobenem Haupt und selbstbewusstem Blick ging sie an ihnen vorüber. Marek folgte ihr rasch.

«Um zehn Uhr ist Lichterlöschen», rief Franz ihnen nach. «Für alle!»

Das Gelächter der drei verklang erst allmählich.

«Hornochsen», brummte Sofia wütend. Der Zauber, der sie auf der Brücke erfasst hatte, war vorüber.

Marek verlor kein Wort. Erst vor ihrer Haustüre sagte er: «Ich werde dir noch tausend Herzen schenken.»

Seine Augen glänzten im schwachen Schein der Laterne. Sie verkniff sich ein Schmunzeln bei der Vorstellung ihres von Holzherzen überquellenden Zimmers, aber wurde rasch wieder ernst, als sie in seinen Augen die ungestellte Frage las. Liebte sie ihn auch? Sie wusste es nicht. Sie musste zuerst Ordnung in ihrem Gefühlswirrwarr machen. Und dazu musste sie alleine sein.

«Danke», sagte sie mit einem kurzen Lächeln, öffnete die

Tür, huschte ins Haus und liess Marek einfach im Dunkeln stehen.

«Du kommst gerade rechtzeitig», rief ihr Vater aus der Küche. «Das Abendessen ist fertig. Es gibt Rösti mit Apfelmus.»

«Danke, Papa.» Sie nahm sich vor, ihm von Marek zu erzählen. Nicht heute Abend. Dazu war sie zu aufgewühlt. Aber ganz sicher morgen. Bevor er von jemandem aus dem Dorf etwas zu hören bekam.

Sofia konnte lange nicht einschlafen. Was wäre gewesen, wenn sie auf der Brücke nicht von Franz und seinen Freunden gestört worden wären? Wenn der Kuss länger gedauert hätte? Hätte sie danach die drei Worte über die Lippen gebracht? Sie seufzte, drehte sich von einer Seite zur anderen, schlug die Bettdecke zurück, stand auf, schaute zum Fenster hinaus zum Mond, der durch die Wolken drückte, ging wieder ins Bett, zog die Decke hoch, seufzte erneut, fuhr sich mit der Zunge über die Lippen, als könne sie Mareks Mund erspüren. Dann kamen die Worte. «Ich liebe dich», flüsterte Sofia. «Ich liebe dich. Ich liebe dich. Ich liebe dich.»

Jedes Mal klang es etwas fester. Wie etwas, das man fleissig übt und sich dadurch zu eigen macht. Als wäre eine Last von ihr genommen, fand sie endlich Schlaf.

8

Tadeusz' Zahnlücke blitzte auf, als er Leonora für das Bier dankte. Als sie zurück an den Holzofen ging, wurde sein Ausdruck wieder bitter, und seine Augen starrten an die Wand, als wollten sie ein Loch hineinbrennen. Selten hatte Marek so grüne Augen gesehen. Sie hatten die Farbe von frischem hellgrünem Moos, aber nichts von dessen Weichheit.

Tadeusz war vor einigen Tagen ins Lager Rodels gekommen, begleitet von zwei Heerespolizisten. Marek hatte mitbekommen, wie der Kommandant eindringlich auf ihn eingeredet hatte, ohne dass Tadeusz auch nur im Geringsten die stolze Haltung und den verkniffenen Ausdruck verändert hatte. Beim Abendessen hatte er sich neben Marek gesetzt.

Schon über eine halbe Stunde sassen sie vor ihren Biergläsern, ganz am Ende des Tisches, fast ohne zu reden. Der Ofen bullerte. Marek musterte das Gemälde an der hinteren Wand der Soldatenstube, das vor wenigen Tagen von Jan fertig gemalt worden war. Jan trug eine Narbe auf der linken Backe, deren Herkunft er hartnäckig verschwieg. Er bezeichnete sich als Künstler, was Marek in Anbetracht der mässigen Qualität des Bildes anzweifelte. Jan hatte Humor, daran liessen die halblebensgrossen Karikaturen keinen Zweifel. Ein polnischer Offizier mit spitzer Nase und Engelsflügeln, ein Schweizer Soldat mit einem Knüppel in der Hand vor einem rot-weiss gestreiften Wachhäuschen und ein kartenspielender Pole mit kurzem Körper und überdimensioniertem Kopf tummelten sich an der Wand. Sich selbst hatte Jan auch verewigt, als Maler, der an einer nackten gesichtslosen Frau mit üppigem Busen und grossen Füssen pinselte. Über allen thronte auf einer Wolke eine Putte mit einer Offiziersmütze.

Marek knabberte an den mit Haselnüssen und Rosinen gespickten Guetzli. Das seien Vorboten der Weihnachtsplätzchen, hatte Leonora gesagt.

Plötzlich lehnte sich Tadeusz zu ihm hinüber. «Hier werde ich nicht lange bleiben», sagte er mit gesenkter Stimme, sodass nur Marek ihn hören konnte. Er betrachtete ihn überrascht, erwiderte aber nichts. Nach einigen Minuten fuhr Tadeusz fort: «Ich habe nicht so viel Glück gehabt wie du. Du hast es gut getroffen hier in diesem Lager. Ich wurde mit meinen Kameraden auf eine Alp hoch in den Bergen geschickt. Grossalp heisst sie. Frühmorgens mussten wir von unserem Lager in Bonaduz losmarschieren. Das liegt nicht weit weg von hier. Über hundert Mann waren wir. Fast acht Stunden sind wir gelaufen, zuerst in ein langes, enges Tal, dann ging es aufwärts, immer steiler. Die Wege wurden schlechter und steiler.» Tadeusz' Finger trommelten auf den Tisch. «Es war unglaublich kalt, obwohl es Juni war. Oben hat es sogar geschneit. Einer hat sich den Arm gebrochen, als er auf dem Schnee ausgerutscht ist. Dann kamen wir auf eine Hochebene. Es gab keine Bäume, nur Fels und kurzes, dünnes Gras. Wir waren nass und müde und hungrig. Und weisst du, was uns da erwartet hat?» Tadeusz schaute Marek eindringlich an, griff nach seinem Bierglas, leerte es in einem Zug und rief Leonora zu, dass sie ihm noch eines bringen solle.

«Leere Ställe. Man hat uns gesagt, dass wir in diesen Ställen untergebracht seien. Sie waren dreckig, voller Kuhmist, an den Wänden und auf den Böden. Es gab keine Latrinen, keine Waschmöglichkeiten. Nur einen Brunnen, in dem am Morgen eine Eisschicht das Wasser bedeckte.» Tadeusz starrte Marek an, als wäre er mitschuldig an den Missständen. An seinen geballten Fäusten traten die Knöchel weiss hervor. Er atmete so heftig, dass es fast ein Schluchzen war.

«Und am schlimmsten war», sprach Tadeusz weiter, während sein Blick zum wärmenden Ofen ging, «dass es keine Heizung gab. Wir froren die ganze Nacht. Unsere Mäntel waren viel zu dünn für diese Kälte. Es gab nur ein paar dreckige Decken.»

Tadeusz' Stimme war lauter geworden. Die anderen hörten nun mit, schweigend und mit gesenkten Köpfen. Auch Leonora beobachtete den hageren Erzähler, ohne ihn zu verstehen. Er sprach polnisch. Als er eine Pause machte, stand sie auf, schnitt ein Stück Apfelkuchen ab, legte es auf einen Teller und stellte diesen wortlos vor Tadeusz hin. Er mühte sich ein Lächeln ab, das aber in den Ansätzen stecken blieb, auch als Leonoras Hand kurz auf seiner Schulter liegen blieb. Sein Blick folgte ihr, als sie sich wieder setzte.

«Und dann?», drängte Marek. «Was geschah dann?»

Tadeusz antwortete nicht sofort, als müsste er sich erst wieder sammeln. Er betrachtete den Apfelkuchen, ohne davon zu kosten.

«Wir haben uns geweigert zu arbeiten. Der Kommandant hat herumgebrüllt wie ein wütender Stier. Wir haben trotzdem gestreikt. Er hat mit Konsequenzen gedroht. Dann haben wir einen Brief an das Rote Kreuz geschrieben. Wir haben geschrieben, dass kein Mensch unter solchen Bedingungen leben und arbeiten könne. Dass es schon erste Kranke gäbe und dass wir Hilfe bräuchten. Als der Kommandant von dem Brief erfahren hat, ist er fast durchgedreht. Er hat uns als wehleidig beschimpft und uns unmilitärisches Verhalten vorgeworfen. Die Schweizer Armee brauche sich keine Kontrollbehörde gefallen zu lassen. Auch nicht das Rote Kreuz. Er hat allen, die den Brief unterschrieben haben, mit scharfem Arrest gedroht.» Tadeusz lachte auf. «Das war uns egal. Schlimmer als in den Kuhställen konnte der Arrest gar nicht sein. Dann haben sie endlich versprochen, Baracken für uns zu bauen, und wir haben mit unserer Arbeit begonnen. Wir mussten eine Strasse zu einer Transportseilbahn erstellen, die zu irgendwelchen militärischen Einrichtungen führt. Wenigstens wurde es in den nächsten Tagen wärmer. Der Schnee verschwand.»

Tadeusz ergriff die Gabel und brach ein kleines Stück Kuchen ab. Nach einem kurzen Blick zu Leonora schob er es in den Mund. Er kaute bedächtig und mit geschlossenen Augen, als hätte er schon seit Ewigkeiten nichts vergleichbar Gutes gegessen.

Dann erzählte er weiter: «Wir haben uns zu früh gefreut. Die Baracken waren nicht für uns. Sie waren nur für unsere polnischen Offiziere. Wir einfachen Soldaten mussten bis im November in den Ställen ausharren.»

Tadeusz legte die Gabel zurück auf den Teller. Es klirrte unangenehm. Marek erwartete einen Kommentar zum Verhalten der Offiziere, doch Tadeusz blieb stumm, starrte nur auf den Tisch.

«Das war's», sagte er nach einer Weile und schaute auf. «Mehr gibt es nicht zu sagen. Jetzt bin ich hier bei euch in diesem netten Ferienlager.»

Diese Bemerkung verursachte bei einigen Zuhörern grimmige Mienen. Tadeusz lächelte, verschränkte die Arme und schloss die Augen.

Nach und nach setzten die Gespräche der anderen wieder ein. Marek hörte ihnen mit halbem Ohr zu, während er Tadeusz musterte. Er schätzte ihn auf um die dreissig, obwohl der harte Gesichtsausdruck und die scharfen Zornesfalten ihn älter wirken liessen. Seine vollen Lippen waren fest zusammengepresst.

Unvermittelt, als spüre er Mareks Blick, schlug Tadeusz die Augen auf. «Kannst du dich erinnern, Marek? Als wir in die Schweiz gekommen sind auf der Flucht vor den Deutschen? Da haben die Schweizer uns mit Blumen, Schokolade und Zigaretten empfangen. Sie haben uns als Helden gefeiert.»

Ja, Marek erinnerte sich. Er erinnerte sich auch an die zahllosen Haufen mit den Karabinern und an die anderen Waffen, die sie abgeben mussten. Da war sich Marek beschämt vorgekommen wie ein Fahnenflüchtiger und hatte sich gefragt, ob der Tod im Schlachtfeld nicht heldenhafter gewesen wäre. Doch was hätten weitere Tote seinem Land genützt?

«Und einige Wochen später haben sie uns in das Lager in Büren an der Aare gesteckt. Über dreitausend Männer. Bewacht von bewaffneten Soldaten, scharfen Hunden und umzäunt von Stacheldraht. Es war schlimm. Kaum auszuhalten. Wenn ich im Frühling nicht verlegt worden wäre …» Tadeusz brach ab.

Marek hatte das Lager Büren nicht miterlebt. Er war in Schulhäusern und Gemeindezentren untergebracht worden. Doch einige seiner Kameraden, die ebenfalls in Büren gewesen waren, hatten von den schlimmen Verhältnissen erzählt. Es sei wie ein Konzentrationslager gewesen, angelegt für sechstausend Insassen. Bald nach der Eröffnung des Grosslagers hatte es einen ersten Aufstand gegeben, dem weitere gefolgt waren. Marek konnte sich gut vorstellen, dass Tadeusz einer der Anführer der Meutereien gewesen war. Ob die Internierten als Folge der Aufstände oder aus anderen Gründen seit einigen Monaten in kleinere Lager versetzt wurden, wusste Marek nicht.

Tadeusz legte ihm die Hand auf den Arm und sagte so leise, dass Marek ihn kaum verstand: «Ich werde fliehen. So bald wie möglich. Kommst du mit?»

«Fliehen? Wohin?»

«Nach England. In die polnische Exilarmee. Ich will kämpfen. Gegen die Deutschen. Gegen die Nazis. Wir können doch nicht hier herumhocken und zuschauen, wie sich andere für unsere Freiheit opfern. Das ist feige.»

Feige? War Marek feige, wenn er hierblieb und wartete,

bis der Krieg zu Ende war? Er war der polnischen Schützendivision als Freiwilliger beigetreten, weil er kämpfen wollte, für Polen, für ein freies Europa. Doch das Schicksal hatte anders entschieden. Er war jetzt in der Schweiz interniert. Der Krieg fand anderswo statt.

«Ich weiss nicht», antwortete er ausweichend.

Tadeusz liess seinen Arm los. «Was heisst das: Ich weiss nicht? Was hält dich hier? Die Sicherheit? Hast du Angst vor dem Krieg? Hast du dich schon an ein behagliches Leben gewöhnt?»

Marek war gekränkt. Wollte Tadeusz ihm ein schlechtes Gewissen einreden? Mit einem Mal hatte er genug von ihm und seinen Erlebnissen in Büren und auf dieser Alp. Auch von seinen Fluchtplänen wollte er nichts mehr hören. Sollte Tadeusz fliehen, wenn er wollte. Er würde nicht mitgehen. Sofia war in sein Leben getreten.

Er klaubte ein paar Münzen hervor und legte sie auf den Tisch. Tadeusz' Mund verzog sich, ob enttäuscht oder spöttisch konnte Marek nicht sagen. Er stand auf.

«Bis morgen», sagte er, ohne eine Erklärung für seinen Aufbruch zu geben. Er war Tadeusz keine Rechenschaft schuldig.

Draussen atmete er tief die kühle Nachtluft ein und schaute hinauf zu den Sternen, die am mondhellen Himmel funkelten. War dem Himmel gleichgültig, dass sich die Menschen auf der Welt gegenseitig niedermetzelten? Waren ihm die Gebete egal, die Verängstigte, Sterbende, Leidende, Hoffnungslose flüsternd oder stumm hinaufschickten? Half der Himmel den Liebenden in diesen herzlosen Zeiten? Marek war sich nicht sicher. Ein leiser Zweifel stieg in ihm hoch, ob es wirklich richtig war, wegen Sofia hierzubleiben, anstatt sich Tadeusz' Flucht anzuschliessen. Müsste er nicht auch weiterkämpfen für sein besetztes und geschundenes Land, für seine Familie, die in Angst und Schrecken lebte?

Brauchte die Schlacht gegen die Nazis, die die Weltherrschaft anstrebten, nicht jeden Mann? Moskau drohte bereits zu fallen. Die russische Regierung hatte ihren Sitz in eine Stadt an der Wolga verlegt, neunhundert Kilometer entfernt. Nur Stalin blieb in Moskau. In Böhmen und Mähren hatte die SS über hundert Tschechen, die der Oppositionsbewegung angehörten, ermordet. Das konnte auch in Polen passieren. Und er, Marek, tat nichts dagegen.

Plötzlich hörte er einen seltsamen Ton. Er brauchte einige Sekunden, bis er merkte, dass dieser aus seinem Innern kam.

9

Sofia hatte sich bei Leonora untergehakt. Ihre Tante trug einen bordeauxroten, knielangen Mantel mit zwei Knopfreihen und einem Gurt, der die Taille betonte, dazu einen dunkelblauen Hut mit schmaler Krempe, einem Herrenhut ähnlich. Sie hatte sich beides vor drei Jahren – ein knappes Jahr vor Kriegsbeginn – geleistet, als Geschenk an sich selbst zum vierzigsten Geburtstag. Dazu war sie extra nach Zürich gefahren.

Sie gingen durch den samstäglichen Churer Markt am Kornplatz, nur flüchtige Blicke auf die Waren der Bäuerinnen werfend. Sie hatten ein anderes Ziel: den Globus, das klar gegliederte vierstöckige Warenhaus mit dem Walmdach und den ebenerdigen Schaufenstern, das sich über dem Platz aufrichtete und fast ein wenig wie ein grosser Bruder auf den Bauernmarkt hinabblickte. In schlichten Grossbuchstaben war das Gebäude angeschrieben. Leonora wollte eine Dekoration für die Soldatenstube kaufen, nicht zu teuer, gut haltbar und hübsch anzuschauen. Vielleicht ein paar Blumen aus Papier oder Stoff.

Doch zuerst wollten sie durch die Kleiderabteilung stöbern, einfach so, um zu schwelgen und zu träumen. Sie stiegen die breite Treppe hinauf in den ersten Stock zu den eleganten Jupes, rüschenbesetzten Blusen, Jackettkleidern und Hüten, die aus Pariser Modemagazinen zu stammen schienen. Sofia nahm ein gelb-braun kariertes, eng geschnittenes Deux-Pièces von der Stange und hielt es sich vor den Körper.

«Steht mir das?», fragte sie.

«Nein, das ist nicht dein Stil. Das passt nicht zu einem Mädchen aus dem Dorf.»

Sofia zog einen Schmollmund. Marek würde es vielleicht gefallen, wenn sie wie eine vornehme Dame gekleidet wäre. Sie hängte das Kleid zurück. Derweil hatte sich Leonora einen Strohhut mit einem lilafarbenen Band, das über die breite wellende Krempe herabhing, aufgesetzt und betrachtete sich im Spiegel. Sie hatte den Mantel aufgeknöpft, sodass ihr dunkelblaues Kleid zum Vorschein kam, das sie mit einer Brosche und einer dünnen goldenen Halskette aufgefrischt hatte.

«Wenn der Krieg vorbei ist, kaufe ich mir ein knallrotes Kleid aus Paris. Und himbeerfarbene Schuhe dazu. Ich bin zwar schon über vierzig, aber noch lange keine alte Frau.»

Sofia verzog das Gesicht. Wer wusste, wie lange der Krieg dauern würde. Drei Jahre? Fünf Jahre? Oder noch länger? Dann wäre ihre Tante schon fast fünfzig. Sie befühlte pastellfarbene, spitzenbesetzte Unterhöschen, die an schmalen Bügeln hingen, und nahm ein rosafarbenes vom Ständer.

«Sind die nicht wunderschön? Ganz weich und kühl. Die sind sicher aus französischer Seide.»

Leonora legte den Hut zurück. «Seit wann interessierst du dich für hübsche Unterwäsche?»

«Warum denn nicht? Ich bin schliesslich fast erwachsen.» Sie spürte Leonoras prüfenden Blick.

«Hast du den Polen wiedergetroffen?»

Energisch schüttelte Sofia den Kopf und wandte sich ab. Hoffentlich hatte Marek ihrer Tante nicht erzählt, dass er sie jeden Dienstagabend nach Hause begleitete und sie sich schon geküsst hatten.

«Pass auf dich auf, Sofia. Lass dich nicht auf etwas Ungehöriges ein, hörst du? Diese Polen …» Leonora brach ab und atmete tief durch. Dann setzte sie wieder an: «Wir alle haben Mitleid mit ihnen und wollen ihnen helfen, so gut es geht. Aber wir müssen Distanz halten. Mitleid ist ein schlechter Ratgeber.»

«Du musst dir keine Sorgen machen, Tante», sagte Sofia. Ihre gute Laune hatte einen Dämpfer bekommen und ihr die Lust am Bummeln verleidet. «Ich kann mir die Höschen sowieso nicht kaufen. Die Textilmarken reichen nicht.» Sie hängte sie zurück an die Stange und schaute auf ihre Armbanduhr. «Der nächste Zug nach Rodels fährt in einer Dreiviertelstunde. Wollen wir diesen nehmen?»

«Ich möchte noch etwas zum Dekorieren suchen. Und Brot kaufen. Begleitest du mich? Oder hast du es pressant?», fragte Leonora. Sie schien nichts von Sofias Verstimmung zu spüren.

«Ich komme gerne mit», sagte Sofia.

Leonora kaufte Seidenpapier und Stoffreste in verschiedenen Farben und dünnen Draht, um selbst Blumenschmuck herzustellen. Sofia bot an, ihr bei Gelegenheit dabei zu helfen.

Die Warteschlange vor der Bäckerei war lang. Zwanzig Minuten würde das Anstehen sicher dauern. Während sie warteten, näherte sich zögernd eine in Schwarz gekleidete ältere Frau. Verstohlen hielt sie ihnen zwei Lebensmittelkarten entgegen, immer wieder über die Schulter schauend. Sofia wusste sofort, dass die Frau die Karten verkaufen wollte. Sie winkte ab.

«Verschwinden Sie, sonst rufe ich die Polizei», ertönte in diesem Moment eine kräftige Stimme hinter Sofia. «Sie wissen genau, dass der Verkauf von Lebensmittelmarken verboten ist.»

Die Frau zuckte zusammen, entschuldigte sich und eilte durch eine Seitengasse davon. Peinlich berührt sah ihr Sofia nach. Sie schaute sich nicht nach der Stimme um.

Endlich kamen sie an die Reihe.

«Na, riecht das nicht lecker?», fragte Sofia grinsend und hielt ihrer Tante den Laib unter die Nase.

«Es riecht nach Stein. Wie immer», antwortete Leonora.

Das Brot war zwei Tage alt und hatte jeden verführerischen Geruch von frischer Backware verloren.

«Weisst du noch, wie Brot duftet und schmeckt, das gerade aus dem Ofen kommt?»

«Erinnere mich nicht daran. Ich will es mir gar nicht vorstellen.»

«Beim ersten frisch gebackenen Brötchen, das ich wieder bekomme, werde ich mir jeden Bissen im Mund zergehen lassen. Ich werde ganz kleine Bissen nehmen, so klein, dass selbst Ameisen sie tragen könnten. Ich werde etwa eine Stunde brauchen, um das Brötchen zu essen, und es wird mir vorkommen wie Manna.»

Sofia freute sich über Leonoras Lachen und hakte sich bei ihr ein. Auf der Heimfahrt träumte sie von Marek.

10

Niemals hätte sich Sofia vorstellen können, dass das Leben so freudlos sein konnte und sich Tage so quälend langsam hinziehen konnten. Seit über sechs Wochen hatte sie Marek nicht mehr gesehen. Sie ass kaum noch, verbarg nachts ihr Gesicht im Kissen, damit ihr Vater ihr Weinen nicht hörte, starrte während des Unterrichts zum Fenster hinaus, was ihr Tadel der Lehrer einbrachte. Ihre Hausaufgaben und die Prüfungen waren ungewohnt fehlerreich.

Sie musterte im dunklen Zugfenster das Spiegelbild des jungen Gefreiten, der im Abteil gegenüber sass und schlief. Wäre er ein russischer Soldat, müsste er in Moskau, Leningrad oder auf der Krim bei eisiger Kälte und gefrorenen Böden und Flüssen gegen die Wehrmacht kämpfen. Als Engländer flöge er vielleicht Luftangriffe auf deutsche oder italienische Städte oder wäre fernab der Heimat bei heftigen Sandstürmen in Nordafrika oder in den feuchtheissen Tropenwäldern der Südseeländer im Einsatz. Er würde Todesängste durchleben, unter Hunger und Durchfall oder Moskitos und Blutegeln leiden. Vielleicht bliebe er von gegnerischen Kugeln und Minen verschont. Doch vielleicht würde er an einem Schlangenbiss, an Erfrierungen, Erschöpfung oder Hoffnungslosigkeit sterben.

Sofias Gedanken wanderten zurück zur Deutschstunde. Lehrer Lorenz hatte nicht wie üblich das Grammatikbuch hervorgenommen. Er hatte mit den Schülern die neusten kriegerischen Auseinandersetzungen diskutiert. Dies wollte er nicht dem Geschichtslehrer überlassen, dessen unverhohlene Sympathie für die Nazis ihm ein Dorn im Auge war.

Vor fünf Tagen, am 7. Dezember 1941, hatten die Japaner das amerikanische Hauptquartier der Pazifikflotte auf

Hawaii angegriffen. Pearl Harbor, der Name des Hafens, war in aller Munde. Die Kinder auf der Strasse sprachen ihn im lang gezogenen amerikanischen Tonfall nach, fast hauchend, was ihn noch düsterer und beklemmender machte. Tags darauf hatten die Vereinigten Staaten Japan den Krieg erklärt, und gestern war die Kriegserklärung von Deutschland und Italien gegenüber den Vereinigten Staaten erfolgt.

«Wisst ihr, was das bedeutet?», fragte Lorenz.

«Dass der Krieg bald vorbei ist», rief Paul, ohne die Hand zu heben und darauf zu warten, von Lorenz aufgerufen zu werden. Er war ein munterer, klein gewachsener Schüler mit strubbeligen Haaren.

«Das wäre uns allen zu wünschen», sagte Lorenz, ohne Paul wegen seiner spontanen Wortmeldung zu tadeln. «Aber ich fürchte, dass dem nicht so ist. Zwar sind die Alliierten in Libyen auf dem Vormarsch. Feldmarschall Rommel scheint ziemlich unter Druck zu sein, wenn man den neusten Meldungen glauben kann. Doch in Russland stehen die Deutschen vor Moskau, vor Leningrad und der Krim. Ich möchte euch jedoch etwas anderes vor Augen führen: Zum ersten Mal in der Geschichte haben wir im wahrsten Sinn des Wortes einen Weltkrieg, der alle Gebiete der Erde miteinschliesst, bis nach Ostasien und in die Südsee. Das war 1914 bis 1918 nicht der Fall, obwohl wir auch diesen Krieg als Weltkrieg bezeichnen. Und jede Seite betont, dass sie bis zum vollständigen Sieg kämpfen wird.»

Als sähe er sie zum ersten Mal, betrachtete Lorenz die Weltkarte, die er vor zwei Jahren neben der Wandtafel aufgehängt hatte und auf der er mit farbigen Stecknadeln die Frontbewegungen eintrug. Seine Ausführungen – und mehr noch sein Schweigen – bedrückten Sofia. Sie hatte das Bedürfnis, trotz der winterlichen Temperaturen die Fenster zu öffnen, als könnte die frische Luft die unheilvollen Sätze verdrängen.

«Der Krieg wird noch lange dauern.»

Damit machte Lorenz jede Hoffnung auf einen baldigen Frieden zunichte. Das Schlimme war, dass Sofia ihm glaubte.

«Was ist mit uns? Mit der Schweiz?», fragte sie leise und dachte dabei an Marek.

«Was mit der Schweiz passiert, weiss niemand. Wir können nur hoffen, dass Hitler keine Soldaten einsetzen wird, um unser Land zu besetzen, da er seine Truppen für andere Kriegseinsätze benötigt. Doch sicher können wir nicht sein.»

Ein grelles Pfeifen schreckte Sofia aus ihren Gedanken. Der Zug fuhr in Rodels ein. Mit einem Ruck schlug der Gefreite die Augen auf. Sofia stand auf, knöpfte sich den Mantel zu und setzte die Mütze auf. Fast hätte sie die Schultasche auf dem Sitz vergessen, wenn der Soldat sie nicht darauf aufmerksam gemacht hätte. Sie dankte mit einem Lächeln.

Marek wartete nicht am Bahnhof, wie schon die letzten fünf Wochen nicht. Sofia hatte es ihm mit Tränen in den Augen verboten. Es sei zu gefährlich. Überall gebe es Denunzianten, die der Polizei einen Verstoss gegen den schrecklichen Befehl des Polizeidepartements aus Bern melden würden. Auf orangefarbenem Papier war dieser im November an jeder Plakatsäule, jedem Schuppen, in jedem Gemeinde- und Schullokal, selbst an Baumstämmen angeschlagen worden, sodass er von Weitem sichtbar war und niemand behaupten konnte, er hätte von nichts gewusst. Das «Eidgenössische Kommissariat für Internierung und Hospitalisierung» hatte ihn unterzeichnet. Die Formulierungen liessen keine Unklarheiten oder Ausflüchte zu. Eindeutig stand da, als zweitletztes von zwölf Verboten, dass die Ehe zwischen Einheimischen und Internierten nicht gestattet sei und demzufolge «daraufhin zielende Beziehungen» untersagt waren. Übertretungen wurden nach dem Militärstrafgesetz geahndet.

Der Staat mischte sich in die Liebe ein. Sofia durfte Marek nicht mehr sehen.

Sie schlug den Mantelkragen hoch und zog die Mütze tief in die Stirn. Es war ihr elend zumute, als kämpfe ihr Körper gegen eine Grippe. Ausser ihr war nur der junge Soldat ausgestiegen, der sich eine Zigarette anzündete. Der Zug, dessen abgedunkelte Scheinwerfer einen kurzen Moment lang die roten Fensterläden des kleinen Bahngebäudes erkennen liessen, fuhr weiter. Sofia verliess den Bahnhof, sehnsüchtig zum Polenlager hinüberschauend, aus dem leise Klarinettenmusik zu hören war. Sicher sass Marek in der Soldatenstube, spielte Karten oder hörte Radio. Dachte er manchmal an sie? Oder hatte er sie schon vergessen?

Mit einem Seufzer ging sie weiter die Strasse zum Fluss hin. Dünne Schneeflocken schwebten zu Boden. Der Soldat hatte den entgegengesetzten Weg nach Cazis eingeschlagen und war bereits in der Dunkelheit verschwunden.

Wie sollte es weitergehen mit Marek und ihr? Sie hatte ihrem Vater von ihm erzählt. Dass sie ihn sehr gern habe. Mehr als das. Dass sie ihn – liebe. Ihr Vater hatte lange geschwiegen.

«Sei vorsichtig. Du bist noch sehr jung und unerfahren», hatte er endlich gesagt, mit ungewohnter, belegter Stimme. Die Sorge, die darin mitschwang, schmerzte Sofia. Genauso wie seine weiteren Worte. «Marek ist sicher ein netter Mensch. Doch er ist ein internierter Soldat, also nicht freiwillig hier. Er hat viele schlimme Dinge erlebt und sucht Trost und Vergessen. Ich will damit nicht sagen, dass er es nicht ernst meint mit dir. Doch er wird fortgehen, zurück in seine Heimat. So bald als möglich.»

Sie hatte ihren Vater noch nie so viel aufs Mal sprechen hören.

«Meine Sofia. Du bist das Liebste, was ich habe. Ich will nicht, dass du unglücklich wirst.»

Sie hatte Tränen in seinen Augen gesehen und hastig seine Hände ergriffen. Sie waren rau vom Pflügen, Melken und Heuen und würden es auch bleiben. Josef Caderas hatte seinen kleinen Hof schon vor Jahren, kurz nach dem Tod seiner Frau, aufgegeben, war mit seiner Tochter in das Haus am Dorfrand gezogen und hatte bei der Rhätischen Bahn eine Anstellung als Kondukteur angenommen. Diese Arbeit war körperlich weniger anstrengend, doch ihm fehlten die Kühe und Kälber, der gutmütige Wallach und Lump, der Hofhund.

Das Schneegestöber wurde dichter. Zwischen den Obstbäumen rechts der Strasse schimmerte der Schnee weissgrau. Sofias Blick huschte unruhig zu den hohen Tannen auf der anderen Seite hinüber, die ächzten wie alte Menschen. Ein Wispern ertönte, und eine dunkle Gestalt trat hinter einer Holzbeige neben der Strasse hervor. Sie fuhr zusammen. Ihr Herzschlag setzte einen Moment aus. Sie wollte davonrennen, als sie die Stimme erkannte.

«Ich bin's, Marek.»

Ihr Ärger über den Schreck, den Marek ihr verursacht hatte, wich rasch freudiger Erregung. Sie liess ihre Schultasche fallen und eilte in seine Arme. Marek presste sie an sich, streichelte und küsste ihr Haar.

«Meine liebste Sofia. Ich musste dich sehen. Ich halte es nicht aus ohne dich. Tag und Nacht denke ich nur an dich und werde krank vor Sehnsucht.»

Sekundenlang verharrten sie in der Umarmung. Sofia spürte trotz des dicken Mantels das wilde Pochen von Mareks Herz. Oder war es ihres? Nur langsam lösten sie sich voneinander.

«Darf ich dich nach Hause begleiten?»

Sie nickte, obwohl sie wusste, dass es unvernünftig war. Eng aneinandergeschmiegt gingen sie langsam weiter. Schon fast fingerbreit bedeckte der Schnee die Strasse und knirschte unter den Schuhen.

«Sieh doch, unsere Spuren», sagte Sofia, als sie zurückblickte.

«Der Schnee wird sie bald zudecken», sagte Marek.

Sofia überlegte, ob dies nun ein tröstlicher oder ein beklemmender Gedanke war. Da sah sie etwas Dunkles im Schnee. Es war ihre Schultasche, die sie in der Aufregung liegen gelassen hatte. Sie wollte losrennen, doch Marek hielt sie zurück und lief selbst, um sie zu holen, wobei er fast auf dem Schnee ausrutschte. Mit theatralischen Bewegungen konnte er das Gleichgewicht halten, was Sofia hell auflachen liess, doch rasch schlug sie sich die Hand vor den Mund. Hoffentlich hatte sie niemand gehört.

«Verdrehe ich dir so den Kopf, dass du deine geliebten Schulbücher vergisst?» Er grinste.

Sie knuffte ihn in die Seite. Beim Weitergehen versuchte sie, mit der Zunge Schneeflocken zu fangen. Marek tat es ihr nach und stibitzte ihr die Flocken vor dem Gesicht weg.

«Das war meine Flocke. Gib sie mir wieder zurück», rief sie.

«Hol sie dir doch.» Er blieb mit weit offenem Mund vor ihr stehen. Sofia steckte den Zeigefinger hinein und berührte seine Zunge.

«Da ist sie. Ich seh sie. Aber jetzt will ich sie auch nicht mehr. Ich hol mir eine andere.»

Sie zog ihre Hand zurück und hielt mit geschlossenen Augen ihr Gesicht zum Himmel. Da spürte sie Mareks Mund auf ihren Lippen. Sie erwiderte seinen Kuss, er schmeckte süss und weich wie Honig. Sie fühlte sich leicht, wie verzaubert.

«Wir sehen aus wie Schneemänner», sagte Marek zärtlich und strich den Schnee von ihrer Mütze. Hand in Hand gingen sie in vertrautem Schweigen weiter. Selbst das Rauschen des Flusses unter der Brücke kam Sofia heute friedvoll vor.

Kurz vor dem Dorf hielt Marek an.

«Soll ich dich alleine weitergehen lassen?»

Sie schüttelte den Kopf.

«Ich habe Weihnachtsplätzchen gebacken. Mit Schokolade», sagte sie. Ihre Stimme klang belegt und bebte. Sie war in dieser Nacht allein zu Hause. Ihr Vater übernachtete im Engadin, da er für einen erkrankten Kollegen eingesprungen war. Einen Moment lang kam sich Sofia ihm gegenüber unaufrichtig vor. Doch sie verdrängte dieses Gefühl. Ebenso wie das Risiko, das sie einging. Trotz der Dunkelheit könnte sie jemand beobachten, wenn sie zusammen ins Haus gingen. Als sie vor der Haustüre standen, wo diesmal keine Laterne brannte, blickte Marek sie unsicher an.

«Komm», sagte sie mit fester Stimme.

Er zögerte. «Bist du sicher?»

Sie nickte langsam. Ja, sie war sich sicher. Zumindest – ziemlich sicher. Sie wollte Marek an sich drücken, so fest, dass keine Luftblase mehr zwischen ihnen Platz hatte. Sie wollte ihn liebkosen, umschmeicheln, neben ihm liegen, ihn streicheln und sich von ihm streicheln lassen, sich ganz vergessen in der Zweisamkeit. So wie sie es jede Nacht erträumt hatte.

Rasch – bevor weitere Zweifel aufsteigen konnten – ergriff sie seine Hand und zog ihn ins Haus. Der Schlüssel knarrte leise, als sie die Tür hinter sich verriegelte.

Die Schneeflocken wurden dicker und dichter. Sie legten sich auf gefällte Bäume, auf Fussspuren der Menschen, auf die Dächer der Häuser, Ställe und Baracken und machten die Nacht still.

11

«Hast du dich gut amüsiert?», fragte Leonora. Sie schloss das Fenster der Soldatenstube. Die kalte Luft verdrängte den Zigarettenqualm, aber auch die Ofenwärme. Sorgfältig ordnete sie die Weihnachtskugeln und das Tannenkries auf dem Sims neu und zündete die weissen Kerzen zwischen den Seidenblumen wieder an, die der Durchzug ausgeblasen hatte.

«Ja, es war lustig. Sogar unser General war da. Bronisław Prugar.»

Mareks Stimme hatte einen ehrfürchtigen Beiklang. Leonora hatte in der Zeitung schon Bilder von dem polnischen General gesehen. Er hatte eingefallene Wangen und eine spitze Nase. Die Geheimratsecken gingen kaum wahrnehmbar in die millimeterkurz geschnittenen Haare über, die die Kopfhaut durchschimmern liessen.

«Er macht einen strengen Eindruck, euer General», sagte sie. «Presst die Lippen zusammen, als wären sie zusammengeklebt.»

«Ja, er sieht auf den Fotografien ziemlich ernst aus. Er redet auch nicht viel. Das unterscheidet ihn von den meisten Polen.» Marek grinste. «Dafür kann er gut zuhören und kümmert sich um uns und unsere Sorgen. Wir haben grossen Respekt vor ihm. Und heute Nachmittag war er ganz vergnügt und hat sogar gelacht.»

Das polnische Divisionstheater hatte auf seiner Tournee durch die Schweiz in Chur haltgemacht und im voll besetzten Saal des «Marsöls» eine Liebeskomödie aufgeführt. Zerzauste blonde Perücken, dick bemalte Lippen und Augen, Äpfel als Busenimitate und Kissen unter den Hintern hatten magere Internierte in temperamentvolle Frauenzimmer verwandelt, die ihren Verehrern schmatzende Küsse schenkten und sich gleichzeitig mit rollenden Augen über sie lustig machten. Marek hatte sich den anzüglichen Pfiffen und schlüpfrigen Zwischenrufen aus dem Publikum angeschlossen. Heitere Ausgelassenheit hatte ihn und seine Kameraden erfasst und den bedrückenden Lageralltag vergessen lassen. Als am Schluss fünf als Engel verkleidete Männer auf die Bühne traten, dicke brennende Kerzen vor sich hertragend und mit hohen dünnen Stimmen ein Kinderliedchen trällernd, trampelten die Zuschauer auf den Boden, dass dieser bebte. Marek lachte Tränen.

Schade, dass Sofia nicht mit dabei gewesen war. Obwohl er sich nicht sicher war, ob ihr die Aufführung gefallen hätte. Die Handlung war nach einem simplen Muster gestrickt: Alter Mann liebt junge Frau, die ihn wegen seines Geldes heiratet und ihn mit einem feurigen Liebhaber hintergeht. Dann kamen noch die üblichen Verwicklungen mit Tanten und Nachbarinnen hinzu. Die Dialoge waren vergnüglich, derb und zweideutig. Eine leichte Geschichte, die wenig mit echter Liebe zu tun hatte. Nicht so wie bei Sofia und ihm. Das war etwas ganz anderes. Er liebte Sofia, und sie liebte ihn, ehrlich, tief und zärtlich. Was spielte da dieses dumme Liebesverbot für eine Rolle?

«Wie kann man an das eigene Vergnügen denken, wenn andere im Krieg sterben.»

Marek blickte Tadeusz befremdet an. Warum nur musste dieser jede Freude zerstören? Tadeusz war nicht mit nach Chur gekommen. Er hatte es vorgezogen, im Lager zu bleiben und über seinen Fluchtplänen zu brüten.

«Ausserdem habt ihr gewusst, dass vor zwei Tagen im Lager in Churwalden ein Wachsoldat einen unserer Kameraden erschossen hat. Sigismund hat er geheissen. Er war zweiunddreissig Jahre alt.» Tadeusz' Augen brannten. «Es ist mir unbegreiflich, dass ihr das einfach so hinnehmt und euch amüsieren geht.»

Tadeusz sprach ohne Emotion, was die Worte vorwurfsvoller machte, als wenn er geschrien und getobt hätte. Vorwurfsvoll gegen Marek und seine Kameraden, die sich zwei Stunden Zerstreuung gegönnt hatten. Vorwurfsvoll gegen den Schweizer Soldaten, der seine Waffe eingesetzt hatte. Vorwurfsvoll gegen die Schweizer Armee, die Soldaten in den Wachdienst schickte, die für diese Aufgabe ungenügend ausgebildet waren.

«Er sei stark betrunken gewesen und mit einem Messer auf den Wachsoldaten losgegangen, heisst es», antwortete Marek und ärgerte sich im gleichen Moment darüber. Es musste Tadeusz vorkommen, als wolle er den Schweizer verteidigen und die Schuld an dem Unglück dem polnischen Internierten zuschieben. Marek hatte sich auch seine Gedanken zum Geschehen gemacht. Konnte man einen betrunkenen, randalierenden Mann nicht anders stoppen als mit einer Gewehrkugel? Selbst wenn er ein Messer gezogen hatte? Was genau vorgefallen war, hatte niemand eindeutig und zuverlässig berichten können.

Ein feines Klirren ertönte. Leonora klopfte mit einem Löffel an ein Glas. Als alle Männer zu ihr schauten, rief sie fröhlich: «Heute ist der dritte Advent. Seid so lieb und singt mir etwas vor. Am liebsten dieses polnische Schlaflied für den kleinen Jesus, das ihr letzten Sonntag gesungen habt. Das, in dem Jesus als Perlchen beschrieben wird. Ich höre euch so gerne zu.»

Noch während sie sprach, stimmte Karol das Lied an, als hätte er nur auf Leonoras Wunsch gewartet. Die Internierten fielen in den Gesang mit ein. Nur Tadeusz' Lippen blieben verschlossen.

Schon nach wenigen Takten holte Leonora ein Taschentuch hervor. Auch Marek bekam feuchte Augen, als er an die letzte Weihnachtsfeier mit seinen Eltern, den Geschwistern und seiner Grossmutter zurückdachte. Drei Jahre war das her. Er hatte ihnen einen langen Brief geschrieben. Doch es war nicht einfach, das eigene Befinden zu beschreiben, wenn die Briefe von fremden Händen geöffnet und von misstrauischen Augen gelesen wurden. Wie gerne würde er von Sofia erzählen. Das aber war unmöglich.

Karol hatte bereits ein neues Lied intoniert. Immer mehr Kameraden kamen in die Stube und sangen mit. Ein Lied folgte dem andern. Weihnachtslieder, Hirtenlieder, Liebeslieder.

Dann verklangen die letzten Töne. Leonora schnäuzte sich kräftig.

«Ihr singt so wunderschön», sagte sie. «Es bricht mir fast das Herz.»

«Auf Leonoras Wohl!», rief Karol und hielt sein Glas hoch.

«Auf Leonoras Wohl!», kam das vielstimmige Echo.

«Meine lieben Buben –», begann Leonora, wurde jedoch vom Gelächter der Männer unterbrochen, die sich darüber amüsierten, dass Leonora sie «Buben» nannte.

«Ja, ihr seid meine Buben. Das wisst ihr», fuhr Leonora fort. «Und ich tue alles, was mir möglich ist, damit ihr euch in meiner Soldatenstube wohlfühlt. Vielleicht kann ich euch ein klein wenig die Heimat ersetzen.» Wieder drückte sie mit dem Taschentuch eine Träne weg.

Tadeusz beugte sich vor und flüsterte Marek zu: «Sie erinnert mich an Jagoda. Obwohl sie älter ist. Sie hat ein grosses Herz und freundliche Augen, genau wie Jagoda.»

In Marek klang immer noch die Musik nach. «Wer ist Jagoda?»

«Jagoda ist meine Frau. Sie ist in Frankreich zurückgeblieben, zusammen mit unserem Sohn Jakub.»

Zu Mareks Überraschung zeichnete sich ein schwaches Lächeln auf Tadeusz' Lippen ab. Liess er sich doch auch von der Liebe berühren?

«Wie meinst du das: in Frankreich zurückgeblieben? Ist sie mit dir aus Polen geflohen?», fragte Marek.

«Nein. Wir sind beide in Frankreich aufgewachsen. In einem kleinen Dorf ganz im Norden, in der Nähe von Calais. Meine Eltern sind in den zwanziger Jahren aus Polen ausgewandert, um der Armut zu entfliehen. Wie tausend andere auch. Mein Vater hat Arbeit in den Kohlebergwerken bekommen. Und seit ich aus der Schule bin, arbeite ich auch dort.»

Marek staunte über Tadeusz' ungewohnten Redeschwall. Hatte ihn der rührselige Gesang wehmütig gemacht?

«Ich sorge mich um Jagoda und Jakub. Sie sind den Deutschen schutzlos ausgeliefert. Man hört immer wieder von Gräueltaten der Nazis.»

Das Lächeln war wieder verschwunden.

Fast war Marek versucht, Tadeusz von Sofia zu erzählen. Als schon wieder ein harter, abwesender Ausdruck in Tadeusz' Augen trat, liess er davon ab.

«Hast du etwas von deiner Frau gehört?», fragte er.

«Den letzten Brief habe ich vor drei Monaten bekommen. Sie hat geschrieben, dass es ihr gut geht. Aber vielleicht sagt sie das nur, um mich zu beruhigen. Ich muss ihr unbedingt schreiben, dass ich –» Er brach ab.

Was wollte er ihr schreiben? Dass er die Flucht plane und bald wieder bei ihr sei? Das war nicht möglich.

Wieder ruhte Tadeusz' Blick nachdenklich auf Leonora. Marek konnte sich vorstellen, was Tadeusz sich überlegte. Er wäre nicht der Erste, der versuchte, die Zensur zu umgehen. Jeder im Lager hatte schon daran gedacht. Einige hatten einen Weg gefunden und gaben ihre Briefe heimlich befreundeten Einheimischen mit, die das Risiko einer Entdeckung und Bestrafung auf sich nahmen. Marek wollte Sofia auf keinen Fall für einen solchen Freundschaftsdienst ausnutzen. Sie waren schon genug in Gefahr.

Unvermittelt stand Tadeusz auf.

«Gute Nacht», sagte er.

Marek nickte nur kurz. Er schaute Tadeusz nach, als er bei Leonora vorbeiging, einige Worte mit ihr wechselte, sich mit einem Handkuss von ihr verabschiedete und die Baracke verliess. Nein, ein Freund würde Tadeusz nie werden. Doch warum hatte er ihm bisher noch nicht klar und deutlich gesagt, dass er ihn mit seinen Fluchtplänen in Ruhe lassen solle? Was hinderte ihn bloss daran? Unvermittelt schlug Marek mit der Faust auf den Tisch und erschrak selbst darüber. Dann bestellte er bei Leonora einen Kaffee.

12

Es war kalt im Zug. Trotz der Handschuhe und des dicken Schals fror Sofia. Carolina, die in Rodels den Laden führte, sass ihr gegenüber. Sie erzählte von ihrer Tante, die sie heute in Chur besucht hatte. Sie war weit über achtzig und hatte sich eine schwere Grippe zugezogen. Sie esse kaum mehr, käme fast nicht aus dem Bett. Mit Mühe schaffe sie es auf die Toilette. Sie sei nur noch Haut und Knochen, und man wisse nicht, ob sie überlebe.

Sofia hörte Carolina kaum zu. Sie hauchte die kalten Fensterscheiben an und zeichnete Striche in den weissen Schleier. Die Gedanken in ihrem Kopf kreisten wie in einem Karussell. Wie sollte sie Marek ihre Entscheidung mitteilen? Es war so schwer, die richtigen Worte zu finden, und es war so schwer, sich einzureden, dass der Entschluss richtig war. Würde sie ihn überhaupt wiedersehen?

Am Bahnhof in Rodels war niemand zu sehen, nur der eisige Wind empfing sie. Carolina hatte den gleichen Heimweg wie Sofia. Sie wohnte mitten im Dorf, neben dem Laden. Auch sie schien die Kälte zu spüren. Ihre Schritte wurden immer rascher, und ihr fröhliches Geplauder verstummte nach einigen Minuten.

«Schönen Abend», wünschte sie, als sie sich bei der Abzweigung zu Sofias Haus verabschiedete.

«Gleichfalls. Und alles Gute für deine Tante.»

Als Sofia in ihrer Schultasche mit klammen Fingern nach dem Hausschlüssel kramte, vernahm sie einen leisen Pfiff. Vor Schreck fiel ihr der Schlüssel aus der Hand.

«Ich bin's», flüsterte Marek.

Ihr Herz klopfte wild, vor Erschrecken, Freude und Unmut.

«Was tust du hier? Es ist gefährlich. Es könnte uns jemand sehen.»

Sie erschrak selbst über ihre Heftigkeit. Marek hielt konsterniert in seiner Bewegung inne. Er hatte sie küssen wollen. Seine Miene trübte sich.

«Ich weiss, dass es gefährlich ist. Deshalb war ich nicht am Bahnhof. Doch ich denke die ganze Zeit nur an dich. Unser ... Zusammensein ... es war so schön. Ich dachte, dass du dich freuen würdest, mich zu sehen.»

Seine Verunsicherung verursachte ihr ein Ziehen im Bauch.

«Darf ich hereinkommen?»

Sie gab keine Antwort, blickte nur rasch die Strasse hinauf und hinunter. Niemand war zu sehen. Mareks unerwartetes Erscheinen hatte sie durcheinandergebracht. Wie sollte sie ihm bloss sagen, was zu sagen war? Der bittende Ausdruck in seinen Augen machte es fast unmöglich. Auch sie hatte das Verlangen, ihn zu küssen und zu umarmen. Doch sie hatte unruhige Tage und schlaflose Nächte gehabt nach ihrem «Zusammensein», wie es Marek genannt hatte. Kaum konnte sie ihrem Vater in die Augen schauen, so sehr drückte ihr schlechtes Gewissen. Sie hatte seine Abwesenheit ausgenützt und hinter seinem Rücken Unziemliches getan. Dabei vertraute er ihr. Er hatte noch gefragt, ob es ihr etwas ausmache, wenn er auswärts bleibe über Nacht. Ob sie Angst habe, allein im Haus zu bleiben. Sie hatte verneint.

«Mama beschützt mich», hatte sie gesagt. «Du musst dir keine Sorgen machen.»

Und dann hatte sie Marek in ihr Haus gelassen. Das hätte ihr Vater niemals geduldet.

Der Schlüssel war im Schnee versunken. Sie kniete nieder, um ihn zu suchen. Marek tat es ihr nach. Sie spürte seinen Atem, während sie den Schnee abtasteten und ihre Finger gefühllos wurden.

«Hier ist er», sagte er.

Als sie den Schlüssel aus Mareks Hand entgegennahm, hielt er ihre Hand fest.

«Was ist, Sofia? Ist etwas passiert? Habe ich etwas falsch gemacht?»

Sie erhoben sich. Er umfasste immer noch ihre Hand.

«Es ist schwierig für mich, Marek. Ich ... glaube, es war falsch, was wir gemacht haben. Mein Vater ...» Sie brach ab, wich seinem Blick aus. «Wir haben uns in grosse Gefahr gebracht.»

Sie hatte noch mehr sagen wollen. Dass sie sich schlecht vorkam, weil sie mit einem Mann geschlafen hatte, den sie nicht einmal ein halbes Jahr lang kannte. Sie entzog ihm ihre Hand. «Wir hätten das nicht tun dürfen. Es war nicht richtig.»

«Liebst du mich nicht mehr?»

«Doch ... Aber ... versteh doch. Alle sind gegen uns. Die Behörden, die Leute aus dem Dorf. Wir können doch nicht gegen alle ankämpfen. Dieser Befehl aus Bern hat alles verändert.»

Er stand da mit hängenden Armen und zitterndem Mund. Sein Anblick tat ihr in der Seele weh. Sie schluckte ein würgendes Gefühl hinunter.

«Verstehst du denn nicht?», wiederholte sie.

«Du willst mich also nie wieder sehen?»

Doch, schrie es in Sofias Innerem, natürlich! Jeden Tag! Jede Stunde!

«Wir müssen warten», sagte sie stattdessen. Mehr brachte sie nicht hervor. Nicht, dass sie doch noch jung seien und Zeit hätten, dass sie Geduld haben müssten, da der Krieg, der ja nun schon über zwei Jahre dauerte, sicher bald vorbei sei. Das alles würde ihnen ihr Vater raten oder andere ältere, vernünftige Menschen. Aber Sofia kamen diese Sätze nicht über die Lippen. Kaum konnte sie sich halten, um nicht in

Mareks Arme zu stürzen, der immer noch dastand wie erstarrt. Rasch wandte sie sich ab.

«Bitte, geh jetzt. Mein Vater kann jeden Moment kommen», sagte sie mit krächzender Stimme, während sie versuchte, den Schlüssel ins Schloss zu stecken. Doch durch den Tränenschleier fand sie das Loch nicht, der Schlüssel kratzte unangenehm auf dem Metall. Endlich gelang es. Sie wartete mit geschlossenen Augen, ob Marek noch etwas sagte oder tat. Doch es blieb still in ihrem Rücken. Sie öffnete die Tür und trat ins Haus.

«Auf Wiedersehen, Marek», flüsterte sie, zog die Tür hinter sich zu und verriegelte sie leise. Sie presste das Ohr an die Tür, doch nichts war zu hören. Langsam sank sie zu Boden, rollte sich wie eine Katze zusammen und liess ihren Tränen freien Lauf.

13

Seit über drei Wochen hatte Marek nichts mehr von Sofia gehört. Er hatte sich auch nicht getraut, sie am Bahnhof abzuholen. Wahrscheinlich hätte er sie sowieso nicht dort angetroffen. Sicher hatte sie Weihnachtsferien. Für ihn war es das traurigste Weihnachtsfest seines Lebens gewesen. Fern von zu Hause, getrennt von seiner Liebsten. Nur der Brief seiner Familie und die Weihnachtskarten der Schulkinder des Dorfes hatten ihn einen Moment lang aufgemuntert. Von Sofia war nichts gekommen, kein Brief, keine Karte. Weder zu Weihnachten noch zu Neujahr.

Er war froh, dass die Arbeit im Wald trotz Winter und Kälte weiterging. So konnte er seine Verbitterung und Sehnsucht mit heftigen Axtschlägen an den Bäumen herauslassen.

«Weisst du, dass Sofia meine Nichte ist?»

Er blickte Leonora überrascht an. Nein, das hatte er nicht gewusst. Sofia hatte nichts davon gesagt. Er schüttelte den Kopf. Warum fragte Leonora ihn danach? Er hatte ihr nie mehr von seiner Liebe berichtet. Hatte Sofia vielleicht …?

«Hast du Kontakt mit ihr?»

Er suchte nach Worten. Auf keinen Fall wollte er Sofia in Schwierigkeiten bringen. Hastig biss er in den Apfelkuchen. Er schmeckte nicht mehr so gut wie vor einigen Tagen. Aber dafür konnte Leonora nichts. Ohne Eier war es schwierig, gute Kuchen zu backen.

Leonora wartete, bis Marek trotz übermässig langen Kauens den Bissen nicht mehr daran hindern konnte, in die Speiseröhre zu rutschen.

«Ich habe sie ein oder zwei Mal gesehen», sagte er aufs Geratewohl. «Aber das ist schon lange her, sehr lange.» Das stimmte. Die fast vier Wochen schienen ihm endlos.

«Das hoffe ich. Ich mag dich gut leiden. Aber ich will nicht, dass Sofia in eine schlimme Situation gerät.»

«Da musst du dir keine Sorgen machen», antwortete er, um einen leichten Tonfall bemüht. «Wirklich nicht.» Die Lügen kamen ihm leicht von den Lippen, ohne schlechtes Gewissen. Die Unwahrheit sei manchmal menschlicher als die Wahrheit, hatte seine Grossmutter einmal gesagt.

Tadeusz trat in die Soldatenstube, obwohl es schon spät war, fast zehn Uhr. Er war Marek immer noch fremd, doch diesmal nickte er ihm aufmunternd zu und forderte ihn mit einer Handbewegung auf, sich zu ihm und Leonora zu gesellen. Alles war Marek recht, damit Leonora nicht weiterfragen konnte. Tadeusz setzte sich.

«Kann ich noch einen Kaffee bekommen?», fragte Tadeusz und lächelte Leonora an. Es war ein seltsames Lächeln, fordernd und doch auch unsicher, fast verlegen.

Leonora hob die Augenbrauen, warf einen Blick auf die Uhr an der Wand und überlegte kurz. Dann stand sie auf, ging zur Anrichte, schenkte Kaffee in eine Tasse und brachte sie an den Tisch.

«Bitte», sagte sie und wollte zurück zur Theke.

Tadeusz hielt sie am Arm zurück. «Darf ich dir etwas offerieren?», fragte er.

Unsicher blickte sie von Marek zu Tadeusz und dann zu den anderen wenigen Gästen. Einige beendeten soeben unter lautstarkem, gestenreichem Diskutieren das Kartenspiel.

«Ich muss noch bei allen einkassieren, dann komme ich», sagte Leonora, und Tadeusz liess sie los.

Stumm blickte er Marek an. Er schien mit seinen Gedanken in weiter Ferne. Von Flucht hatte er schon länger nichts mehr gesagt. Marek beobachtete Tadeusz' Finger, die nervös auf die Tischplatte trommelten, und fragte sich, weshalb er noch aufgetaucht war, so kurz vor Lokalschluss.

Leonora kam, eine Tasse Kaffee in der Hand. Sie setzte sich zu ihnen.

«In zehn Minuten schliesse ich.»

Marek trank mit einem langen Schluck den letzten Rest des Bieres aus. Dann holte er einige Münzen hervor, legte sie auf den Tisch und stand auf. Seinem auffordernden Blick kam Tadeusz nicht nach. Er blieb sitzen, als gelte Leonoras Bemerkung nicht für ihn.

«Gute Nacht, Leonora», sagte Marek.

«Gleichfalls», antwortete sie, den Blick auf Tadeusz gerichtet, hob die Tasse und blies in das dampfende Getränk.

Noch einmal zögerte Marek, doch als Tadeusz nach wie vor keine Anstalten machte, ihn zu begleiten, verliess er mit den anderen die Stube. Als er als Letzter die Türe schloss, nahm er wahr, dass Leonora aufstand und ein Fenster öffnete, um den Zigarrenqualm zu vertreiben. Dann löschte sie das Licht, so wie es die Verdunkelungsvorschriften verlangten. Er blieb vor der Baracke stehen. Was wollte Tadeusz von Leonora? Marek liess seine Kameraden zu den Schlafbaracken vorangehen, mit dem kaum verständlich gemurmelten Vorwand, dass er noch eine Zigarette rauchen wolle. Doch sie beachteten ihn nicht, waren in ihre Gespräche oder Gedanken vertieft, beeilten sich aber trotzdem, denn die Temperaturen in diesen ersten Januartagen waren frostig. Marek wartete ein paar Sekunden, dann trat er an das offene Fenster.

«Ich bin müde und möchte nach Hause», hörte er Leonoras Stimme.

Marek hatte sich schon öfter gefragt, ob es nicht gefährlich sei für Leonora, so spät nachts allein mit dem Velo unterwegs zu sein. Sie könnte überfallen werden oder bei den vereisten Strassen stürzen und sich verletzen. Leonora wohnte in Cazis, das Rodels gegenüber auf der anderen Seite des Talbodens lag.

«Ich habe eine Bitte», sagte Tadeusz.

Einige Sekunden lang war es still. Marek kam sich unschicklich vor beim Lauschen, doch die Neugier war grösser als seine Skrupel. Wieder vernahm er Tadeusz' Stimme. Er hatte sie gesenkt, flüsterte fast. Die Sätze kamen hastig und stossweise, Marek bekam nur Bruchstücke davon mit.

«Ich bitte dich ... muss Jagoda infor... sie ... in Gefahr ... einmal nur ... bitte.»

Es wurde still in der Stube. Aus den Schlafbaracken drangen die Stimmen herüber.

Marek nahm eine Bewegung wahr und schreckte zurück. Leonora war herangetreten, um das Fenster zu schliessen. Das Licht in der Stube ging wieder an, ganz kurz, dann wurde es von den schwarzen Vorhängen, die Leonora zuzog, am weiteren Hinausdrängen gehindert. Zum Glück hatte sie ihn nicht bemerkt. Es wäre ihm peinlich gewesen, wenn sie ihn ertappt hätte.

Bei geschlossenem Fenster hörte Marek nichts mehr vom Gespräch der beiden. Er ging langsam über den Platz zu seiner Unterkunft. Vor einer knappen Stunde hatte Leonora ihn eindringlich gemahnt, Sofia nicht in Gefahr zu bringen. Liess sie sich nun selbst auf etwas Ungesetzliches ein? Er war sich sicher, dass Tadeusz ihr einen Brief an seine Frau mitgeben wollte. Sollte er ihr sagen, dass er gelauscht hatte, und sie warnen, so, wie sie ihn gewarnt hatte? Doch was würde das nützen? Genauso wenig wie er ein Treffen mit Sofia trotz Leonoras Ratschlägen ablehnen würde, würde sie von dem Freundschaftsdienst für Tadeusz ablassen, wenn sie es richtig fand, Tadeusz' Brief zu übermitteln.

Marek seufzte. In was für einer Welt lebten sie, in der Liebe verboten war? Er wünschte sich so sehr, seiner Familie von Sofia zu erzählen und seine Grossmutter zu fragen, was er machen solle, um sie nicht zu verlieren. Seit er hier war, hatte er seiner Familie nie mitteilen können, wie er sich wirklich fühlte. Immer war da die Gewissheit, dass die Zensurbehörde das Geschriebene überprüfte, Wörter und Sätze einschwärzte. Er verstand Tadeusz. Wie konnte man der Ehefrau, der Verlobten Liebesschwüre übermitteln, ihr sagen, wie sehr man sie vermisste, wenn fremde Beamtenaugen mitlasen und vielleicht zotige Bemerkungen machten?

Da hörte er harte, eilige Schritte. Der junge blonde Wachsoldat hastete aus der Dunkelheit und lief, ohne Marek zu bemerken, zur Soldatenstube. Er schien erfahren zu haben, dass Leonora und Tadeusz noch dort sassen und die Polizeistunde überzogen. Möglich, dass einer der Internierten ihm einen Wink gegeben hatte, um Tadeusz eins auszuwischen, der bei seinen Kameraden wegen seiner rechthaberischen Art wenig beliebt war. Der Soldat riss die Tür auf und brüllte etwas in den Raum. Einen kurzen Moment lang war es still, dann erschien Leonora und redete beschwichtigend auf den Soldaten ein. Sie trat zur Seite, als Tadeusz, der einen Kopf grösser war als der Soldat, auftauchte und diesen wortlos musterte wie eine lästige Fliege. Das schien den Blonden noch mehr zu ärgern, ein Wortschwall war die Folge, den Tadeusz starr über sich ergehen liess und Leonora mit erhobenen Händen vergeblich zu beenden suchte. Als dem Soldaten die Worte ausgingen, drängte sich Tadeusz an ihm vorbei, wobei er ihn leicht anrempelte, sodass er einen Schritt zur Seite machen musste. Das führte zu einem erneuten Wutausbruch des jungen Wachsoldaten.

«... Meldung machen ...», hörte Marek und «... Konsequenzen ...».

Leonora fasste den Soldaten am Arm, der sich kaum dagegen wehrte, als wäre er froh, dass er daran gehindert wurde, dem grossen, selbstbewussten Tadeusz zu folgen. Umso zorniger war jedoch seine Stimme. Bevor Tadeusz die Schlafbaracke erreichte, schlüpfte Marek hinein. Er wollte nicht, dass Tadeusz mitbekam, dass er Zeuge der Auseinandersetzung geworden war.

Ruhig, als ob nichts vorgefallen wäre, trat Tadeusz Sekunden später in den Raum. Die neugierigen Blicke der anderen ignorierend, ging er zu seinem Bett und begann sich auszukleiden. Auf seinem Gesicht lag ein schwaches Lächeln.

14

Die Weihnachtstage waren schlimm gewesen. Sofia hatte an Heiligabend ihre ganze Kraft zusammennehmen müssen, um sich ihrem Vater und Leonora gegenüber nichts von ihrer Trübsal anmerken zu lassen. Ihr Vater hatte ihr ein blumengemustertes Schultertuch geschenkt. Von Leonora hatte sie feinmaschige Nylonstrümpfe bekommen. Sie dankte beiden mit überschwänglichen Worten, überreichte ihrem Vater einen Beutel Tabak und Leonora den mit Blumen bestickten Kissenbezug, den sie ihr schon zum Geburtstag hatte schenken wollen, aber nicht rechtzeitig fertiggebracht hatte.

Zu Weihnachten hatte sie Marek einen Brief geschrieben, dass er sie hoffentlich verstehe und Geduld habe mit ihr, dass sie ihn sehr gernhabe und ihn nicht verlassen wolle, dass ihre Angst aber übergross sei. Der Brief lag immer noch in ihrer Kommode unter der Unterwäsche. Zum neuen Jahr hatte sie Birnbrote gebacken, wie es Tradition war im Tal. Eines war für sie und ihren Vater bestimmt, das andere brachte sie den Internierten ins Lager, wie das auch andere Frauen des Dorfes zu Neujahr gemacht hatten. Sofias Hoffnung, Marek zu sehen, erfüllte sich nicht. Sie musste das Brot am Lagereingang dem Wachsoldaten abgeben, der ihr herzlich dafür dankte. Die Internierten würden sich darüber freuen. Und sie, die Wachsoldaten, auch, fügte er mit einem Augenzwinkern hinzu.

Es war Dienstagabend. Vor einer Woche waren die Weihnachtsferien zu Ende gegangen. Sofia war froh darüber, denn der Unterricht lenkte sie zumindest manchmal von den Gedanken an Marek ab. Als sie den Bahnhof verliess, warf sie einen Blick zum Lager hinüber. Schemenhaft zeichneten sich die Baracken in der Dunkelheit ab. Rasch ging sie weiter, ihre

Schuhe knirschten im Schnee. Kurz nach der Brücke kam ihr eine Gestalt entgegen, langsam, zögernd. Sofias Herz machte einen Sprung.

«Marek?»

Wie zwei Fremde blieben sie auf zwei, drei Meter Distanz stehen. Sie hielt ihre Schultasche vor den Körper.

«Marek», wiederholte sie.

«*Kochanie*, verzeih mir, aber ich musste dich einfach sehen. Ich werde krank vor Sehnsucht.» Sein Gesicht erschien bleich im fahlen Mondlicht.

«Wie geht es dir, Marek? Hattest du schöne Weihnachten?» Die Frage war dumm, banal, überhaupt nicht passend. Sie fragte nicht, was *«kochanie»* hiess. Es klang zärtlich.

«Ja, wir haben Geschenke bekommen von den Leuten aus dem Dorf. Zahnbürsten und Zahnpasta, Nadel und Faden, sogar Hemden, gebraucht zwar, aber ohne Risse und Flecken. Auch Süssigkeiten haben sie uns geschenkt und diese Brote mit gedörrten Birnen drin.»

«Birnbrote?»

«Ja genau. Und die Schulkinder haben uns Zeichnungen gemalt. Die hängen jetzt in unseren Baracken.»

Ihre Augen suchten sich, wichen verlegen aus, wenn sie sich gefunden hatten, um dann doch wieder scheu das Gesicht des anderen zu erforschen.

Endlich sagte Marek: «Ich wollte dir sagen, dass deine Tante Leonora in Gefahr ist.»

«In Gefahr? Weshalb denn?»

«Einer meiner Kameraden hat sie gebeten, einen Brief zur Post zu bringen. Er will die Zensur umgehen. Das ist verboten.»

Sofia musste wider Willen lachen. Verboten. Auch ihre Liebe war verboten, und dass sie jetzt hier miteinander sprachen auch. Es war noch viel verbotener, als einen harmlosen Brief aufzugeben. Marek blickte sie irritiert an.

«Entschuldige. Ich will dich nicht auslachen. Ich frage mich nur, was noch alles verboten wird.» Sie war wieder ernst geworden. «Zum Glück sieht niemand meine Gedanken. Ich käme ins Gefängnis für sie. Weil … ich …» Sie sprach nicht weiter.

«Willst du mich immer noch nicht sehen?»

«Mach es mir nicht so schwer. Natürlich möchte ich. Doch …» Sie wollte nicht wieder alles erklären.

«Ich habe meiner Grossmutter von dir geschrieben.»

«Was? Bist du verrückt? Willst du mich ins Gefängnis bringen?»

Er hob beschwichtigend die Hände. «Nicht direkt von dir. Ich habe ihr geschrieben, dass ich einen Engel getroffen habe. Nur das. Aber sie wird es verstehen. Sollen die Behörden denken, ich wäre verrückt geworden. Nach Weihnachten ist die Antwort von ihr eingetroffen. Weisst du, was sie geschrieben hat? Auch Engel seien verwundbar, doch sie hätten zum Glück Flügel. Ich weiss nicht genau, was sie damit sagen will. Meine Grossmutter ist nicht immer leicht zu verstehen.»

Sofia erwiderte nichts.

Marek kramte in seiner Manteltasche. «Ich habe dir ein Geschenk.»

Es war ein fliegender Engel aus Holz mit lockigem Haar, Pausbacken und nach vorne gerichteten Armen. Er sah aus, als wolle er etwas ergreifen. Sofia nahm die zarte Schnitzerei vorsichtig entgegen.

«Ist der schön!»

Sie hörte ein Geräusch vom Dorf her. Fast gleichzeitig blickten sie beide die Strasse hoch.

«Geh, Marek, bevor uns jemand sieht. Rasch!»

Er zögerte. «Sehen wir uns wieder?»

«Vielleicht. Doch jetzt geh! Bitte.»

Das ängstliche Drängen in ihrer Stimme war unüberhörbar. Bevor sie reagieren konnte, umarmte er sie und drückte ihr einen Kuss auf den Mund. Dann eilte er davon. Es war so schnell gegangen, dass Sofia den Kuss nicht hatte erwidern können. Während sie Marek im Dunkeln verschwinden sah, fuhr sie sich mit der Zunge über die Lippen. Dann lächelte sie und ging weiter wie in Trance, den Engel an die Brust gedrückt.

Wenige Schritte später traf sie auf Franz. Er hatte den Hut tief ins Gesicht gezogen und den Mantelkragen hochgeklappt.

«Du Luder», zischte er sie an. «Schämst du dich nicht?»

Ihr Lächeln erstarb schlagartig. Ohne eine Antwort zu erwarten, ging er kopfschüttelnd an ihr vorüber. Sofia starrte ihm mit offenem Mund nach.

15

Das Schweigen des Polizisten war beunruhigender als seine Fragen. Er wischte eine winzige Fluse vom Ärmel seiner schwarzen Uniform. Dann, als ob er sich langweilte, liess er seinen Blick durch das karg möblierte Büro schweifen. Seine hellen Augen wanderten zur Fotografie von General Guisan an der in einem schmutzigen Gelb gestrichenen Wand und blieben am Sekundenzeiger der Uhr über der Türe hängen. Sein Kopf nickte leicht im Rhythmus des Tickens mit. Als hätte dies eine einschläfernde Wirkung, schloss er die Augen. Er hatte sich mit Wachtmeister Kunz vorgestellt. Einen Vornamen hatte er nicht genannt. Kurz zuvor hatte er die Tischlampe aus grauer Emaille angeknipst, die einen fahlen Lichtkegel auf zwei Papierstapel warf.

Plötzlich starrte er wieder Sofia an. Sein Blick hatte jede Langeweile verloren und war wieder unangenehm eindringlich.

«Ihnen wird vorgeworfen, dass Sie sich mit einem internierten Polen eingelassen haben», sagte er.

Sie sass ganz vorne auf dem harten Stuhl und wiegte in kleinen Bewegungen den Oberkörper vor und zurück. Gerade so fest, dass der Stuhl nicht knarrte. Die Rückenlehne hatte sie nicht ein einziges Mal berührt. Sie zog den braunen Mantel noch fester um sich. Es war kalt im Raum. An den Fenstern hatten sich Eisblumen gebildet.

«Geben Sie das zu? Geben Sie zu, dass Sie gegen den Orange-Befehl verstossen haben?»

Sie schüttelte den Kopf.

«Ein Nachbar hat Sie beide zusammen gesehen, Fräulein Caderas. Sie und den internierten Polen Marek Kwiatkowski. Kürzlich, abends, auf der Strasse. Ihr hättet euch geküsst. Und auch schon vorher einmal, vor Ihrem Haus. Und wäret zusammen ins Haus gegangen. Was haben Sie dazu zu sagen?»

Schon fast eine Stunde dauerte das Verhör auf dem Polizeiposten in Thusis. Der Wachtmeister stellte immer die gleichen Fragen. Manchmal duzte, manchmal siezte er sie. An einem kleinen Nebentisch tippte ein Polizist, der trotz seiner kaum dreissig Jahre schon eine Halbglatze hatte, ihre Aussagen mit der Schreibmaschine mit. Wenn er zu schnell schrieb, verhedderte sich das Typenrad, und er musste die Buchstaben zurück in ihre Ausgangsposition drücken. Mit einem unwilligen Brummen und zusammengezogenen Augenbrauen brachte er seinen Ärger über diese lästige Unterbrechung zum Ausdruck. Wenn er warten musste, strich er über die Tastatur, als könne er kaum abwarten weiterzutippen.

Kunz hatte eine knollige Nase, buschige weisse Augenbrauen und ein grobschlächtiges Gesicht. Er erinnerte Sofia in seinem Aussehen an ihren verstorbenen Grossvater, was sie störte. Dieser war ein herzlicher, heiterer Mensch gewesen, der ihr als Kind oft Süssigkeiten zugesteckt hatte.

«Wie oft habt ihr euch getroffen?»

Kunz drehte am runden schwarzen Stempelhalter wie an einem Kreisel. Ein leises metallisches Kreischen war zu hören. Einer der Stempel war auf den Tisch gefallen. Kunz liess ihn liegen.

«Er hat mich manchmal am Bahnhof abgeholt. Einmal habe ich ihn zu einem Kaffee ins Haus eingeladen. Wir haben geredet und Kuchen gegessen.»

Das hämische Lachen des zweiten Polizisten fühlte sich an, als würde Sofia mit einem nassen Lappen geschlagen.

«Und dann?»

«Dann ist Marek wieder gegangen.»

Sofia hielt Kunz' prüfendem Blick nicht stand. Sie war

es nicht gewohnt zu lügen. Erneut fixierte sie das dicke rote Datum am Abreisskalender, den jemand auf einer mit Stoff überzogenen, länglichen Unterlage befestigt und an die Wand gehängt hatte. Der 20. Januar 1942 würde ihr für immer als der Tag in Erinnerung bleiben, an dem sie um ihre Würde hatte kämpfen müssen. Ihr Augen brannten. Tränen würden Linderung bringen, aber sie noch mehr vor diesen beiden Männern blossstellen. Schon jetzt hatten sie ihr den Eindruck vermittelt, ein unzüchtiges Mädchen zu sein, eine liederliche Verführerin, eine vergnügungssüchtige Kriminelle. Doch das war sie nicht. Auch wenn sie mit Marek geschlafen hatte. Mama, hilf mir!, drängte ein Flehen aus ihrem Innern.

«Du hast die Abwesenheit deines Vaters ausgenutzt, um dich mit diesem Polen zu treffen. Du hast deinen Vater hintergangen. Einen ehrenwerten Mann. Schämst du dich nicht?»

Sie glaubte, von innen her zu erfrieren, und unterdrückte nur mühsam den Drang, sich die Ohren zuzuhalten. Doch das hätte nichts mehr genutzt. Die schreckliche Frage stand bereits im Raum. Schämte sie sich? Nein, nicht vor diesen Polizisten oder vor den Dörflern. Ein schlechtes Gewissen hatte sie nur gegenüber ihrem Vater. Ja, sie hatte seine Abwesenheit ausgenutzt. Und doch tat es ihr nicht leid.

Kunz bohrte weiter. «Gib zu, Sofia, dass du dich von dem Polen hast verführen lassen. Ich kann es dir nicht verdenken. Er sieht gut aus. Ist charmant. Da kann ein junges Mädchen schnell schwach werden.»

«Nein. Wir haben nichts dergleichen getan», flüsterte sie. «Auch wenn Sie mich noch hundert Mal fragen. Es war nichts zwischen uns.»

«Wer's glaubt», schnaubte der Polizist mit der Halbglatze, ohne aufzublicken. «Es gibt viele Weiber, die sich diesen Polen an den Hals werfen. Man müsste diese Huren alle namentlich in der Zeitung erwähnen. Ja, Huren sind sie alle. Sie sind eine Schande für unsere ehrlichen Schweizerinnen.»

Kunz liess seinen Untergebenen reden. Sofia war so müde, dass sie befürchtete, vom Stuhl zu fallen. Sie dachte an ihren Vater und an seine Trauer, als sie ihm von der polizeilichen Vorladung berichtet hatte. Er hatte nicht gefragt, ob die Vorwürfe stimmten. Doch sie war sicher, dass er die Wahrheit wusste.

«Wir haben nichts Böses getan.» Sofia konnte nur noch flüstern. Ihr Hals schmerzte wie Feuer. Flehentlich starrte sie den Wachtmeister an, als könne sie ihn dadurch von ihrer Unschuld überzeugen.

Dieser betrachtete das dicht beschriebene Blatt vor sich. Dann holte er seine Taschenuhr hervor, verglich sie mit der Wanduhr, stand auf, ging zu dieser hinüber und stellte den Zeiger um fünf Minuten zurück. Langsam drehte er sich zu Sofia um, trat zu ihr, legte ihr die Hand auf die Schulter und sagte: «Ich könnte dich von einem Frauenarzt untersuchen lassen.»

Die Worte trafen sie wie eine Ohrfeige. Sie kam sich vor, als verlange der Beamte, dass sie sich nackt ausziehe. Entsetzt starrte sie den Wachtmeister an, der keine Miene verzog. Vom Nebentisch kam ein kurzes Auflachen.

«Aber … Das können Sie doch nicht machen?», stammelte sie. «Warum denn?»

«Warum wohl?», mischte sich der Polizist an der Schreibmaschine wieder ein. «Aber vielleicht war der Pole ja nicht der Erste. Manche Frauen sind ja leicht zu haben.»

Kunz befahl ihm mit einer Handbewegung, zu schweigen. Er hatte sich wieder an seinen Tisch gesetzt. Nun drehte er erneut an dem Stempelkarussell, nachdem er den heruntergefallenen Stempel eingeordnet hatte, und beobachtete Sofia, die mit der Hand kalte Tränen abwischte.

«Sofia», begann er. Seine Stimme klang plötzlich weich.

«Ich weiss nicht, ob du dir bewusst bist, was du angestellt hast. Deine Zukunft steht auf dem Spiel. Du willst doch sicher das Seminar fertig machen und als Lehrerin arbeiten. Ich bin sicher, dass du eine wunderbare Lehrerin sein wirst.»

Sie wollte sagen, dass sie nichts angestellt habe. Doch er liess sie nicht zu Wort kommen.

«Du musst deine Beziehung zu diesem Marek sofort beenden. Ihr verstosst gegen das Gesetz und könnt hart bestraft werden. Denk daran, dass du noch minderjährig bist. Man könnte dir einen Vormund zur Seite stellen.»

Er beugte sich nach vorne und blickte sie an. War da Mitleid dabei?

«Ich werde dich diesmal verwarnen. Weil ich dich und deinen Vater kenne. Er ist ein rechtschaffener Mann, und er soll nicht noch mehr Ungemach wegen dir erleiden. Du wirst jetzt schon als Polenflittchen bezeichnet. Weisst du das?»

Sofia bedeckte ihr Gesicht mit den Händen. Ihre Schultern zuckten.

Kunz wandte sich an den Polizisten. «Protokollieren Sie, dass Fräulein Caderas eine Verwarnung erhält.»

Als das Tippen der Schreibmaschine verstummt war, sagte er: «Ich werde keine gynäkologische Untersuchung anordnen, Sofia. Diesmal nicht. Ich glaube deinen Ausführungen. Ich weiss, dass du im Grunde ein anständiges Mädchen bist. Doch rate ich dir dringend, dich von diesem Marek fernzuhalten. Es kann sonst böse enden. Hast du das verstanden?»

Sie nickte. Ja, sie hatte alles verstanden.

«Du kannst jetzt gehen.»

Sie brauchte einige Sekunden, bis sie die Worte des Wachtmeisters realisierte. Auch der Polizist mit der Halbglatze war über das plötzliche Ende des Verhörs überrascht. Er schien enttäuscht.

«Du musst noch das Protokoll unterschreiben», sagte Kunz und machte eine auffordernde Bewegung zum Protokollierenden. Dieser riss das Formular aus der Schreibmaschine und legte es Kunz vor. Konzentriert las er es durch. Die Minuten kamen Sofia unendlich lang vor. Sie versuchte, den hämischen Blick des jungen Polizisten nicht zu beachten.

Kunz tauchte den Federhalter in die Tinte und hielt ihn Sofia hin. Schwer erhob sie sich vom Stuhl, trat mit wackligen Beinen an den Tisch und ergriff ihn mit zitternden Fingern. Sie hatte keine Kraft mehr, das Protokoll mit diesen abfälligen Fragen und ihren Antworten, die immer einsilbiger geworden waren, durchzulesen. Sie setzte ihren Namen an die Stelle, die der Wachtmeister ihr zeigte. Sie hatte noch nie etwas Amtliches unterschreiben müssen. Der Schriftzug war holprig, der Name nicht lesbar. Wie in Trance stolperte sie zur Tür, geriet fast in Panik, als sie sich nicht öffnen liess. Erst nach dem Zuruf des Wachtmeisters merkte sie, dass sie nicht stossen, sondern ziehen musste. Die Treppenstufen im Flur des Polizeigebäudes sah sie durch einen Tränenschleier. Den Beamten, der ihr entgegenkam und sie neugierig musterte, nahm sie kaum wahr.

Draussen war es schon dunkel. Schmutziger Schnee lag neben der Strasse. Schritt für Schritt zwang sie sich fort von dem Polizeiposten, mit gesenktem Kopf, unfähig, an etwas zu denken. Da hörte sie eine vertraute Stimme.

«Sofia.»

Sie blickte auf. «Papa.»

Ihr Vater stand vor ihr und breitete die Arme aus. «Komm zu mir, meine Kleine.»

Schluchzend liess sie sich in seine Umarmung fallen. Endlich konnte sie ihre Anspannung und ihre Angst herausweinen. Es schüttelte sie, als würde sie unter Strom stehen.

«Ganz ruhig, mein Kind, es wird alles gut.»

Nur langsam beruhigte sie sich. Ihr Vater reichte ihr sein Taschentuch. Sie verbarg ihr Gesicht darin.

«Gehen wir nach Hause», sagte er. «Ich habe eine Gerstensuppe warm gestellt. Und eine Wurst.»

Sofia blickte auf, immer noch schniefend.

«Danke», flüsterte sie.

Nach dem Abendessen war sie so müde, dass sie nur noch schlafen wollte. In ihrem Zimmer fiel ihr Blick auf Mareks Engel auf ihrem Nachttischchen. Sie nahm ihn in die Hand und betrachtete ihn lange. Plötzlich, als ob ihr jemand den Arm führen würde, warf sie ihn in den Papierkorb. Ein hartes Klacken ertönte. Minutenlang sass sie regungslos und gedankenleer auf dem Bett. Dann stand sie auf und nahm den Engel wieder heraus. Ein Flügel war abgebrochen. Sie fuhr mit dem Zeigefinger über die Bruchkante.

«Morgen mache ich dich wieder ganz», versprach sie.

Das Lächeln, das der Engel ihr vorgaukelte, schrieb sie ihrer Müdigkeit zu.

16

Marek betrachtete die unbeholfenen Krakeleien an den schmutzig weissen Wänden: ein Mann in polnischer Uniform, Hand in Hand mit einer Frau in einem langen Kleid. Ein nacktes Paar beim Liebesakt. Daneben stand ungelenk und fehlerhaft: «Wegen zehn Tage Kiste, das rendirt noch.» Also waren schon andere Internierte hier gewesen wegen einer intimen Beziehung zu einer Frau. Marek konnte sich nicht vorstellen, dass diese Beziehungen nur annähernd so zärtlich und tief gewesen waren, wie dies bei Sofia und ihm der Fall war.

Eine der Kritzeleien wies darauf hin, dass der Arrestant hier sitze, weil er ohne Passierschein Zug gefahren sei. Eine andere beschwerte sich über das getrübte Verhältnis zu den polnischen Offizieren und drohte ihnen Vergeltung an.

Besonders betroffen machte ihn die Zeichnung eines Soldaten, der an einem Grab salutierte. An dem aus zwei schmalen Holzbrettern zusammengebastelten Kreuz hing ein Stahlhelm. Im Hintergrund waren ein dünner, hoher Kirchturm zu sehen, ein magerer Laubbaum und eine polnische Fahne, die im Wind flatterte. Der in grossen, drängenden Zügen geschriebene Ausruf «Pole! Wir sind der Heimat treu, warum ruhen wir hier aus?» liess Marek seufzen. Er erinnerte ihn an Tadeusz und dessen Reden von Flucht. Er wollte die Zeichnung und den Schriftzug nicht beachten, doch das war schwierig, wenn der Tag lang und beschäftigungslos war. Zehn Tage war er nun schon hier. Weitere zehn musste er ausharren.

Er hörte, dass sich Schritte näherten. Ein Schlüsselbund klackte am Schloss, und Hannes Grob trat ein. Er hatte ein in Zeitungspapier eingewickeltes kleines Paket in der linken Hand und eine zusammengerollte dunkelbraune Decke unter dem rechten Arm. Das Paket war halb geöffnet. Etwas Schwarzes war zu sehen.

Marek blickte dem Polizeibeamten entgegen, ohne von der Pritsche mit dem Strohsack aufzustehen. Er hatte sich eine Decke übergeworfen, widerwillig, weil sie schmutzig war und voller Läuse. Es juckte ihn überall. Doch es war kalt in dem engen Raum. Ende Januar schien die Sonne nur kurz auf das Churer Rathaus. Das kleine Dachfenster der Arrestzelle war halbseitig mit Papier verklebt, als ob das die Kälte abwehren könnte.

«Jemand hat dir ein Paket abgegeben, Marek. Es sind Socken drin. Es tut mir leid, dass ich es öffnen musste, aber du kennst die Vorschriften. Eigentlich hätte ich das Paket nicht einmal annehmen dürfen. Aber was schadet es?»

«Wer hat es denn gebracht?»

«Ein hübsches Mädchen. Sie wollte dich sehen. Hat sogar versucht, mich zu bestechen. Mit Lebensmittelmarken.» Grob lachte auf. «Zum Glück war *ich* da und nicht einer meiner Kollegen. Die junge Frau hätte einige Probleme bekommen. Ich durfte sie natürlich nicht zu dir lassen. Dann hätte ich Ärger bekommen.»

«Danke», sagte Marek, stand auf und nahm die Socken entgegen, die ihm Sofia gestrickt hatte. Dass sie es gewesen war, stand für ihn ausser Zweifel. Er presste sie ans Gesicht und sog den Geruch der Wolle ein. Grob blieb stehen, als ob er auf etwas warten würde. Er hatte Marek in Empfang genommen vor mehr als einer Woche und ihn in die Zelle geführt. Sie waren eine schmale winklige Holztreppe, die bei jedem Schritt knarrte, hinauf in den Estrich gestiegen. Achtlos hingeworfen lagen dort alte Holzwaren. Stühle und Tische, denen Beine oder Sitzflächen fehlten, ein in sich zusammengefallener Schrank, Teile einer Bettstatt, ein Schlitten mit nur einer Kufe, zersplitterte Bretter, ein alter

Eisenherd und – zu Mareks Befremden – defektes Kinderspielzeug. Durch eine in einer dicken Brandmauer eingelassene Tür aus Eisen waren sie weitergegangen. Dahinter ging eine zweite Treppe auf den obersten Dachboden, wo die Zelle lag. Wenn ein Feuer ausbrechen würde, wäre ein Entrinnen nicht möglich. Niemand würde ihn rufen hören. Er würde bei lebendigem Leibe verbrennen. Hannes Grob hatte sich bei ihm entschuldigt, dass er hier seine Strafe absitzen musste. Die Heerespolizei sei informiert über diese unzumutbaren Verhältnisse und schaue sich nach anderen Hafträumen um. Wenn er, Hannes Grob, Dienst habe, werde er häufig hochkommen, um zu prüfen, ob es ihm gut gehe. So gut es ihm eben gehen könne in dieser Situation, fügte er hinzu.

Grob hatte sein Versprechen gehalten. Er brachte auch mal eine Zeitung mit oder ein Buch und beschwor Marek, vorsichtig mit der Petroleumlampe umzugehen.

«Diese Arrestzelle ist eine Sauerei», sagte er und gab Marek die Decke. «Im Sommer ist es so heiss, dass man fast verdurstet, und im Winter so kalt, dass es ein Wunder ist, dass noch keiner an einer Lungenentzündung gestorben ist. Musst du auf die Toilette? Dann kannst du auch runterkommen.» Er blickte auf den unbenutzten Eimer in der Ecke.

Marek schüttelte den Kopf. «Hat sie noch etwas gesagt?»

«Dein Mädchen? Ich soll dir Grüsse ausrichten.»

Grob betrachtete die Zeichnungen an der Wand. Er war etwa fünfzig Jahre alt, hatte einen schlurfenden Gang und ein unauffälliges Gesicht. Man vergass es leicht wieder. Doch er hatte eine angenehme Stimme.

«Ich kann verstehen, dass man bestraft wird als Internierter, wenn man gegen die Postzensur oder gegen das Verbot von Telefonaten verstösst. Oder wenn man in Schlägereien verwickelt ist», sagte er. «Und auch bei Fluchtversuchen. Aber dass ehrliche Liebe bestraft wird, ist für mich nicht zu fassen. Dabei müssten wir doch froh sein, wenn es sie überhaupt noch gibt.»

Grob setzte sich auf den einzigen Stuhl im Raum. Er kaute auf seiner Unterlippe. «Wenn Hitler unsere Schweiz angreift, muss ich an die Front», begann er unsicher. «Du und deine Kameraden, ihr ... ihr wart im Krieg. Ihr habt gegen die Deutschen gekämpft und Deutsche getötet. Wie ... wie ist das, wenn man einen Menschen tötet? Ich meine ... Wie wird man damit fertig ... innerlich, meine ich –» Er brach ab.

Marek runzelte die Stirn. Unmut stieg in ihm hoch. Er könnte Grob einiges vom Krieg erzählen. Vom ekligen Geruch in den Schützengräben aus schwärenden Wunden, Angstschweiss und Exkrementen, der sich in den Uniformen, in der Haut und in den Seelen festsetzte. Von den Nächten, in denen er sich ein schmutziges zerrissenes Stück Stoff, das einmal ein Taschentuch gewesen war, in den Mund gestopft hatte, um die Kameraden nicht mit panischen Schreien zu wecken. Von der mitleidlosen Befriedigung, wenn er in die gebrochenen Augen eines Deutschen geblickt hatte, dessen blonder Flaum sich nicht zu Bartstoppeln hatte entwickeln können. Von der Sprache, die schnoddrig, roh und pietätlos wurde und die Herzen gefühlskalt werden liess. Doch er schwieg. Niemand, der den Krieg nicht selbst erlebt hatte, konnte nachvollziehen, was die Nähe des Todes, die Erkenntnis, dass jede Minute die letzte sein könnte, in einem Menschen auslöste.

Grob senkte den Blick. «Entschuldige», sagte er leise und erhob sich seufzend. Als er sich zur Tür wandte, hielt ihn Marek zurück.

«Was habt ihr Schweizer gegen uns Polen?», fragte er.

Überrascht drehte sich Grob um. «Was wir gegen euch haben? Wie meinst du das? Wir haben nichts gegen euch.»

«Am Anfang habt ihr nichts gegen uns gehabt. Doch seit

einer Weile höre ich oft unfreundliche Bemerkungen und spüre böse Blicke.»

Grob zögerte. Dann räusperte er sich und sagte: «Ja, es gibt viele, die keine Flüchtlinge hier haben wollen. Sie haben Angst, dass wir zu wenig Nahrungsmittel haben für alle. Du weisst, dass wir jetzt schon jeden Quadratmeter Erde für den Anbau von Kartoffeln und Gemüse nützen. Alles ist rationiert: Zucker, Mehl, Eier, Käse, Teigwaren. Seit Kurzem auch Fleisch. Und es wird noch schlimmer werden. Unser Land ist eingekesselt von den Deutschen und den Italienern. Nahrungsmittel aus dem Ausland bekommen wir nur, wenn diese den Zügen gestatten, in die Schweiz zu fahren. Wir sind vollkommen abhängig von ihnen. Das ist ein bedrückendes, unangenehmes Gefühl.»

Marek nickte langsam. Das konnte er irgendwie verstehen. Doch was waren ein paar tausend polnische Internierte im Verhältnis zur Bevölkerung, die seines Wissens etwa vier Millionen Menschen betrug.

«Aber wir arbeiten für euch», sagte er. «Auf den Bauernhöfen und Feldern. In den Wäldern. Wir bauen euch Strassen und Wege.»

«Ich weiss. Und das wird auch geschätzt. Doch da ist noch was anderes.» Grob setzte sich wieder auf den Stuhl. «Ihr Polen seid schöne Männer. Das sind wir Bündner auch. Doch ihr scheint etwas Besonderes an euch zu haben, das unseren Frauen gefällt. Ich weiss nicht, was es ist. Vielleicht euer Charme?» Er schaute Marek fragend an. «Du bist der beste Beweis dafür. Du hast ja auch eine Bündnerin zur Freundin. Ich bin sicher, dass du es ehrlich meinst mit deiner Sofia. Doch unsere jungen Männer sind eifersüchtig.»

«Aber deshalb müsst ihr doch nicht die Liebe bestrafen.»

Sie schwiegen. Nach einer Weile holte Grob ein Päckchen Zigaretten hervor, nahm sich eine und reichte ihm das Päckchen weiter. Marek nahm es mit einem gemurmelten

«Danke» entgegen und legte es auf das Kopfkissen. Er schaute zu, wie Grob ein Streichholz anfachte, an die Zigarette hielt, tief einatmete und den Rauch mit zur Decke gerichtetem Gesicht ausblies, während er über dessen Worte nachdachte, über die jungen Schweizer, die ihn und seine Kameraden als Konkurrenten ansahen. Männer waren sich immer Konkurrenten, das lag in ihrer Natur. Erst recht, wenn Fremde im Spiel waren. Seine Grossmutter hatte einmal gesagt, ein einzelner Fremder im Dorf verursache mehr Probleme als alle jungen Einheimischen zusammen. Und jetzt waren Tausende fremder Männer im Land der Schweizer.

Vom nahen Kirchturm schlug es fünf.

Grob erhob sich. «Mein Dienst ist fertig. Ich komme morgen wieder.»

Marek überlegte, ob er Grob darum bitten sollte, nur einen Moment lang Sofia sehen zu dürfen, wenn sie wiederkommen sollte. Doch dann verwarf er den Gedanken. Er wollte Grob nicht in Verlegenheit bringen, indem er ihm allzu viele Gefälligkeiten abforderte.

«Hast du warm genug?», fragte Grob.

Er nickte. Der Schlüssel rasselte im Schloss, als Grob die Tür verriegelte und ihn wieder alleine liess. Er legte sich auf die Pritsche und schloss die Augen, um von Sofia zu träumen. Einmal hatte sie ihm gesagt, dass sein Gesicht sie an einen reifen, runden Apfel erinnere. Er hatte gelacht und gesagt, solange sie nicht in seine Wange beisse, sei ihm das egal.

In seinem Kopf formte sich eine Idee. Er setzte sich auf, suchte den Boden ab und klaubte kleine Steinchen und abgeblätterten Putz auf. Minutenlang starrte er die rohe Wand an, unschlüssig, wie er beginnen sollte. Dann setzte er oberhalb seiner Pritsche den ersten Strich, weitere kamen dazu, erst zögernd, dann sicherer, und nach einer halben Stunde blickte

Sofia ihm entgegen. Die Augen hatten nicht den richtigen Ausdruck und schielten leicht, doch der Schmollmund und die Grübchen waren unverkennbar. Er presste die Lippen auf ihren Mund, bis sie kalt wurden. An seinem letzten Arresttag würde er die Zeichnung zerstören. Kein anderer Mann sollte sie sehen. Sie war nur für ihn bestimmt.

17

Die Obstbäume liessen sich von den Krokussen und Schneeglöckchen nicht zur Eile antreiben und hielten sich mit dem Blühen zurück. Der Piz Beverin war immer noch bis zur Waldgrenze dick mit Schnee bedeckt, der in den letzten abendlichen Strahlen der Frühlingssonne gleisste.

Sofia eilte den Feldweg entlang in Richtung Paspels. Sie musste sich zusammennehmen, um nicht zu rennen. Wenn ihr jemand entgegenkäme, hätte sie Schwierigkeiten, einen glaubwürdigen Grund für ihre Eile anzubringen. Dass sie nur einen zügigen Spaziergang machen wolle, um sich die neuste Mathematikaufgabe durch den Kopf gehen zu lassen, war als Erklärung schon fadenscheinig genug. Ein Rennen wäre noch schwieriger zu erklären. Doch niemand begegnete ihr. Sie erreichte die sanfte Anhöhe am Ausläufer des Waldes, von wo der Weg wenige Meter hinunter zum ovalen See führte. Dort, wo Bäume nahe an ihn herankamen und abendliche Schatten auf das Wasser warfen, erschien er schon dunkel. Die Hälfte der Oberfläche zeigte sich aber noch in tiefem, vom Himmel gespiegelten Blau.

Sofia hielt sich nicht mit dem Anblick des Canovasees auf. Sie verliess den Weg und stieg rechts den bewaldeten Hügel hinauf. Mit den dünnen Sommerschuhen hatte sie Mühe, nicht auszurutschen. Ihr hellblaues Kleid verfing sich in einem Gestrüpp. Sie löste es, ungehalten über die Verzögerung, aber vorsichtig, damit es nicht einen Riss bekam. Ein Eichelhäher kreischte. «Pssst», flüsterte sie in seine Richtung, ohne ihn zu entdecken. «Verrate mich nicht!»

Nach wenigen Minuten erreichte sie die Lichtung. Als sie sich an einen Baum lehnte, um wieder zu Atem zu kommen, entdeckte sie Marek. Er lag auf seiner Uniformjacke mitten auf der Wiese, einen Grashalm im Mund, die Hände hinter dem Kopf verschränkt, die Mütze neben sich auf einem Stein. Das Klopfen ihres Herzens verstärkte sich schlagartig.

Seit über zwei Monaten hatte sie ihn nicht mehr gesehen. Jeden Abend und jeden Morgen, und auch sonst bei jeder Gelegenheit, hatte sie den Engel mit dem gebrochenen Flügel geküsst. Sie hatte ihn mit ins Bett genommen und neben sich auf das Kissen gelegt. Immer wieder hatte sie sich gefragt, ob ihre Liebe zu Marek eine Zukunft habe. Doch jetzt, da sie ihn vor sich sah, waren alle Zweifel ausgeräumt.

«Marek», rief sie halblaut und trat aus dem Wald.

Er fuhr hoch, blickte zu ihr herüber, warf den Grashalm fort und sprang auf die Füsse. Das alles ging so schnell, dass Sofia lachen musste.

«*Kochanie!* Du bist gekommen.» Das Strahlen in seinem Gesicht kam Sofia vor wie heller, wärmender Sonnenschein, der nach langen kühlen Regentagen die Wolkendecke durchstiess. Sie rannte zu ihm und ergriff seine Hände, die er ihr entgegenstreckte. Sekundenlang sah sie ihn nur an, betrachtete sein Gesicht, als sei es das erste Mal. Sie hörte weder das Singen der Amseln noch den Schrei eines Bussards, der über ihnen kreiste. Sie stürzte sich in seine Umarmung, die so fest wurde, dass ihr fast die Luft wegblieb und ein Seufzen aus ihrem Brustkorb drang.

«Du erdrückst mich», presste sie lachend hervor.

Rasch lockerte er seine stürmische Umarmung. «Ich habe dich so vermisst, Sofia. Du weisst gar nicht, wie traurig mein Leben ohne dich ist. Ich liebe dich so sehr, ich würde sterben für dich.»

«Ach, Marek, ich liebe dich auch. Ich habe jeden Tag den Engel geküsst, den du mir geschenkt hast. Und auch das Herz. Weisst du noch? Du hast es mir geschenkt, als wir uns zum ersten Mal geküsst haben.»

Sie setzten sich auf seine Jacke. Wieder ergriff Marek ihre Hände.

«Ich bin so froh, dich zu sehen. Ohne dich ist alles so trübe. Ich gehe jeden Abend früh zu Bett, damit ich von dir träumen und alles andere vergessen kann. Dann stelle ich mir vor, dass wir gemeinsam die Welt entdecken, Australien, Amerika. Aber es heisst, dass der Krieg noch schlimmer wird und –»

Hastig drückte ihm Sofia ihre Finger auf den Mund.

«Sag nichts. Ich will nichts hören über den Krieg. Nicht jetzt. Jetzt gibt es nur uns beide.»

Nein, sie wollte nichts darüber hören, dass Japan Singapur erobert und den Alliierten eine schwere Niederlage bereitet hatte. Dass in Nordafrika Generalfeldmarschall Rommel immer weiter gegen Ägypten vorstiess. Dass die Russen trotz des kalten Winters, den sie als ihren Verbündeten betrachtet hatten, die deutsche Wehrmacht an der Ostfront nicht hatten zurückschlagen können. Die Welt war weit entfernt von einem Frieden. Doch die Welt hatte keinen Platz auf dieser kleinen Lichtung über dem Canovasee.

«Ich habe mich so über deinen Brief gefreut.»

Sie kuschelte sich an ihn. Bis zur letzten Minute hatte sie gezögert, ob sie Mareks Bitte nachkommen sollte, ihn auf dieser Lichtung zu treffen. Sehnsucht nach ihm und Angst, dass er sie vergessen würde, zerrten seit Wochen an ihr. Manchmal fürchtete sie, dass ihr Herz einen Riss bekomme. Dann war vor drei Tagen seine Nachricht im Briefkasten gewesen und hatte sie glücklich gemacht. Das Verlangen war in ihr hochgestiegen, zu leben, übermütig zu sein. Jetzt war sie hier. Keine Minute bereute sie ihre Entscheidung.

Unvermittelt sprang sie auf.

«Lass uns tanzen, Marek.»

Sie schlüpfte aus ihren Schuhen und zog ihn hoch. Dann begann sie zu singen: «'s isch miar alles ei Ding, ob i lach oder sing. Han as Herzali wie-n-as Vögali, darum lieba-n-i so ring, han as Herzali wie-n-as Vögali, darum lieba-n-i so ring.»

Lachend drehten sie sich im Kreis, machten lustige Schritte, Grimassen und ausschweifende Bewegungen.

«Und mis Härzli isch zua, 's cha miars niemart uftua, als es einzi-igs schlaus Bürschtali, hät es Schlüssali derzua, als es einzi-igs schlaus Bürschtali, hät es Schlüssali derzua. – Und du brusch miar nit z trotza, jo susch trotz-i diar au. So-n-as Bürschtali wie du eis bi-isch, so-n-as Maitali bin i au, so-n-as Bürschtali wie du eis bi-isch, so-n-as Maitali bin i au. – Drum isch miar alles ei Ding, ob i lach oder sing. Han es Herzali wie-n-as Vögali, darum lieba-n-i so ring.»

Als sie verstummte, beendete Marek den Tanz mit einer letzten Umdrehung. Schwer atmend schauten sie einander an. Sofias Haarband hatte sich gelöst. Vorsichtig zog Marek es weg, ohne die Augen von Sofia zu lassen, küsste es und steckte es in seine Hosentasche.

«Ich liebe dich. Mehr als alles auf der Welt.»

Seine Lippen hefteten sich auf ihren Mund, ihr Körper drängte sich an seinen, ihre Küsse wurden begieriger und drängender. Sie wusste nicht, ob sie ihn oder er sie auf die Wiese zog. Es war wie ein Sinken in warmes Wasser. Sie fühlte seine Zunge an ihrem Hals, spürte, wie seine Hand zu ihrem Bauch und weiter zu ihren Brüsten fuhr. Hitze stieg in ihr hoch. Ihr Herz klopfte wild im ganzen Körper. Marek hob den Kopf, sie spürte seinen heissen Atem in ihrem Gesicht.

«Willst du?», flüsterte er mit rauer Stimme.

Sie nickte.

Als er, ohne ihre Augen loszulassen, begann, ihr Kleid aufzuknöpfen, tat sie es ihm nach und öffnete die Knöpfe seines Hemdes. Es gelang ihr nur mit Mühe, ihre Finger zitterten. Als sie seine Hand auf ihrer Haut spürte, erschauerte sie.

Seine Finger fuhren an ihrem Büstenhalter entlang, suchten den Verschluss. Ein Lächeln kam über sie. Heute trug sie zarte rosafarbene Unterwäsche.

Als eine Stunde später die Dämmerung fast schon zur Nacht wurde und die Feuchtigkeit aus dem Boden stieg, lösten sie sich voneinander, zogen sich an, küssten sich noch einmal, verliessen eng aneinandergeschmiegt die Lichtung und stiegen sich gegenseitig stützend, um nicht auszurutschen, den Wald hinunter zum See. Das Wasser war tiefschwarz geworden.

«Warte hier», sagte Sofia leise, «damit uns keiner zusammen sieht.»

Er nickte, und sie ging los. Als sie zurückblickte, sah sie nur noch seine Silhouette.

18

«Die beiden streiten mal wieder», sagte Krystian grinsend und wies mit dem Kopf zu den beiden Männern. Der polnische Verbindungsoffizier Nowak und Lagerkommandant Meierhans waren sich in die Haare geraten.

«Die Männer arbeiten schwer», fauchte Nowak den Kommandanten an. «Sie leisten Ausserordentliches. Ohne Maschinen, nur mit dürftigem Werkzeug. Dynamit müssen sie sparen, und Pferde zur Unterstützung bekommen sie auch selten.»

«Kaum lässt man Ihre Männer aus den Augen, lungern sie untätig herum und warten auf den Feierabend. So werden wir nie fertig mit der Rodung», antwortete der Kommandant nicht weniger angriffig.

Meierhans war etwa zwanzig Jahre älter als Nowak, hatte graue Haare, einen grauen Schnurrbart und kleine braune Flecken auf den Handrücken. Marek mochte ihn gut leiden, obwohl er ziemlich pflichtbewusst, korrekt und fleissig war. Aber so waren viele Schweizer.

«Meine Landsleute arbeiten viel und hart. Aber wer viel und hart arbeitet, braucht auch Pausen. Das ist unser Rhythmus: arbeiten, Pause machen, arbeiten, Pause machen. Pausen sind wichtig für die Erholung. Schauen Sie doch nur, wie viel Wald schon weg ist.» Nowak zeigte mit einer ausschweifenden Geste auf die gerodete Waldfläche.

«Wir liegen hinter unserem Arbeitsplan zurück. Und das liegt auch an Ihnen, Verbindungsoffizier Nowak. Sie müssen Ihre Männer zur ordnungsgemässen Arbeit anhalten, das wissen Sie. Sie sind verantwortlich für das gute Einvernehmen im Lager, damit der Lageralltag reibungslos funktioniert. Doch Sie haben einen schlechten Einfluss auf Ihre

Truppe. Ich habe schon öfter mitbekommen, dass Sie Ihre Männer gegen unsere Wachsoldaten aufbringen.»

Meierhans war lauter geworden. Nicht nur Mareks Arbeitstruppe hatte ihre Arbeit eingestellt und sah und hörte zu. Auch die weiter Entfernten stützten sich auf Hacken und Schaufeln und beobachteten den Disput. Denjenigen, die des Deutschen nicht mächtig waren, übersetzten ihre Kameraden, sodass ein permanentes Murmeln den heftigen Wortwechsel der beiden Offiziere begleitete.

«Das grenzt an Arbeitsverweigerung.»

Marek fand, dass Meierhans mit dieser Behauptung übertrieb. Zwar hatte er recht, Offizier Nowak hatte sich schon bei manchen Gesprächen mit den Internierten wenig verständnisvoll über die Schweizer Bewacher geäussert und seine Männer in ihrem Frust und ihren Reklamationen bestärkt. Sein Vorgänger hatte viel öfter versucht, zu schlichten und die schweizerischen und polnischen Ansichten und Ansprüche unter einen Hut zu bringen. Manchmal hatte er auch eine Flasche Schnaps hervorgezaubert und damit eine Auseinandersetzung gütlich beendet. Nowak war da anders. Er kam Marek vor wie ein junger Hengst, der sich und seiner Herde seine Stärke beweisen musste und den Leithengst ständig herausforderte.

«Einen Franken verdienen meine Männer am Tag für diese schwere Arbeit», rief Nowak mit einem raschen Blick zu den Internierten, als wollte er sich vergewissern, dass sie alle zuhörten. «Einen Franken! Jeder Taglöhner verdient sechs Mal mehr. Glauben Sie, dass das die Moral fördert?»

Krystian zündete sich eine Zigarette an. «Recht hat er, der Nowak», sagte er.

Da kam Meierhans' Antwort: «Ein Taglöhner muss selbst für seine Mahlzeiten und seine Unterkunft aufkommen. Und für alles andere auch: Arztrechnungen, Kleider, Schuhe. Das stellen wir Ihren polnischen Soldaten alles zur Verfügung.

Zudem bekommen sie noch jeden Tag ein Taschengeld von fünfundzwanzig Rappen.»

Wie zwei Kampfhähne standen sich die beiden gegenüber. Einige Polen hatten ihren Trupp verlassen und waren zu einem anderen geschlendert, um dort mit Kameraden zu diskutieren. Nur aus dem Wald waren weiterhin Geräusche zu hören, schlagende Äxte und Beile. Anscheinend hatten die dort im Halbdunkel Arbeitenden nichts von der Auseinandersetzung mitbekommen.

Verbindungsoffizier Nowak hatte die Fäuste in die Seiten geklemmt. «Mahlzeiten? Ja, die bekommen wir. Doch sie sind viel zu klein. Meine Männer arbeiten zehn Stunden täglich. Kein Wunder, dass sie sich manchmal vorkommen wie Zwangsarbeiter.»

Meierhans schnappte nach Luft. «Zwangsarbeiter? Das ist unerhört, was Sie da von sich geben. Die Essensration der Internierten ist praktisch gleich gross wie die unserer eigenen Soldaten. Viele unserer Zivilisten bekommen nicht so viel. Ist Ihnen ausserdem schon aufgefallen, dass die meisten unserer Soldaten auf Stroh schlafen, während Internierte weiche Matratzen haben?»

Nowak wischte mit einer Handbewegung die letzte Bemerkung zur Seite. «Man kann auch auf Stroh gut schlafen.»

Meierhans rang sichtlich um Haltung. Mit mühsam beherrschter Stimme sagte er: «Ich habe Ihr Verhalten langsam satt, Verbindungsoffizier Nowak. Ich werde bei Abschnittskommandant Engi beantragen, dass Sie nicht mehr hier auf dem Areal erscheinen dürfen. Sie untergraben das einvernehmliche Zusammenleben im Lager und haben einen schlechten Einfluss auf die Internierten. Ausserdem werde ich ein Herumstehen bei der Arbeitszeit nicht mehr dulden. Fehlbare Internierte werden zur Anzeige gebracht. Die Disziplinarstrafgewalt für Internierte liegt immer noch beim Schweizer Militär.»

«Und ich werde General Prugar über Ihre Absichten informieren», zischte Nowak. «Dann werden wir sehen, was Sie anordnen dürfen und was nicht.»

Nowak salutierte, drehte sich um und stolzierte mit einem letzten Blick in die Runde davon.

«Und vielleicht führen wir einen Akkordlohn ein», rief ihm Meierhans nach. «Dann kann jeder selber bestimmen, wie viel er arbeiten und wie viel er verdienen will.»

«Warum nicht», hörte Marek Krystian neben sich. «Wäre nicht das Dümmste.»

Marek hoffte, dass Sofia nichts von diesen Auseinandersetzungen erfuhr. Was würde sie darüber denken? Dass die Internierten froh sein müssten, hier in Sicherheit zu sein, und nicht auch noch Ansprüche stellen dürften? Dass die Polen undankbar seien?

Da peitschte ein Aufschrei durch die Luft: «Achtung! Baum fällt.»

Wie auf Kommando blickten alle hinüber zum Waldrand, von wo der Ruf gekommen war. Eine Tanne senkte sich aus dem Wald heraus, zuerst langsam, als überlege sie sich, ob sie fallen solle, dann immer schneller. Zwei Männer in der Nähe des Baumes hechteten zur Seite, doch einer blieb einfach stehen, unbeeindruckt vom Schreien seiner Kameraden. Erst einen Sekundenbruchteil bevor der Baum über ihm war, sah er hoch. Hilflos sah Marek zu, wie der Mann unter dem Baum verschwand. Die Äste der Tanne wippten nach, als wollten sie den aufgewirbelten Staub wegfächeln. Dann herrschte Totenstille. Nach einigen Sekunden erhob sich ein entsetztes Geschrei, und Wachsoldaten, Internierte und Kommandant Meierhans rannten zum Unglücksort. Auch Nowak hastete hinüber.

Marek war der Atem weggeblieben. Seine Beine zitterten so sehr, dass er sich setzen musste.

«Warum ist er nicht weggerannt?», fragte er endlich.

Krystian zuckte mit den Schultern. Schweigend beobachteten sie, wie die Männer mit Pickeln und Hebeln den Baum anhoben und den bewegungslosen Körper hervorzogen. Marek verbarg das Gesicht in den Händen.

«Hast du das Hornsignal gehört?», fragte er.

Krystian schüttelte den Kopf.

«Wurde es vergessen?»

Niemand antwortete. Nach einer Weile kam einer der Internierten, der mit zum Unglücksort gerannt war, zu ihnen. Sein Gesicht war grau.

«Es ist Tomasz», sagte er nur und ging weiter, um es auch den andern zu sagen.

«Tomasz?», fragte Krystian mit knarzender Stimme. «Der war taub. Eine Granate ist bei einer Schlacht neben ihm explodiert und hat ihn schwer verletzt. Er ist wieder gesund geworden. Aber seit damals hörte er praktisch nichts mehr.»

Noch immer konnte Marek nicht fassen, was geschehen war. Er begriff auch nicht, warum niemand das Warnsignal gehört hatte. War es gar nicht ertönt? Je länger er brütete, desto mehr kam er zum Schluss, dass die beiden Offiziere am Unglück schuld waren. Sie hatten mit ihrem Streit Unruhe, Unordnung und Unachtsamkeit verursacht. Tomasz' Tod war ihnen zuzuschreiben. Dem Schweizer und dem Polen.

Kurz darauf wies Kommandant Meierhans die Internierten an, zurück ins Lager zu marschieren. Stumm und mit gesenktem Kopf, wie bei einem Trauerzug, folgten sie dem Befehl. Tomasz war nur sechsunddreissig Jahre alt geworden.

19

Als Sofia die Lichtung erreichte, war Marek schon dort. Er hatte eine Decke ausgebreitet, sass daneben auf einem Baumstrunk und winkte ihr fröhlich zu. Sie zwang sich weiterzugehen. Sie musste es ihm sagen. Ihre Tage waren ausgeblieben. Und gestern Morgen hatte sie erbrechen müssen. Ihrem besorgten Vater hatte sie etwas von einer Magenverstimmung vorgegaukelt. Als sie sich im Spiegel betrachtet hatte, war sie über die Augenringe erschrocken.

Marek umarmte und küsste sie zärtlich, wie jedes Mal, wenn sie sich auf der Lichtung trafen. Bemerkte er nicht, dass sie seine Umarmung nur halbherzig erwiderte? Sah er ihr nichts an? Er zog sie auf die Decke herunter.

«Ach, *kochanie*. Wenn ich dich sehe, geht für mich die Sonne auf. Auch wenn es Abend ist.»

Sofia lachte nicht über seinen Scherz. Ihre Lippen fingen an zu zittern. Mareks Fröhlichkeit verschwand.

«Was ist passiert?»

«Ach, Marek. Ich glaube ...» Ein Schluchzen übermannte sie, sie schlug die Hände vors Gesicht. Sie konnte nicht weitersprechen.

«Sofia, was ist?» Panik war in Mareks Stimme zu hören. «Ist die Polizei gekommen? Bitte, sag schon.»

«Ich glaube, ich bin schwanger», würgte sie hervor, ohne ihn anzusehen.

Sein Schweigen trieb ihr einen neuen Tränenstrom in die Augen. Das Schluchzen schüttelte ihren ganzen Körper.

Marek zog ihre Hände weg. «Bist du sicher?»

Sie war bei keinem Arzt gewesen. Wie hätte sie das bewerkstelligen sollen, ohne dass es jemand im Dorf erfahren hätte? Selbst wenn der Arzt im weiter entfernten Thusis seine Praxis hatte. Es könnte andere Gründe geben, warum ihre Tage überfällig waren. Doch sie glaubte nicht daran.

Sie nickte schwach. Marek umfasste mit den Armen seine Knie und wiegte leicht vor und zurück, ohne etwas zu sagen. Immer wieder überkam Sofia ein Schluchzen.

«Mein Vater wird sterben vor Scham. Man wird mich ächten im Dorf. Ich komme sicher ins Gefängnis. Sie werden mich von der Schule werfen.» Wie abbrechende Felsen stürzten die Sorgen aus ihr heraus.

Marek wiegte stumm weiter.

«Sag doch was, Marek. Lass mich nicht allein.»

Er hielt mit dem Schaukeln inne. Sein Blick war starr auf den Waldrand gerichtet.

«Soll ich … soll ich … es wegmachen lassen?»

Sie hatte davon gehört, dass es alte Frauen gäbe, die in solchen Situationen helfen könnten. Aber dass es gefährlich sei und die Mutter dabei sterben könne.

«Bitte, Marek, sag etwas.» Fast schrie sie es hinaus.

«Ich … es ist …» Er flüsterte so leise, dass sie ihn fast nicht verstand.

Jetzt war sie sicher: Er würde sie verlassen. Das, was sie befürchtet hatte, würde eintreten. Wenn es so wäre, dann … dann würde sie …

«Sofia, ich liebe dich», hörte sie. Doch erst als Marek sie in den Arm nahm, realisierte sie die Bedeutung seiner Worte. «Du darfst es nicht wegmachen lassen. Es ist unser Kind. Deines und meines. Es tut mir so leid, dass es passiert ist. Doch wir können es nicht ändern. Das Kind ist nun mal da.» Er liess sie los und legte behutsam die Hände auf ihren Bauch, als wäre er schon dick und rund und als könne er schon etwas spüren. Freude zeigte sich nicht auf seiner Miene, nur Sorge und Angst und Erschöpfung.

«Es wäre eine Sünde.» Zum ersten Mal war Sofia froh, dass Marek seinen katholischen Glauben ernst nahm. Er trug ein kleines Kreuz am Hals und nahm fast immer an den Gottesdiensten im Lager teil. Sie hingegen hätte gerne die sonntäglichen Messebesuche geschwänzt. Ihr Vater liess dies aber nicht zu.

«Ich habe solche Angst. Ich werde bestraft werden. Niemand im Dorf wird mit mir etwas zu tun haben wollen. Mein Vater ...» Ihre Stimme versagte. Sie wünschte sich, dass sie beide, Marek und sie, in diesem Moment sterben könnten.

«Alles wird gut, glaub mir.»

Nein, es würde nicht gut. Das zu glauben war naiv. Kummer, Angst und Verzweiflung überkamen sie wie ein tobendes Unwetter. Wild stiess sie hervor: «Du hast gut reden. Du kannst wieder gehen, wenn der Krieg vorbei ist. Nach Polen oder sonst wohin. Du kannst mich verlassen und ein neues Leben anfangen, während ich ins Unglück falle. Dabei bist du schuld. Du allein. Du hast mich gedrängt.» Sie wusste, dass sie ungerecht war, doch sie konnte sich nicht zurückhalten.

Marek erstarrte. Ein Schatten legte sich auf sein Gesicht. «Was sagst du da? Ich habe dich nie gedrängt. Das stimmt nicht. Ich stehe zu dir und dem Kind. Das habe ich doch gesagt.»

«Das sagst du so einfach. Aber *ich* muss alles ausstehen, *ich* habe das Kind am Hals, *mein* Leben ist zerstört. Du kannst deine Träume weiterleben, ich nicht.» Aufheulend warf sie sich auf die Decke und schlug immer wieder die Fäuste auf den Boden. Heftig wehrte sie Mareks Versuche ab, sie zu beruhigen, sodass er sie nur stumm beobachten konnte.

Endlich hatte sie keine Kraft mehr. Still blieb sie liegen.

«Ich gehe ins Wasser.»

«Dann gehe ich mit dir, Sofia. Glaub mir.»

Die Erschöpfung erfüllte ihren Kopf und ihren Körper. Sie glaubte, sich nie mehr bewegen, nie mehr etwas denken zu können. Da spürte sie Mareks Streicheln auf ihrem Haar. Sie wehrte seine Liebkosung ab und stand hastig auf.

«Ich muss es meinem Vater sagen.»
«Dann komme ich mit.» Er erhob sich.
«Nein, das will ich nicht.»
«Aber ich möchte es. Es betrifft mich genauso wie dich.»
Die Entschlossenheit in seiner Stimme liess Sofia aufblicken. Sie zögerte.
«Als gut», sagte sie schliesslich. «Komm morgen nach der Messe zu uns. Dann ...» Sie beendete den Satz nicht, ging davon, ohne ein weiteres Wort und ohne Abschiedskuss.

20

Josef Caderas' Gesicht war grau geworden, seine Schultern fielen nach vorne.

«Wie konntest du nur? Ich habe dir vertraut. Ich dachte, dass du und Marek nicht mehr zusammen seid.» Schwer stützte er den Kopf mit den Armen, sein Seufzen stach Sofia wie Nadeln ins Herz. Sie wollte ihn umarmen, wagte es aber nicht. Sie würde es nicht aushalten, wenn er ihre Umarmung abwehren würde. Hilfesuchend schaute sie zu Marek. Dieser stand einfach da, mitten in der Stube, mit hängenden Mundwinkeln und gesenktem Blick.

«Was habe ich nur falsch gemacht? Ich war zu oft fort und habe dich allein gelassen. Aber ich musste doch arbeiten.»

«Papa, dich trifft keine Schuld. Ja, ich habe dir versprochen, dass ich Marek nicht mehr treffen werde. Ich wollte dieses Versprechen halten. Aber es ging einfach nicht. Ich musste immer an ihn denken. In meinem Kopf war für nichts anderes mehr Platz. Dann haben wir uns ... zufällig wiedergesehen. Und dann ... immer wieder.» Wieder suchte sie Hilfe bei Marek. Er nickte nur.

«Marek und ich, wir lieben uns.»

Ihr Vater hob den Kopf. «Habt ihr euch hier getroffen? Hier im Haus? Wenn ich auswärts übernachten musste?»

Tiefe Enttäuschung schwang in seiner Stimme mit. Hastig setzte sie sich zu ihm an den Tisch und ergriff seine Hand. Sie spürte, dass er sie zurückziehen wollte, doch sie liess nicht los.

«Nein, wir haben uns nicht hier getroffen. Wir ... wir waren im Wald.»

Verlegen wich sie dem Blick ihres Vaters aus.

Endlich liess sich Marek vernehmen: «Herr Caderas, ich

liebe Ihre Tochter. Ich werde immer für sie da sein. Und für das Kind auch. Wir werden eine wunderbare kleine Familie.»

«Warum hast du mir nichts gesagt, Sofia? Warum nicht?»

Josef Caderas schien Marek gar nicht gehört zu haben. Er entzog Sofia seine Hand und stand auf. Sie verstand seine Enttäuschung. Sie hatte sein Vertrauen missbraucht.

Er nahm die Fotografie ihrer Mutter von der Kommode und fuhr zärtlich mit dem Finger darüber. Das Glas war von den vielen Liebkosungen trübe geworden.

«Ach, Anita. Was soll ich jetzt tun?», fragte er das Bild.

Sonnenstrahlen fielen durch das Fenster auf den dunkelroten Teppich. Sofia hatte ihren Vater schon lange gebeten, einen neuen zu kaufen. Einen, der etwas heller war und der nicht so schwermütig wirkte in der kleinen holzgetäfelten Stube. Ihr Vater hatte sich nicht durchringen können. Der Teppich war ein Erbstück seiner verstorbenen Frau.

Sofia hielt sein Schweigen kaum aus. Endlich wandte er sich um. Sein schmales Gesicht hatte einen strengen Ausdruck bekommen. «Und Sie, Marek? Haben Sie nichts dazu zu sagen? Sie haben meine Tochter in eine schlimme Situation gebracht.»

«Herr Caderas, glauben Sie mir, ich liebe Ihre Tochter. Sofia ist mein Sonnenschein, mein Alles. Ich will, dass sie glücklich wird.»

«Das hätten Sie sich früher überlegen müssen. Das Leben einer ledigen Mutter ist nicht einfach. Da hat Glücklichsein nicht viel Platz. Erst recht nicht, wenn das Kind von einem Internierten stammt. Aus einer verbotenen Beziehung.»

Sein Seufzen ging in Mareks hastig hervorgebrachten Worten unter.

«Ich werde Sofia heiraten. Das Kind wird einen guten Vater haben, glauben Sie mir. Ich werde mich um sie kümmern. Ich werde alles für sie tun.»

«Das Heiraten ist verboten.»

«Vielleicht bekommen wir ja doch eine Erlaubnis», warf Sofia ein.

Ihr Vater winkte ihren Einwand mit einer Handbewegung fort. «Und wo wollt ihr wohnen? Hier in der Schweiz? Oder in Polen? Ich nehme an, dass Sie in Ihre Heimat zurückwollen, wenn dieser elende Krieg vorbei ist.»

Marek schwieg. Sofia schien es plötzlich warm im Raum. Sie riss ein Fenster auf. Im Garten hatten sich die ersten Apfelblüten geöffnet. Ein älteres Ehepaar kam die Strasse herauf. Der Mann ging an einem Stock. Sie kannte die beiden. Es waren die ehemaligen Ladenbesitzer des Dorfes, Herr und Frau Demont, stille, freundliche Leute. Würden auch sie Sofias Tun verurteilen? Am meisten schmerzte Sofia, dass sich ihr Vater der Kritik aussetzen musste, er habe in ihrer Erziehung versagt. Dabei stimmte das gar nicht. Er hatte alles versucht, um ihr die Mutter zu ersetzen. Er hatte Kochen gelernt. Er hatte ihr vor dem Schlafengehen Märchen vorgelesen, bis sie fast zehn Jahre alt gewesen war. Er war mit ihr in den Wald und auf die Berge gegangen, hatte sie auf Blumen aufmerksam gemacht, die er nicht namentlich gekannt, aber für schön befunden hatte, hatte sie zu den Kühen auf der Alp geführt und sie die weichen Mäuler der Tiere streicheln lassen. Er hatte ihr ein Kleidchen nähen lassen für ihren Auftritt als Engel in der Schulweihnacht. Er war ein guter Vater.

Eine Amsel flog mit einem dünnen Ästchen im Schnabel in den Dachgiebel. Sie baut ihrer Brut ein behagliches Zuhause, dachte Sofia. Kann ich das auch? Ihre Schwangerschaft kam ihr immer noch unwirklich vor. Sie sollte Mutter werden? Ein Kind bekommen? Dabei kam sie sich selbst noch vor wie ein Kind. Sie war erst achtzehn Jahre alt.

Marek trat neben sie, legte seinen Arm um sie, drückte seine Wange an die ihre. Da hörte sie die Stimme ihres Vaters: «Du musst fort. Die Leute werden dich beleidigen, dich als

Polendirne bezeichnen. Das will ich nicht.» Er überwand das kurze Zittern in seiner Stimme. «Ich werde meine Schwester fragen, ob du ein paar Monate bei ihr in Zürich bleiben kannst. Wenigstens bis das Kind da ist. Bis dahin werdet ihr beide, du und Marek, keinen Kontakt miteinander haben.»

Sofia erstarrte. Sie sollte Marek monatelang nicht mehr sehen? Was würde in dieser Zeit passieren? Es war Krieg. Viele polnische Internierte flohen, um zu kämpfen. Würde Marek das auch tun? Würde er sie alleinlassen? Trotz des Kindes? Oder vielleicht wegen des Kindes? Sie erschrak über ihre Gedanken.

«Aber –», begann sie, doch ihr Vater schnitt ihr das Wort ab.

«Kein Aber, Sofia. Ich habe dir noch nie etwas befohlen. Doch diesmal musst du mir gehorchen. Denk daran: Ihr geht schweren Zeiten entgegen. Du noch viel mehr als Marek.» Als hätte er Sofias Gedanken gelesen, fügte er weich hinzu: «Wenn er dich wirklich liebt, wird er auf dich warten. Nicht wahr, Marek?»

Dieser nickte eifrig.

«Und die Schule? Meine Ausbildung?»

Sofias Vater schürzte die Lippen und dachte nach. «Das Schuljahr ist schon fast fertig. Man sieht dir noch nichts an von der Schwangerschaft. Du kannst bis zum Ende des Schuljahres hierbleiben. Ich werde mit dem Rektor reden. Er ist ein verständnisvoller Mensch. Ich hoffe, dass er dir ermöglicht, die Ausbildung im nächsten Jahr fortzusetzen. Weisst du, in welchem Monat du bist?»

«Ich glaube, im zweiten.»

«Sobald du in Zürich bist, gehst du zu einem Arzt. Meine Schwester wird für dich einen Termin vereinbaren.» Er schloss sekundenlang mit einem gequälten Gesicht die Augen. «Du musst vielleicht mit strafrechtlichen Konsequenzen rechnen. Ist dir das bewusst?»

Da kamen Sofia wieder die Worte von Wachtmeister Kunz in Erinnerung. Auch er hatte ihr mit Gefängnis gedroht in diesem entsetzlichen Verhör vor vier Monaten, das sie nächtelang in Alpträumen verfolgt, ihr Kopfschmerzen, Herzrasen und Übelkeit verursacht hatte. Immer noch konnte sie kaum atmen, wenn sie daran dachte. Ihr Vater hatte recht. Es war das Beste, wenn sie eine Zeit lang fortging. Wenn das Kind da war, würde sicher keine noch so kaltherzige Behörde sie – eine junge Mutter – einsperren lassen.

«Marek wird ebenfalls mit einer Bestrafung rechnen müssen.»

«Es ist mir egal, wenn ich wieder Arrest bekomme, Herr Caderas. Ich werde alles durchstehen. Für Sofia. Und für mein Kind.»

Josef Caderas' langer prüfender Blick machte Marek sichtlich nervös. Er schien nach weiteren Worten zu suchen, doch bevor er etwas herausbrachte, trat Sofias Vater an das Schreibpult neben der Türe. Er zog eine kleine Schublade im Seitenfach hervor, nestelte diverse Briefumschläge und gefalzte Papiere durch. Sofia wusste, was er suchte: die Adresse seiner Schwester in Zürich.

«Ich werde tun, was du verlangst, Papa ...» Sie wollte etwas hinzufügen, um seinen Kummer – und ihren – zu mildern. Doch sie brachte nur ein leises «Danke» hervor.

Teil 2

1

Josef Caderas stand mit einem Strauss aus Wiesenblumen in der Hand am Bahnhof. Aufgeregt winkte Sofia ihm aus dem offenen Zugfenster zu. Sie kam zurück nach Rodels. Nach über einem Jahr. Mit ihrer kleinen Tochter.

Die Zeit in Zürich hatte ihr eine andere Welt eröffnet. Das Leben war wirr und laut. In den ersten Tagen erschrak sie über jedes Klingeln der Trams, über jedes Hupen der Automobile und über die scharfen Rufe der Fuhrleute. Doch sie gewöhnte sich rasch an den Lärm und die Hektik und beneidete die jungen Leute, die nach Feierabend in den Strassen und Gassen flanierten, in noblen Restaurants einkehrten, in Bars feinen Wein tranken und in Nachtclubs tanzen gingen.

Auch in Zürich war der Krieg zu spüren. Auch hier wurde jede freie Fläche zu Äckern umgepflügt, selbst Teile des Flugplatzes. Auch hier mussten die Schulkinder in den Ferien auf den Bauernhöfen mithelfen, und auch hier litten einfache Arbeiter und ihre Familien unter der Lebensmittelknappheit und den hohen Preisen.

Tante Margarete machte aus ihrer Sympathie für die Sozialdemokraten keinen Hehl. Die Zahl der Menschen, die sich kaum mehr Kartoffeln und Gemüse leisten könnten, nehme massiv zu, sagte sie. Ärzte hätten erhebliche Gewichtsverluste in den ärmeren Bevölkerungsschichten festgestellt. Über drei Millionen Franken habe die Stadt im letzten Jahr für die Fürsorge aufgewendet.

Tante Margaretes Zwei-Zimmer-Wohnung befand sich in einem Mehrfamilienhaus mitten in der Stadt, ganz in der Nähe des Bahnhofes. Für Sofia hatte sie ein zweites Bett aufgetrieben und im Wohnzimmer aufgestellt. Sie war eine hübsche Frau mit feinen Gesichtszügen und vollen dunkelbraunen Haaren, die ihr bis zur Schulter kamen. Sie war alleinstehend. Sie sei halt wählerisch, hatte sie mit einem herzerfrischenden Lachen erklärt und Sofia und sich selbst am ersten Abend ein Gläschen Eierlikör eingeschenkt. Dieses Vergnügen wiederholte sie an jedem Samstag und Sonntag.

Sofia freundete sich mit einem zwölfjährigen Mädchen aus Frankreich an. Cécile kam aus Nizza. Sie verbrachte durch Vermittlung des Roten Kreuzes drei Monate bei einer Nachbarin von Tante Margarete, um sich von den Strapazen des Krieges zu erholen. Das magere Mädchen mit den Zapfenlocken und dem scheuen Lächeln konnte nur Französisch.

«Wenn ich eine grössere Wohnung hätte, würde ich auch solche Kinder aufnehmen, um sie aufzupäppeln», sagte Tante Margarete. «Aber es ist traurig, wenn sie wieder zurück in die Kriegsgebiete müssen. Das bricht einem jedes Mal das Herz.»

Cécile war ständig hungrig, obwohl ihr die Witwe Sutter auch noch die Hälfte ihrer eigenen Portion schenkte. Hastig wie ein Staubsauger verschlang sie jedes Stück Brot und jede Süssigkeit, die Sofia ihr schenkte. Als Cécile wieder zurück nach Frankreich musste, überliess ihr Sofia ihren dicken rotweiss gestrickten Pullover, obwohl er Cécile viel zu gross war. Beide weinten beim Abschied.

Sofia war froh, dass sie in Zürich war. Hier warf ihr niemand wegen ihres dicken Bauches hämische oder vorwurfsvolle Blicke zu. Doch sie vermisste Marek. Sie malte sich aus, wie sie gemeinsam durch die Strassen bummelten, herzige Säuglingskleidchen und einen Kinderwagen kauften und auf dem See eine Schifffahrt machten. Die Frage, wie es weitergehen sollte mit ihrer Liebe, wie ihre Zukunft aussehen könnte, wenn der Krieg vorbei war, verfolgte sie Tag und Nacht. Würde Marek in der Schweiz bleiben wollen? War für sie ein Leben in Polen denkbar? Manchmal fragte sie Tante Margarete um ihre Meinung. Doch diese hob ratlos die Schultern und sagte, dass sie ihr nicht helfen könne. Diese Entscheidung müsse Sofia selber fällen.

Im Dezember kam Katarina zur Welt, und Sofia freute sich auf die baldige Heimreise und das Wiedersehen mit Marek. Doch dann liess sie sich von ihrem Vater und ihrer Tante überreden, bis zum Frühling in Zürich zu bleiben. Das Haus in Rodels liesse sich im Winter schlecht heizen. Katarina könne sich erkälten. Das wollte Sofia nicht riskieren. Sie liess ein Foto von sich und Katarina machen und schickte es Marek. Kurz darauf traf ein kleines Paket von ihm ein mit zwei geschnitzten Herzen, einem kleinen mit einem eingeritzten K und einem grossen mit einem S drauf.

Tante Margarete hörte regelmässig Radio BBC, genauso wie Sofias Vater. Sie regte sich furchtbar darüber auf, dass die Naziblätter «Front» oder «Signal» an den Kiosken ganz legal verkauft werden durften, die linken Zeitschriften aber verboten wurden.

«Sogar in den Kinos verbreiten diese Hitlerbrüder ihre Propaganda. Im Hallenstadion dürfen sie ganz offen ihre Treffen durchführen, die schwarze Binde mit dem Hakenkreuz am Arm. Eine Sauerei ist das», sagte sie.

Sofia las und hörte alles mit und suchte in jeder Information Hinweise auf ein baldiges Ende des Krieges, der nun fast vier Jahre dauerte. Die Amerikaner waren im Pazifik im Kampf gegen Japan stärker geworden. In Nordafrika hatten sie Marokko und Algerien besetzt. Und auch in Ägypten gab es gewichtige Erfolge gegen das deutsche Afrikakorps von General Rommel zu vermelden. An der Ostfront wurde um jede Stadt mit brutaler Härte gekämpft. Die Schlacht um Stalingrad, ein fünf Monate dauerndes Gemetzel in Schnee und eisiger Kälte, hatte die Wehrmacht im Februar verloren. Die deutsche Sechste Armee war aufgerieben worden. Hunderttausende Soldaten und Zivilisten waren auf beiden Seiten umgekommen. Manche sprachen sogar von mehr als einer

Million Toten. Es war eine schwere Niederlage für Deutschland. Doch Reichspropagandaminister Joseph Goebbels rief im Berliner Sportpalast zum «Totalen Krieg» auf. Churchill, Roosevelt und Stalin forderten die bedingungslose Kapitulation der Achsenmächte und machten jede Hoffnung auf vorzeitige Friedensverhandlungen zunichte.

«Was bedeutet das: bedingungslose Kapitulation?», fragte Sofia.

«Das heisst, dass sich der Verlierer auf Gnade und Ungnade ergibt. Die Sieger bestimmen, wie das Land politisch und gesellschaftlich aufgebaut und gestaltet wird. Der Verlierer hat rein gar nichts mehr zu sagen. Er gibt sich praktisch selbst auf», antwortete Tante Margarete.

Geschieht den Deutschen recht, dachte Sofia, so viele Menschen haben wegen Hitler ihr Leben verloren, und den jungen Menschen, die überleben, hat er unbeschwerte Jugendjahre gestohlen. Doch ohne den Krieg hätte ich Marek nicht kennengelernt, sinnierte sie. Sie wusste nicht, was sie mit diesem Gedanken anfangen sollte. Wäre das besser gewesen? Wäre es besser gewesen, diese Liebesgefühle, die sie nie für möglich gehalten hatte, nicht kennengelernt zu haben? Jetzt war sie eine ledige Mutter mit einem ausländischen Freund. Marek war in ein anderes Arbeitslager versetzt worden, nachdem er eine neuerliche Strafe von zwanzig Tagen Arrest abgesessen hatte. Er war in der Nähe von Chur in einem Lager in Says untergebracht, einem Bergdörfchen vierhundert Meter oberhalb von Trimmis. Sofia konnte es kaum erwarten, Marek wiederzusehen. Gleichzeitig hatte sie ein wenig Angst davor.

«Herzlich willkommen zu Hause, meine Tochter», sagte Josef Caderas, während Sofia ihm den geflochtenen Korb, in dem Katarina lag, hinunterreichte und ausstieg. Sie nahm den Blumenstrauss entgegen.

«Ich bin so froh, dass ich wieder hier bin, Papa.»

«Das bin ich auch, Sofia. Sehr sogar. Geht es dir gut?» Während er fragte, beugte er sich über den Korb. «Das ist also meine Enkelin.» Er kitzelte Katarina, die ihn mit leuchtenden Augen anschaute, am Näschen. «Hübsch ist sie.»

«Ist Marek nicht gekommen?»

«Heute ist ein Arbeitstag. Er kann frühestens am Sonntag kommen, sofern er Urlaub erhält.»

«Wird er das?»

Josef Caderas richtete sich auf und hob Sofias Koffer aus dem Zug. «Ich weiss nicht, das hängt von seinem Lagerkommandanten ab. Doch jetzt gehen wir nach Hause. Ich habe einen Kuchen gebacken. Und die Wiege in der Stube aufgestellt.»

Sofia schluckte leer. Sie wusste, es war die Wiege, in der auch sie gelegen hatte. Gerührt nahm sie den Korb mit Katarina und folgte ihrem Vater.

2

Sofia staunte, dass Marek die Arme nicht schwer wurden. Seit fast einer halben Stunde trug er seine Tochter im Arm umher, vom Tisch zur Tür, von der Tür zur Wiege, von der Wiege zum Fenster, vom Fenster zum Sofa. Er küsste immer wieder jedes einzelne Fingerchen, die Pausbacken, das Näschen, sang, flüsterte, säuselte mit kindlich erhöhter Stimme ihren Namen.

«Meine kleine Katarszina. Du bist das süsseste Kind auf der Welt. Du bist mein Schatz. Mein Sonnenschein, mein Goldstück –»

Sofia unterbrach ihn. «Jetzt übertreib nicht. Du machst Katarina ganz unruhig.»

Sie fand es schön, dass Marek den Namen seiner Tochter polnisch aussprach.

«Sie gleicht mir aufs Haar», sagte er. «Nur die Augen sind blau. Wie deine.»

Es war Sonntag. Am Morgen hatte es geregnet. Nun lockerte die Bewölkung auf. Einige Wolkenreste klammerten sich zwar noch an den Bergen fest, doch erste Sonnenstrahlen beschienen die Wiege in der Stube. Sofias Blick fiel auf den Apfelbaum vor dem Fenster. Er blühte. Wie vor einem Jahr.

Marek war gegen Mittag vor der Tür gestanden. Einfach so, mit einer braunen Stofftasche in der Hand, die er im Flur abgestellt hatte, ohne dass Sofia dies richtig wahrgenommen hatte. Ihr Herz hatte sich bei seinem Anblick zusammengezogen. So lange hatte sie diesen erhofft und sich vorgestellt, wie ihr Wiedersehen aussähe, hatte in Gedanken versucht, sich in seine Arme zu kuscheln, seinen Geruch einzuatmen, der in ihrer Erinnerung verblasst war. Eine Schwäche war über sie gekommen und Marek vor ihren Augen verschwunden. Er hatte sie aufgefangen, bevor sie zu Boden gesunken war, hatte sie festgehalten, geküsst und ihr Zärtlichkeiten ins Ohr geflüstert, die sie nicht verstanden hatte. Nach einigen Sekunden hatte sie sich wieder gefasst. Marek war ohne Erlaubnis des Lagerkommandanten nach Rodels gekommen. Und ohne gültiges Zugbillett. Sie hatte ihn dafür getadelt, aber nur halbherzig, während sie ihn in die Stube gezogen hatte. «Ich bin so glücklich», hatte Marek gesagt, nachdem er Katarina wie ein Wunder betrachtet hatte. Erst nach einigen Minuten hatte er sich getraut, sie in die Arme zu nehmen.

Nun hob er Katarina hoch in die Luft.

«Vorsichtig», mahnte Sofia.

«Keine Angst, mein Schatz. Meine Tochter ist mutig. Bezaubernd und gescheit wie ihre Mutter. Und unerschrocken wie ihr Vater.»

Katarinas Mund verzog sich, als sie über dem Kopf ihres Vaters schwebte. Die ungewohnte Höhe schien ihr nicht geheuer, erste unwillige Laute waren zu hören. Rasch legte Marek sie zurück in ihre Wiege, streichelte nochmals die pummeligen nackten Ärmchen und Beinchen. Dann setzte er sich auf das Sofa zu Sofia. Sein Blick wechselte fröhlich zwischen ihr und Katarina hin und her. Katarina hatte sich beruhigt und brabbelte Unverständliches vor sich hin.

Sofia ergriff seine Hand. Immer wieder berührten ihre Lippen seine Wange, sein Mund ihre Hand.

«Wie geht es dir in Says?»

Marek hatte wenig geschrieben über das Lager. Aus kurzen Andeutungen hatte sie vermutet, dass er keine gute Zeit dort verbrachte.

«Schon recht. Wir arbeiten halt viel.»

«Ist es anders als in Rodels?» Warum wollte er nichts erzählen? Sie war doch so etwas wie seine Verlobte. Da musste man doch Vertrauen zueinander haben.

Marek liess sich Zeit mit einer Antwort.

«Ich glaube, wir sind nicht willkommen dort. Einige der Dorfbewohner grüssen nicht, wenn sie uns begegnen. Im Gasthaus kontrolliert der Wirt jedes Mal unsere Ausgangsgenehmigung. Dabei weiss er, dass wir diese vom Kommandanten immer bekommen, weil wir keine Soldatenstube im Lager haben. Wir müssen doch auch manchmal raus aus diesen Baracken.»

«Ich hoffe nur, dass der Lagerkommandant dir erlaubt, uns sonntags zu besuchen, um deine Tochter zu sehen. Und mich.»

«Das hoffe ich auch.»

Marek hatte sich verändert. Seine Sorglosigkeit war verschwunden, er war ernster geworden. Wenn er nur wieder Anekdoten von seiner Grossmutter erzählen würde. Das wäre ein Zeichen, dass es ihm gut ging.

«Ich habe dir etwas mitgebracht», sagte er, stand auf und holte die Stofftasche aus dem Flur. Er zog ein Holzbildnis hervor, auf dem ein Adler mit einer Krone und ein Steinbock zu sehen waren, die Wappentiere von Polen und Graubünden. Sofia betrachtete die feine Schnitzarbeit nachdenklich und fuhr mit der Hand darüber.

«Es ist wunderschön», sagte sie ernst.

Marek nickte stolz. Dann griff er erneut in die Tasche. «Und das ist für Katarszina.»

Es war ein dickes, handtellergrosses, mit schwarzen Flecken bemaltes Schweinchen. Ein braunes Stück Schnur bildete das Ringelschwänzchen.

«Schweinchen bringen Glück. Das sagt nicht nur meine Grossmutter.»

Sofia lachte auf. «Ist das süss! Sieh doch, Katarina, was Papa für dich gemacht hat.»

Mit einem Glucksen packte die Kleine das Tierchen und fuchtelte mit unkontrollierten Bewegungen in der Luft herum.

«Ich fürchte, das Schwein wird nicht lange heil bleiben. Sicher wird bald ein Bein oder ein Ohr abbrechen. Katarina ist erst sechs Monate alt.»

«Macht nichts. Dann mache ich ein neues. Wenn sie nur Freude daran hat. Aber …», fügte Marek verlegen hinzu, «… ich habe dir noch etwas.»

«Noch ein Geschenk? Du übertreibst.»

Er schaute in die Tasche, zögerte.

«Was ist es denn? Sag schon.» Sofias Neugier war geweckt.

«Ach, ich weiss nicht. Vielleicht gebe ich es dir doch nicht. Oder erst bei unserem nächsten Treffen.» Mit einem theatralischen Seufzer stellte er die Tasche zur Seite und machte Anstalten, sich wieder aufs Sofa zu setzen.

«Das kannst du nicht machen. Zeig es mir. Bitte. Sonst schau ich selbst nach.» Sie machte eine Bewegung zur Tasche hin, doch Marek kam ihr lachend zuvor und schnappte sie sich. Während er die Tasche an sich drückte, wurde sein Blick verlegen, das Lachen wich einem unsicheren Ausdruck. Er zog drei dicke Bündel Briefe hervor, die mit einer Schnur umwickelt waren. Diese schien vom selben Knäuel zu stammen wie das Ringelschwänzchen.

«Ich habe dir jede Woche geschrieben, *kochanie*. Manchmal sogar jeden Tag. Aber ich habe dir nicht alle Briefe geschickt. Nicht diejenigen, die ich in der Nacht geschrieben habe, wenn ich vor Sehnsucht und Einsamkeit fast gestorben bin. Was ich dir in diesen Briefen geschrieben habe, darf niemand sonst lesen. Sie sind nur für dich bestimmt.»

«Ach, Marek. Ich … ich …»

Sofia wusste nicht, was sie sagen sollte. Vorsichtig ergriff sie die Bündel, als wären es zerbrechliche Kostbarkeiten, und fächerte sie durch, ohne die Schnur zu lösen. Sie schluckte die aufsteigenden Tränen herunter. So viel hatte sie schon geweint im letzten Jahr. Jetzt, da sie Marek wieder bei sich hatte, wollte sie nicht wieder weinen, auch nicht vor Rührung. Ein klackendes Geräusch war zu hören, als Katarina mit munterem Lachen das Schweinchen an den Rand der Wiege schlug.

«Ich habe dich so vermisst», flüsterte Marek Sofia ins Ohr und liebkoste es mit seiner Zunge. Seine Hände umschmeichelten ihren Nacken und verursachten ihr eine Gänsehaut. Sie spürte, wie sein Verlangen erwachte und auch in ihr Wärme hochstieg. Sie stiess ihn sanft, aber bestimmt zurück.

«Mein Vater kann jeden Augenblick kommen.»

Sein enttäuschter Blick schmerzte. Doch sie musste sich erst wieder zurechtfinden in dieser Welt. Als ledige Mutter, als Geliebte, als erwachsen gewordene Tochter, als argwöhnisch beobachtetes Mitglied der Dorfgemeinschaft.

«Ich brauche Zeit, Marek.»

Es war nicht der richtige Moment für lange Erklärungen. Sie sahen sich heute zum ersten Mal wieder und mussten sich erst wieder aneinander gewöhnen. Sie stand auf, hob Katarina aus der Wiege und legte sie Marek in die Arme.

«Ich mache Katarina die Milch warm», sagte sie, nahm die Briefe und ging in die Küche. Sie entfachte das Feuer im Herd und stellte die Pfanne mit der Milch drauf. Immer wieder fiel ihr Blick auf die Briefe, die sie auf den Tisch gelegt hatte. Nur zu gerne würde sie alle aufs Mal öffnen und lesen. Doch dann packte sie die Bündel, eilte ins Schlafzimmer, legte sie unter ihr Kopfkissen und hastete zurück in die Küche, gerade noch rechtzeitig, dass die Milch nicht überkochte. Dann machte sie Marek ein Käsebrot für die Heimreise.

Im Flur ertönte die Stimme ihres Vaters. Er war von seinem Spaziergang zurück, den er gemacht hatte, um die drei allein zu lassen. Sie nahm das Milchfläschchen und ging zurück in die Stube.

«Möchtest du einen Schnaps, Marek?», fragte er.

Sofia verzog den Mund. Ihr Vater wusste genau, dass in

Graubünden ein Schnapsverbot für internierte Polen erlassen worden war, schon seit fast einem Jahr. Sie unterdrückte ihren Protest. Es war die Art ihres Vaters, Marek willkommen zu heissen.

Josef Caderas holte zwei kleine Gläser und eine Flasche mit durchsichtigem Inhalt hervor und schenkte ein. Es war ein Birnenschnaps aus dem Domleschg.

«Gut», sagte Marek nach dem ersten Nippen. Dann leerte er das Glas in einem Zug. «Wenn auch nicht so gut wie polnischer Schnaps.»

Josef Caderas lachte und schenkte nach. «Ich bin der Josef», sagte er. Sofia schaute erfreut auf. Ihr Vater bot Marek das Du an.

Dieser brauchte einige Sekunden, bis er die Tragweite von Josef Caderas' Worten erfasste. Ein Lächeln breitete sich auf seinem Gesicht aus.

«Ich bin Marek. Aber das weisst du ja.»

Lachend stiessen die beiden an.

«Willst du auch ein Glas?», fragte Josef Caderas Sofia.

Sie schüttelte den Kopf. Wir sitzen hier zusammen wie eine richtige Familie und geniessen den Sonntag, dachte sie, während sie Katarina die Flasche gab. So könnte es immer sein, wenn nicht ... Energisch brach sie ihren Gedankengang ab. Nur keine trüben Überlegungen aufkommen lassen, befahl sie sich. Heute wollte sie das Zusammensein mit ihren Liebsten geniessen.

Als die Kirchturmuhr vier schlug, drängte sie Marek zum Aufbruch, damit er den Zug nicht verpasste und nicht zu spät ins Lager kam. Sie gab ihm Geld für eine Fahrkarte, obwohl das verboten war. Angesichts ihrer Probleme erschien ihr das als wenig schwerwiegende Übertretung.

«Jetzt ist es wirklich genug», ermahnte sie ihn, als er mit dem Streicheln von Katarinas Köpfchen nicht aufhören wollte, und zog ihn in den Flur.

«Ich liebe dich», flüsterten sie gleichzeitig und mussten darüber lachen wie übermütige Kinder über einen gelungenen Streich. Sie umarmte und küsste ihn und sah ihm nach, bis er hinter der Wegbiegung verschwunden war. Eine Viertelstunde später fiel ihr das Käsebrot ein. Sie hatte vergessen, es ihm mitzugeben.

3

Die junge Serviertochter stellte mit einem scheuen Lächeln eine zweite Flasche Veltliner auf den Tisch. Sie war die Tochter des Wirts, hatte ein rundes Gesicht, mandelförmige Augen und trug eine einfache blaue Tracht mit Puffärmeln und einer weiss-blau längs gestreiften Schürze. Neben dem rechten Nasenflügel hatte sie ein kleines dunkles Muttermal. Sie hiess Amanda.

«Na zdrowie!», sagte Juri mit lallender Zunge, hob das Glas und nahm einen kräftigen Schluck. Marek nippte nur. Er spürte, dass ihm der Alkohol langsam in den Kopf stieg.

Seit einer knappen Stunde sassen er und Juri im Gasthaus in Says. Es war klein, hatte nur fünf Tische und war wochentags erst abends nach sechs Uhr geöffnet. Der Wirt besorgte tagsüber seinen Bauernhof. Zu essen gab es in der Beiz Würste mit Kartoffelsalat oder Aufschnitt, Käse und Brot. An manchen Sonntagen machte die Wirtin zum Mittagessen einen Schweinsbraten. Die Portionen waren klein geworden, Käse und Braten rasch ausverkauft.

Juri hatte einiges getrunken, seit sie hier waren, Bier und Wein, hastig und mit trüben Augen. Er litt unter Alpträumen und weckte oft die ganze Baracke auf mit seinen nächtlichen Schreien. Er hatte einen kräftigen Oberkörper und arbeitete hart beim Bau der Alpstrasse, was ihn unbeliebt machte bei seinen Kameraden.

«Übertreib nicht, Juri», riefen sie ihm zu, wenn er kaum eine Pause machen wollte. «Wir haben viel Zeit.» Einmal hatte Juri unwillig geantwortet, dass die Arbeit gut sei, um zu vergessen. Was genau er vergessen wolle, hatte er nicht gesagt. Er redete wenig und suchte keine Gesellschaft. Nur ein mittelgrosser brauner Hund, ein Mischling mit Schlappohren und einem weissen Fleck auf der Stirn, war ständig an seiner Seite. Heute hatte sich Juri Marek angeschlossen und war mitgegangen ins Gasthaus. Er habe Geburtstag, sagte er. Er werde zweiundzwanzig.

Sie waren die einzigen Gäste. Marek wollte mit Juri über die Massengräber reden, die in einem Wald im Westen von Russland gefunden worden waren, Gräber Hunderter polnischer Offiziere. Die Deutschen behaupteten, die Russen hätten die Männer in Lager verschleppt und erschossen. Die Russen widersprachen und beschuldigten die Deutschen der Tat. Die polnische Exilregierung in London hatte das Rote Kreuz gebeten, diese Gräueltat zu untersuchen und die Verantwortlichen zur Rechenschaft zu ziehen.

«Doch die Russen weigern sich, die Bluttat aufklären zu lassen», erläuterte Marek, obwohl Juri das alles auch mitbekommen hatte. «Es gehe nicht an, dass sie als Verbündete der Polen solcher Taten beschuldigt würden. Eigenartig, nicht wahr? Wenn sie doch nichts damit zu tun haben, weshalb wehren sie sich gegen eine Untersuchung? Und warum befinden sich diese Gräber auf ihrem Gebiet? Ausserdem sind sie gar nicht unsere Verbündeten. Sie haben die Hälfte unseres Landes besetzt. Das macht ein Feind, aber kein Verbündeter.»

Juri winkte ab. Er wollte nicht darüber reden. So sassen sie schweigend am Tisch, jeder in seine eigene Gedankenwelt vertieft. Juri streichelte immer wieder den Hund, der ihn aufmerksam anblickte. Er hatte ihm keinen Namen gegeben, nannte ihn nur Pies, das polnische Wort für Hund.

Laut schwatzend traten drei junge Einheimische ein.

«Drei Bier, Amanda», rief einer, noch bevor sie sich an den Stammtisch gesetzt hatten. Er warf ihnen einen missbilligenden Blick zu. Marek hatte ihn schon öfter im Dorf gesehen. Er war nicht viel grösser als Marek, hatte ein breites Gesicht, einen kräftigen Nacken und grosse Hände.

Marek wich den Blicken des Einheimischen aus und versuchte nochmals, mit Juri ein Gespräch zu beginnen. «Wo bist du in Polen zu Hause?»

«In Warschau.»

«Hast du dort noch Familie?»

«Ja.»

Trotz der einsilbigen Antworten gab Marek nicht auf. Er holte die Fotografie von Sofia und Katarina aus seiner Brusttasche. «Schau, das sind meine Frau und meine Tochter. Sind sie nicht süss?»

Juri schaute kurz drauf. «Sind sie noch in Polen?»

Marek lachte auf. Juri hatte nicht mitbekommen, dass er jeden zweiten Sonntag seine beiden Lieben besuchen durfte. Marek sprach mit seinen Kameraden auch nicht darüber. Einige wussten sicher davon. Doch es gab Wichtigeres für sie. Zum Beispiel die Frage, wie die Zukunft Polens aussah.

«Nein, Sofia ist Schweizerin. Und Katarszina auch. Sie wohnen in Rodels. Nicht weit von hier.»

Juri warf ihm einen seltsamen Blick zu, halb mitleidig, halb tadelnd. Er schenkte sich den letzten Rest Wein ein und starrte mit halb geschlossenen Augen wieder vor sich hin.

Marek war die Lust zum Reden vergangen. Noch ein Bier, dann würde er zurück ins Lager gehen und an dem Pferdchen für Katarszina weiterschnitzen. Er beobachtete die jungen Einheimischen, die sich über etwas zu ereifern schienen. Marek verstand kein Wort ihres markigen Dialektes, den er kaum als Deutsch erkennen konnte. Sofia redete jeweils verständliches Hochdeutsch mit ihm.

Er bedeutete Amanda, dass er noch etwas bestellen wollte. Sie trat an den Tisch. «Was darf's denn sein?»

«Ein Bier für mich.»

«Ich Schnaps, liebe Frau», sagte Juri. Er sprach nur gebrochen Deutsch.

«Ich darf euch keinen Schnaps geben. Das ist verboten.»

«Nur kleinen, für warm Herz.»

Amanda blickte zu den Einheimischen hinüber, als ob sie von dort eine Erlaubnis erfragen müsste. Die drei waren in ihr Gespräch vertieft. Doch derjenige mit dem kräftigen Nacken hatte Amandas Blick wahrgenommen und schüttelte den Kopf.

«Ich darf nicht», wiederholte Amanda. «Aber vielleicht einen Kaffee?»

«Ich heute Geburtstag.»

«Dann gratuliere ich herzlich und spendiere dir einen Kaffee.»

«Danke viel, schöne Frau. Du nett.»

Amanda holte eine Flasche Bier, den Kaffeekrug und eine Tasse. Juri verfolgte jede ihrer Bewegungen mit trägem Blick. Als sie wieder zum Tisch kam und Juri den Kaffee einschenkte, legte er ihr seine Hand auf den Arm.

«Danke. Du viel nett. Und so schön.» Sein Mund verzog sich zu einem hölzernen Lächeln.

Vom Stammtisch ertönte ein Rumpeln, als würde ein Stuhl zurückgeschoben.

«Lass meine Freundin in Ruhe», rief der mit dem dicken Nacken. «Sonst erlebst du was.»

Er trat stelzfüssig näher. Drei Schritte vor ihrem Tisch baute er sich vor ihnen auf, die Hände in die Seiten gestützt, die dunklen Augen zusammengekniffen.

«Lass doch, Theodor. Er hat Geburtstag», sagte Amanda. «Mach kein Theater.»

«Ich mache kein Theater. Aber es reicht mir langsam, dass diese Polacken dich anmachen. Einer wie der andere. Dem muss man einen Riegel schieben.»

Er trat einen Schritt näher. Pies knurrte leise. Theodor erschrak. Er hatte den Hund zuvor nicht bemerkt.

«Ist das dein Hund?», zischte er, nachdem er einen raschen Blick unter den Tisch geworfen hatte.

Juri nickte.

«Den habe ich schon öfter im Wald gesehen. Er jagt hinter den Rehen her. Wenn ich ihn noch einmal dabei erwische, knalle ich ihn ab.»

Juri starrte Theodor mit schwerem Blick an. «Pies nicht töten Reh.»

«Willst du damit sagen, dass ich ihn nicht beim Jagen gesehen habe? Dass ich lüge?» Die Streitsucht in Theodors Stimme war unüberhörbar.

Besorgt beobachtete Marek Juri und hoffte, dass er sich nicht provozieren liesse. Dieser tätschelte Pies den Kopf, doch das Knurren wurde lauter.

«Woher habt ihr überhaupt das Fressen für den Hund? Es ist schon eine Sauerei, dass ihr Polacken grössere Rationen bekommt als wir Zivilisten. Und dann habt ihr noch genug, um einen Köter durchzufüttern.»

Juri hatte nicht alles verstanden. Hilfesuchend blickte er zu Marek.

«Wir arbeiten hart für euch», griff Marek ein. «Wir bauen euch Wege, helfen den Bauern beim Heuen, fällen Bäume. Da muss man auch genug essen.»

«Und was meinst du, was wir Bauern machen? Faulenzen? Wir arbeiten genauso hart und bekommen deswegen nicht mehr Lebensmittelmarken.»

Marek senkte den Blick. Er wollte keinen Streit. Er kramte in seiner Hosentasche nach Münzen. Es war besser, wenn sie das Lokal verliessen.

Doch dann sagte Juri: «Ich auch Freundin haben. In Polen. Sie schön. Noch mehr schön als sie.» Er schaute Amanda lächelnd an. Marek hätte ihn ohrfeigen können wegen dieser unglücklichen Worte aus seinem benebelten Hirn, die einer Beleidigung von Amanda gleichkamen. Dabei waren sie sicher nicht so gemeint.

Nach einem kurzen Moment, den er brauchte, um den

Inhalt von Juris Worten zu erfassen, stürzte sich Theodor auf Juri. Dieser und der Stuhl fielen krachend nach hinten, Theodor warf sich auf ihn, schlug ihm seine Fäuste ins Gesicht, Amanda schrie nach dem Wirt, ihrem Vater, Pies jaulte erschrocken auf und bellte wütend los. Marek hielt ihn am Halsband zurück, bevor der Hund seine Zähne in Theodors Wade schlagen konnte. Die Freunde von Theodor sprangen fluchend auf, ein Bierglas fiel zu Boden und zerbarst.

«Bleibt, wo ihr seid», rief Marek ihnen zu. «Sonst lasse ich den Hund los.»

Die beiden starrten abwechslungsweise auf den Hund, der sich gegen Mareks festen Griff am Halsband aufbäumte, und auf die Kämpfenden. Juri versuchte, sich mit einer Hand gegen Theodors Schläge zu schützen, mit der anderen versetzte er ihm Hiebe, die jedoch wenig Wirkung zeigten. Er blutete aus der Nase. Dann bekam er ein Stück des zersplitterten Stuhles zu fassen und schlug es Theodor auf den Kopf. Dieser zuckte aufschreiend zurück und wurde von einem weiteren Schlag ins Gesicht getroffen. Er fiel zur Seite und bedeckte reflexartig den Mund mit der Hand, die sofort voller Blut war. Er würgte und spie auf den Boden. Marek schien es, dass etwas Weisses dabei war, wahrscheinlich ein Zahn. Schon schlug Juri ein weiteres Mal zu und traf Theodor an der Schläfe. Mit einem Seufzen sackte er ohnmächtig zusammen. Schwer atmend betrachtete Juri den schlaff gewordenen Körper, das Holzstück in der erhobenen Hand, bereit, bei der geringsten Bewegung nochmals loszuschlagen. Die Schlägerei hatte kaum zwei Minuten gedauert.

Aufgescheucht von dem Geschrei und dem Gebell war der Wirt aus der Küche herbeigeeilt, wild gestikulierend und lamentierend. Er hielt drohend eine Holzkelle in der Hand, spuckte Schimpfwörter aus wie kantige Kieselsteine. Sein hochrotes Gesicht schien kurz vor dem Explodieren. Ohne sich von Pies' Bellen beeindrucken zu lassen, schlug er mit kleinen, heftigen Bewegungen die Kelle auf den Tisch, als wolle er sich Gehör verschaffen. Pies' Lärmen verstärkte sich.

«Verdammtes Polenpack. Raus hier. Sofort. Los. Haut ab!»

Der Wirt stellte seine Schläge ein, drohte Juri aber mit erhobener Kelle, was angesichts seiner geringen Körpergrösse lächerlich aussah. Juri stand mühsam und stöhnend auf. Vornübergebeugt, die Hand auf den Bauch haltend und aus der Nase blutend, starrte er den Wirt an, dessen Halsschlagader dick hervortrat. Unerwartet fasste dieser Mut und hieb dem überraschten Juri die Kelle auf den linken Arm. Einen kurzen Moment glaubte Marek, dass sich Juri auf den Wirt stürzen wollte.

«Hör auf, Juri. Das hat keinen Sinn. Lass uns gehen. Sonst wird alles noch schlimmer», rief er rasch auf Polnisch.

Amanda fiel ihrem Vater in die Arme und flehte ihn an, sich zu beruhigen. Bei seinem Versuch, Amanda abzuschütteln, traf er mit der Faust, die die Kelle hielt, ihre Wange. Amanda schrie auf und hielt sich die rot werdende Stelle. Der Wirt, irritiert von ihrem Klagen, schaute unschlüssig von einem zum anderen und wusste nicht, ob er seine Tochter trösten oder weiterhin die beiden Polen bedrohen sollte. Pies' Knurren war einem Winseln gewichen. Da liess der Wirt die Arme sinken, doch seine Augen blickten immer noch bitterböse.

«Raus!», zischte er. «Lasst euch nie mehr in meinem Lokal blicken.»

«Komm, Juri!», befahl Marek, diesmal in einem Ton, der keine Widerrede duldete.

Juri warf nochmals einen Blick auf den ohnmächtigen Theodor. Er schien das alles noch nicht ganz begriffen zu haben. Dann schüttelte er den Kopf und ging rückwärts zur Tür. Marek folgte ihm, den aufgeregten Pies nachziehend.

«Du Idiot», schnauzte Marek Juri an, kaum dass sie draussen waren. «Was soll das? Du wirst eine saftige Strafe bekommen. Kannst froh sein, wenn du nicht ins Wauwilermoos kommst.»

«Ist mir egal. Alles ist mir egal.» Juri kniete sich zu Pies nieder und umarmte ihn. «Mein lieber Pies. Wenn jemand dir etwas antut, werde ich ihn töten.» Tränen rannen über Juris Wangen. Pies leckte ihm winselnd das Gesicht ab.

Marek zog Juri hoch. «Komm jetzt. Wir müssen es dem Lagerkommandanten berichten. Wir müssen ihm erzählen, dass der Einheimische dich provoziert hat. Dann wird die Strafe vielleicht nicht so schlimm.»

Juri blickte ihn ausdruckslos an. «Mir egal», wiederholte er undeutlich. Sein linkes Auge schwoll blau an. Er betastete eine Schramme an der Stirn, während er mit verkniffenem Gesicht hinter Marek hertrottete. An einem Brunnen wusch sich Juri das Blut aus dem Gesicht und versuchte, die Flecken vom Hemdkragen zu entfernen. Doch sie wurden nur grösser, wenn auch blasser.

Im Lager meldeten sie sich beim Kommandanten. Dieser seufzte tief, als Marek ihm das Ereignis schilderte.

«War das nötig?», fragte er. «Könnt ihr euch denn nicht ein wenig zusammenreissen?»

Marek hätte gerne gefragt, ob sie sich denn alles gefallen lassen müssten, nur weil sie Flüchtlinge waren. Doch er schwieg. Er musste an Sofia und Katarszina und die Besuchserlaubnis denken. Der Kommandant befahl Juri, am nächsten Morgen nach dem Tagesbefehl in seinem Büro zu erscheinen. Zu Mareks Erleichterung verlangte er nichts dergleichen von ihm selbst. Der Kommandant schien ihm zu glauben, dass er an der Eskalation unschuldig war.

An diesem Abend konnte Marek lange nicht einschlafen. Er dachte an Tadeusz. War er noch in Rodels? Oder war er geflohen, wie er es angekündigt hatte? Vielleicht wäre die Flucht tatsächlich das Beste, um diesen Zustand zwischen

Gefangenschaft und Asyl, der so schwierig zu ertragen war, zu beenden und die eigene Ehre zurückzugewinnen. Marek zog die Decke über den Kopf und schloss die Augen. Doch erst als Juris Murmeln und Wälzen aufhörte, schlief er ein.

4

«Sehr verehrter, geschätzter Herr Kommandant», schrieb Sofia. «Ich nehme meinen ganzen Mut zusammen und schreibe Ihnen in einer Angelegenheit, die mich und meine kleine Tochter Katarina betrifft. Der Vater meiner Tochter ist ein polnischer Internierter namens Marek Kwiatkowski. Ich weiss, dass unsere Beziehung ungesetzlich ist. Doch wir wollten nichts Böses tun. Marek und ich lieben uns. Und Katarina braucht einen Vater. Ich weiss, wir dürfen nicht heiraten. Aber ich bitte Sie inständig, dass Katarina und ich Marek zumindest öfter sehen können. Ich wohne in Rodels, und Marek ist ins Lager in Says versetzt worden. Er darf uns jeden zweiten Sonntag besuchen. Dafür bin ich sehr dankbar. Doch der Weg von Says nach Rodels ist lang und umständlich. Er hat die Strafe für unsere Beziehung abgesessen. Es waren zwanzig Tage Arrest und die Versetzung nach Says. Ich bitte Sie nun inständig, uns nicht noch weiter zu bestrafen und Marek wieder nach Rodels versetzen zu lassen. So kann er seine Tochter häufiger sehen. Im Namen der Menschlichkeit bitte ich Sie darum. Hochachtungsvoll Sofia Caderas, Rodels».

Zweimal hatte sie das Wort «inständig» benutzt. Egal.

Sofia hatte viel von dem Abschnittskommandanten Paul Engi gehört. Er sei menschlich und verständnisvoll. Sie hatte in der Zeitung schon Bilder von ihm gesehen. Da sah er sympathisch aus mit seinem runden, grobschlächtigen Gesicht und den Lachfältchen in den Augenwinkeln. Vielleicht würde er ihnen helfen.

Nicht helfen konnte er bei der Heiratserlaubnis. Darüber entschied die Bundesbehörde, und die hielt am Verbot ehelicher Verbindungen zwischen Schweizerinnen und internierten Polen fest. Doch wenn Sofia ehrlich mit sich war, ganz aufrichtig, und ihre Gefühle zu Marek und die Gedanken über ihre eigene Zukunft in schlaflosen Nächten und unruhigen Tagen gegeneinander abwog, dann war sie froh, dass sie sich vorläufig nicht entscheiden musste, ob sie heiraten wolle oder nicht. Sie hatte Marek wahnsinnig gerne, und es rührte sie, wenn er Katarina bei ihren ersten Sitzversuchen half, ihr polnische Lieder vorsang und ihr in polnischer Babysprache Märchen erzählte, die sie mit ihren acht Monaten noch nicht verstehen konnte. Auch ihr, Sofia, gegenüber war er liebevoll.

Letzthin hatte ihr Vater gefragt, ob sie sich bewusst sei, dass sie ihr Schweizer Bürgerrecht verlieren werde, wenn sie Marek heirate. Dass sie Polin werden würde, Ausländerin. Vielleicht würden sie nach dem Krieg sogar ausgewiesen. Wer wusste schon, wie die politischen Verhältnisse dann wären, welche Flüchtlinge bleiben konnten und welche das Land verlassen mussten. Doch noch war kein Ende des Krieges in Sicht.

Sie befeuchtete die Lasche des Couverts mit der Zunge, klebte es zu und stand auf. Sie wollte den Brief gleich einwerfen, bevor der Mut sie wieder verliess und sie es sich anders überlegte.

Es war ein heisser Julitag. Nach kurzem Zögern nahm Sofia die Strasse hinunter zum Bahnhof. Dort gab es einen Briefkasten. Und von dort ging ein schöner Spaziergang übers Feld. Katarina jammerte, als ihr die Sonne ins Gesicht schien, und Sofia blieb stehen, um ein dünnes Tuch über das Verdeck zu legen. Da sah sie Leonora, die von Cazis her auf sie zukam. «Hast du gehört, Sofia?»

Sie trug zwei prall gefüllte Taschen. Unter ihren Achselhöhlen zeichneten sich am roten Sommerkleid dunkle Flecken ab.

«Was denn?»

Schwer atmend blieb Leonora vor ihr stehen. «Mussolini ist gestürzt worden. Sein Polizeiregime ist gefallen. Die faschistische Partei Italiens wurde aufgelöst. Ist das nicht wunderbar?»

Ohne auf Sofias Antwort zu warten, nahm sie das Tuch vom Verdeck und beugte sich über Katarina, die sie mit grossen Augen anschaute.

«Mein kleiner Schatz», sagte sie und ergriff das winzige Händchen. «Du kannst schon bald in Frieden aufwachsen.»

«Meinst du?», fragte Sofia. Der Krieg war noch überall. In Europa, in Russland, in Asien und in Afrika.

«Ja, ich glaub schon. Hitler hat seinen grössten Verbündeten verloren. Und die Alliierten sind vor einigen Tagen in Sizilien gelandet. Vielleicht können wir in ein paar Wochen wieder ein normales Leben führen, ohne Rationierungen, ohne Verdunkelung, ohne Angst.» Sie erblickte das Couvert, das Sofia in den Kinderwagen gelegt hat. «Musst du zur Post?»

Sofia lächelte über Leonoras Neugier. «Ich bitte den Abschnittskommandanten um die Versetzung von Marek. Es wäre für uns viel einfacher, wenn er wieder in Rodels wäre.»

«Ich würde mich darüber freuen. Er ist nett, dein Marek. Ich mag ihn auch.» Sie zwinkerte Sofia mit dem rechten Auge zu. «Wer weiss, vielleicht dürft ihr schon bald heiraten. Ach, es wäre so schön, wenn wir endlich Frieden hätten.»

«Ja, das wäre schön.»

«Ich würde euch eine Hochzeitstorte backen, mit vielen Eiern und Rahm und kiloweise Schokolade drauf. Und dazu gäbe es wieder richtigen Bohnenkaffee ohne billige Zusätze.»

Schokolade war vor einem Monat rationiert worden. Eine Tafel hatte Sofia noch zu Hause. Jeden Abend brach sie sich ein erbsengrosses Stück ab und liess es sich auf der Zunge zergehen.

«Doch jetzt muss ich weiter. Apfelkuchen backen für meine Internierten», sagte Leonora.

Sofia nahm plötzlich einen betrübten Ausdruck in Leonoras Augen wahr, als ob ihr etwas Trauriges in den Sinn gekommen wäre. Doch der Moment dauerte nur kurz, sodass Sofia nicht sicher war, ob sie es sich nur eingebildet hatte.

«Ist alles in Ordnung?», fragte sie nach.

Leonora zögerte mit der Antwort und blickte Sofia nachdenklich an, als müsste sie überlegen, ob sie ihr ein Geheimnis anvertrauen sollte.

«Vor einigen Wochen ...», begann sie dann doch, «... ist einer der Internierten geflohen. Gestern habe ich erfahren, dass ihm die Flucht nicht geglückt ist. Er sitzt im Wauwilermoos eine halbjährige Gefängnisstrafe ab. Hast du schon von dieser Strafanstalt gehört?»

Sofia schüttelte den Kopf.

«Es heisst, der Kommandant führe sich auf wie ein Tyrann und behandle die Gefangenen schlecht. Und die hygienischen Verhältnisse seien katastrophal. Es habe schon Meutereien gegeben. Ich hoffe nur, dass Tadeusz sich zusammennimmt und sich nicht noch mehr Ärger einhandelt. Ich habe versucht, ihn von der Flucht abzuhalten. Aber er will unbedingt weiterkämpfen gegen die Deutschen. Dabei wäre es viel gescheiter, wenn –» Sie brach mit einem tiefen Seufzer ab. «Es tut mir so leid, dass ich ihn nicht zum Ausharren überreden konnte», fügte sie noch hinzu. «Es ist fast so, als hätte ich versagt.»

Sofia sagte nichts. Leonora hätte der Heerespolizei melden müssen, dass sie von den Fluchtplänen dieses Tadeusz gewusst hatte. Vielleicht hatte sie ihm sogar dabei geholfen, mit Zivilkleidung oder einem Bahnbillett. Doch ihr, Sofia, stand es nicht zu, andere zu kritisieren. Sie verhielt sich selbst nicht gesetzeskonform.

Leonoras Blick ruhte wie abwesend auf Katarina. Als sie

wieder aufblickte, war die Fröhlichkeit wieder da, zumindest vordergründig. «Ich muss los. Sonst werde ich mit Backen nicht fertig. Grüsse deinen Vater von mir.»

Sofia nickte. Dann ging sie hinüber zum Bahnhofsgebäude. Vor dem gelben Briefkasten mit dem Schweizerkreuz und dem Jagdhorn drauf holte sie den Umschlag aus dem Kinderwagen. War es richtig, was sie tat? Würde Herr Engi ihr Schreiben nicht als Zwängerei ansehen? Sicher hatte er Wichtigeres zu tun, als sich um ihre Angelegenheit zu kümmern.

Doch für Marek und sie war es wichtig. Sie mussten mehr Zeit füreinander haben. Sie mussten einander vertrauter werden, um miteinander über ihre innersten Wünsche sprechen zu können. Auch wenn das gar nicht so einfach war. Es brauchte Mut, ehrlich zu sein, zu sich selbst und zum geliebten Menschen, weil diese Ehrlichkeit Schmerzen und Enttäuschung bereiten konnte.

Sofia drückte den Briefschlitz nach oben und steckte den Brief durch, ohne ihn loszulassen. Sollte sie ihn abschicken? Oder war ihr die distanzierte Beziehung zu Marek, so wie sie jetzt war, doch lieber?

Da schrie Katarina auf. Vor Schreck liess Sofia den Brief los. Mit einem leisen Geräusch fiel er in den Kasten. Fort war er. Es schien ihr, als hätte Katarina die Entscheidung für sie getroffen. Der Briefkastenschlitz klapperte.

«Was ist, mein Schatz?»

Da sah sie eine Wespe, die sich ins Verdeck des Kinderwagens verirrt hatte und wild summend einen Fluchtweg suchte. Auf Katarinas Wange war ein roter Fleck zu sehen. Rasch drückte Sofia das Verdeck nach unten, sodass die Wespe davonfliegen konnte. Dann nahm sie die weinende Katarina auf den Arm.

«Mein Kleines. Hat die Wespe dich gestochen? Sicher wollte sie dir nicht wehtun. Sie hat Angst gehabt, weil sie sich gefangen fühlte und nicht mehr wusste, wie sie fortkommen konnte. Aber das ist nicht so schlimm. Wir gehen nach Hause, und dort legt die Mama essigsaure Tonerde auf den Stich. Das kühlt und heilt.»

Sofia küsste ihre Tochter, drückte sich Spucke auf die Finger und legte sie auf den Stich. So hatte es auch Leonora früher bei ihr gemacht. Es hatte Sofia geekelt. Doch sie hatte nicht gewagt, Leonoras gut gemeinte Hilfe abzuwehren. Und jetzt machte sie das Gleiche mit ihrer Tochter. Sie schüttelte schmunzelnd den Kopf.

Nach einer Weile beruhigte sich Katarina. Sofia bettete sie wieder in den Kinderwagen und machte sich auf den Heimweg. Der Schlitz des Briefkastens war zur Ruhe gekommen.

5

Mit hängender Zunge stürmte Pies herbei. Die Schlappohren hüpften auf und ab. Kurz vor Marek blieb er abrupt stehen, schaute ihn schwanzwedelnd und mit erwartungsvollen Augen an. Kaum holte Marek aus, rannte Pies wieder los, noch bevor das Holzstück durch die Luft segelte. Pies liebte dieses Spiel, bekam kaum genug davon, rannte sich fast die Seele aus dem Leib. Kein Wunder. Den ganzen Tag musste er angeleint im Lager verbringen, da war sein Bedürfnis nach Bewegung am Abend gross, was er mit Jaulen bekannt gab, wenn die Männer von der Arbeit zurückkamen.

Seit zwei Wochen betreute Marek den Hund. Juri sass seinen Arrest für die Schlägerei im Wirtshaus ab. Jeden Abend machte Marek den gleichen Spaziergang. Vom Lager über die Wiesen hinauf zum oberen Dorfteil und dann in einer weiten Schlaufe zum Waldrand hinüber und zurück. Eine gute Stunde dauerte der Rundgang, zu wenig für den lauffreudigen Hund. Doch Marek hatte einen anstrengenden Arbeitstag hinter sich und war müde. Er war froh, dass Juri in drei Tagen wieder ins Lager zurückkam. Dann musste er sich nicht mehr um Pies kümmern und konnte an seinen Herzen weiterschnitzen.

Schon preschte Pies wieder zurück, das Holzstück in der Schnauze. Er wollte es nicht loslassen, erst als Marek ihm zuredete, liess er es fallen. Marek machte sich einen Spass daraus, einen Wurf vorzutäuschen, Pies davonspringen zu lassen und ihn auszulachen, wenn er enttäuscht zurückkam. Diesmal warf er das Holzstück in einem weiten Bogen fort. Es landete in einem Busch. Marek liess Pies wühlen und suchen. So war er beschäftigt.

Marek setzte sich auf einen Baumstrunk. Hier sieht man

nichts vom Krieg, dachte er, als er den Blick über die Landschaft schweifen liess. Seit einem halben Jahr war er nun schon hier oben in diesem abgeschiedenen Bergdorf. Unten im breiten Tal lagen kleine Dörfer, etwas weiter südlich Chur. Sofia hatte voll Stolz erzählt, dass die Stadt Bischofssitz sei. Auf der anderen Talseite richtete sich schroff der Hausberg der Stadt auf. Calanda hiess er, so wie das Bier, das hier gebraut wurde.

Pies kam mit einem Tannenzapfen im Maul zurück. Das Holzstück hatte er nicht mehr gefunden. Er liess den Zapfen fallen und legte sich hechelnd neben Marek.

Alles war intakt in dieser Landschaft. Kein Haus war zerbombt, keine Strasse zerstört, im Rhein flossen keine Leichen. Und in Polen, in Mareks Heimat, regierte der Terror. Menschen wurden verschleppt, misshandelt, getötet. Immer noch schauerte es Marek, wenn er an die Ereignisse im jüdischen Ghetto in Warschau zurückdachte. Vor vier Monaten hatten sich die Bewohner des Ghettos den Deportationen nach Treblinka widersetzt. Erfolglos. Die schlecht bewaffneten Widerstandskämpfer konnten gegen die feindliche Übermacht nichts ausrichten. Das Ghetto wurde hermetisch abgeriegelt. Panzerwagen, leichte Panzer und schwer bewaffnete SS-Soldaten drangen ein. Männer, Frauen und Kinder wurden mitleidlos, ohne Rücksicht auf Alter, Krankheit, Geschlecht oder Wehrlosigkeit, wie Vieh hinausgetrieben. In der sechsten Woche des Aufstandes wurde die Synagoge gesprengt, das jüdische Viertel niedergebrannt, der Aufstand endgültig niedergeschlagen.

Wie viele Tote hatte es gegeben? Tausende? Zehntausende?

Marek überkam das Bedürfnis zu schreien, seine Wut, seine Hilflosigkeit, seine Verzweiflung hinauszubrüllen in diese heile Landschaft, die so tat, als ob das alles sie nichts anginge. Dabei müsste doch das Grün der Bäume und Wiesen grau werden, das frisch geschnittene Heu verfaulen, die Schmetterlinge im Flug erstarren, die Bienen sich in ihren Nestern verbarrikadieren und die Bestäubung der Blumen und Blüten verweigern angesichts des braunen Wahnsinns, der die Welt zerstörte, dieser Barbarei, die nur Menschen hervorbringen konnten. Doch nichts Derartiges geschah. Es war ein lauer, friedlicher Sommerabend.

Pies jaulte auf und schnappte nach Mareks Hand, als sich dessen Finger in sein Fell verkrallten.

«Entschuldige, Pies.»

Marek ergriff den Tannzapfen. Sofort stand Pies auf, angespannt wie ein Bogen. Mit einer Wucht, die Marek selbst überraschte, warf er den Zapfen fort. Kurz vor dem Wald, der den Abhang zu einem engen Tobel bedeckte, blieb er liegen. Pies war schon am Rennen. Innert Sekunden erreichte er den Tannzapfen, packte ihn mit seinen Zähnen und schüttelte ungestüm den Kopf.

«Bring ihn zurück!»

Pies blickte zu Marek, machte Anstalten, Mareks Befehl zu folgen. Plötzlich hielt er inne, drehte den Kopf zum Wald hin und lauschte aufmerksam.

«Hierher, Pies», rief Marek. «Komm zu mir.»

Pies schaute zu ihm herüber, doch nur flüchtig, als ob er etwas Spannenderes vernommen hätte, das besser war als das Apportspiel. Sein Kopf ruckte wieder zum Wald hin, und er lief trotz Mareks eindringlichen Rufen hinein.

Fluchend rannte Marek dem Hund nach. Als er keuchend am Waldrand ankam, war Pies nirgends zu sehen. Brechendes Holz war zu hören und ein kreischender Vogel, der davonflog.

«Pies!», rief Marek. «Komm sofort her! Pies!» Doch der Hund blieb verschwunden, die Geräusche von knickenden Ästen waren verstummt. Marek überlegte. Es hatte keinen Sinn, den Hund im Wald zu suchen, da er keine Ahnung hatte, welche Richtung er eingeschlagen hatte. Er konnte überall sein. Marek beschloss, zurück zum Lager zu gehen. Pies würde seinen Heimweg allein finden. Spätestens wenn er Hunger hatte.

Da zerriss ein Schuss die Stille des Abends. Sekundenbruchteile später war ein Aufjaulen zu hören, das im Echo des Knalls in ein schmerzvolles Winseln überging. Marek erstarrte, dann rannte er in den Wald, hastete durch das Unterholz, dorthin, wo er das Winseln vermutete. Dornen von Brombeerstauden hakten sich in den Hosen fest, und spitzige Äste verletzten seine Hände, die er schützend vor das Gesicht hielt. Er stürzte zu Boden, schlug mit der Seite auf eine Wurzel, spürte einen heftigen Schlag am Oberarm. Ohne den Schmerz zu beachten, rappelte er sich auf und eilte weiter. Dann knallte es noch einmal. Es schien noch lauter als beim ersten Mal. Mareks Schritte stockten. Mach, dass es nicht wahr ist, flehte er innerlich. Er schloss die Augen und lauschte. Als sich das Echo verzogen hatte, war es beklemmend still. Kein Winseln. Kein Knacken von Ästen. Kein Zwitschern eines Vogels. Marek nahm nur den Geruch von Pilzen und Moos wahr.

Über eine halbe Stunde lang suchte er nach Pies. Endlich fand er ihn leblos neben einem Ameisenhaufen. Ein Stöhnen entrang sich Mareks Kehle, und er sank in die Knie. Zärtlich streichelte er den Hund, berührte die blutigen Einschüsse neben dem Ohr und an der Lende. Er glaubte zu wissen, wer den Hund erschossen hatte.

«Das wirst du büssen», flüsterte er. Doch ebenso rasch wie die Wut kam die Sorge über Juris Reaktion in ihm hoch. Was würde Juri tun, wenn er von Pies' Tod erfuhr? Er war impulsiv. Und er war stark.

Marek zwang sich, ruhig zu überlegen. Er war sich ziemlich sicher, dass Theodor, der sich mit Juri geprügelt hatte, den Hund erschossen hatte. Doch hundertprozentige Gewissheit hatte er nicht. Vielleicht war es jemand anderes gewesen, ein Jäger, der zufällig hier gewesen war und Pies beim Nachjagen eines Rehs gesehen hatte. Er könnte die Gewehrkugel aus Pies herausklauben, sie mit dem toten Körper zur Polizei bringen und verlangen, dass die Gewehre aller Jäger auf die Munition hin überprüft wurden. Doch was würde das bringen? Je länger Marek darüber nachdachte, desto mehr kam er zur Überzeugung, dass es mehr Ärger als Nutzen bringen würde. Juri würde sich vielleicht wieder zu einer Schlägerei hinreissen lassen oder zu noch Schlimmerem. Marek hatte Pies lieb gewonnen in diesen zwei Wochen. Er hatte ihm von seinen Sorgen und intimsten Sehnsüchten erzählt, wie er es noch bei keinem Menschen getan hatte. Doch Pies war trotzdem nur ein Hund. Es lohnte sich nicht, wegen eines Tieres noch mehr Erbitterung und Verdruss zu provozieren. Davon gab es schon viel zu viel.

Mühsam stand Marek auf. Sein Plan stand fest. Juri würde die Wahrheit nicht erfahren. Zu seinem eigenen und zum Schutz anderer. Marek würde sagen, dass Pies davongelaufen war. Er habe ihn stundenlang gesucht, im Wald und auch im steilen Tobel. Doch er habe keine Spur entdeckt. Er sei fort. Vielleicht sei er weiter oben über einen Felsen abgestürzt. Es tue ihm leid, dass er nicht besser auf Pies aufgepasst habe. Aber es sei halt ein junger Hund mit Abenteuerlust im Blut.

«Es tut mir leid, Pies. Du warst ein guter Kamerad.»

Marek brach einige Äste ab, hob Steine auf und deckte Pies damit notdürftig zu. Morgen oder übermorgen würde er mit einer Hacke oder einer Schaufel herkommen und Pies ein Grab ausheben. Juri durfte ihn auf keinen Fall finden.

Im Lager wurde Marek von einem Wachsoldaten erwartet.

«Wo ist der Hund?», fragte dieser.

«Er ist abgehauen. Er kam einfach nicht mehr zurück.»

«Auch egal. Er hat sowieso nur den ganzen Tag gekläfft

und gewinselt. Und viel gefressen. Der Kommandant will dich sprechen. Du sollst zu ihm aufs Büro.»

Marek erschrak. Warum das denn? Wegen Pies konnte es nicht sein. Nervös ging er zum Kommandanten. Er salutierte, ohne sich seine Überraschung anmerken zu lassen.

«Internierter Kwiatkowski. Sie werden übermorgen zurück ins Lager Rodels versetzt. Auf Geheiss von Abschnittskommandant Engi höchstpersönlich.»

Marek brauchte einige Sekunden, bis er die Worte begriff. Dann kam ein Strahlen über sein Gesicht. Endlich. Er kam wieder in Sofias und Katarszinas Nähe.

«Danke, Kommandant», sagte er bloss.

«Da haben Sie anscheinend gute Beziehungen zu unserem obersten Befehlshaber. Also wie gesagt. Übermorgen. Nach dem Appell. Ein Wachsoldat wird Sie begleiten. Abtreten.»

Marek salutierte wieder und trat zur Tür.

«Und alles Gute für Ihr ... äh ... Fräulein und Ihre Tochter», hörte er in seinem Rücken.

«Danke», wiederholte er und ging hinaus.

Er musste sich beherrschen, um nicht laut zu jubeln. Nur zwei Dinge musste er morgen noch erledigen: den armen Pies begraben und Juri einen Brief schreiben, in dem er ihn über Pies' spurloses Verschwinden informierte. Marek war froh, dass er Juri nicht mehr sehen würde. Das machte das Lügen einfacher.

6

Aus den Augenwinkeln beobachtete Marek, wie Sofia ihre Tochter stillte. Ihr nackter Busen zog seinen Blick wie magisch an. Als sie es bemerkte, drehte sie sich mit einem scheuen Lächeln zur Seite. Er trat ans Fenster und betrachtete die dunklen, bauschigen Wolken, die über dem Piz Beverin ein Gewitter ankündigten.

«Ich bin so froh, wieder hier zu sein, in eurer Nähe», sagte er zum wiederholten Male.

Er hatte Sofia wenig erzählt über die letzten Wochen in Says. Nichts über die Schlägerei, nichts über Juri, nichts über Pies' Tod. Manchmal dachte er an die beiden. Juri tat ihm leid, er hatte nun niemanden mehr, dem er sein Herz ausschütten konnte. Doch Mareks eigene Sorgen verdrängten die fremden. Die Zeit in Says schien ihm weit weg, obwohl er erst vor wenigen Tagen zurück ins Lager Rodels gekommen war.

«Ich habe Herrn Engi ein Birnbrot geschickt und ihm dafür gedankt, dass er dich wieder hierher versetzt hat.»

Er blickte Sofia fragend an.

«Weisst du nicht mehr? Paul Engi, dieser – wie heisst es doch gleich? – Abschnittskommandant. Der Offizier, dem alle Lager in Graubünden unterstellt sind und dem ich den Brief geschrieben habe. Und deinem Lagerkommandanten habe ich auch eines gebacken, weil er dir erlaubt, uns jeden Sonntag zu besuchen. Du kannst es nachher mitnehmen.»

«Ich hoffe, er sieht das nicht als Bestechung an.»

Sofia löste Katarina, die eingeschlafen war, von der Brust, richtete den Büstenhalter, knöpfte ihre Bluse zu und legte die Kleine in die Wiege. Sofia war mager geworden, obwohl sie als stillende Mutter eine höhere Lebensmittelration bekam.

Wenn Marek sie umarmte, spürte er ihre Knochen. Sie hatte zu wenig Milch für Katarszina und musste ihr Kuhmilch geben. War die Kleine deshalb häufig verschnupft?

«Sofia ...» Er zögerte. Er wollte nicht drängen. Und doch ... Als sie erwartungsvoll den Kopf hob, wagte er es. «Könnten wir nicht ein Heiratsgesuch einreichen? Dieser Engi wird es uns vielleicht erlauben?»

«Das bringt doch nichts. Das Heiraten ist verboten. Ausserdem hat Herr Engi damit nichts zu tun. Das entscheiden die Behörden in Bern.»

Täuschte er sich, oder war eine leichte Ungeduld in ihrer Stimme? «Aber vielleicht machen sie eine Ausnahme. Wir haben doch ein Kind zusammen.»

Sie schaute ihn dunkel an und schenkte sich blassbraunen Kaffee nach.

«Möchtest du mich überhaupt heiraten?» Die Frage war so leise gekommen, dass sie fast nicht zu hören war.

Ihr Schweigen machte ihn traurig.

«Ich habe dich lieb, Marek, sehr lieb», sagte sie endlich. «Katarina könnte keinen besseren Vater haben.»

Das unausgesprochene «aber» hing in der Luft, wie ein Meteorit, der die Erde bedrohte. Marek bereute seine Frage. Warum hatte er nicht zugewartet, um Sofia Zeit zu lassen? Einige Wochen, Monate, oder sogar bis zum Ende dieses verfluchten Krieges? Vielleicht war er bald vorüber. Die Sowjetunion, England und die Vereinigten Staaten verhandelten die Bedingungen für den Waffenstillstand mit Italien. Wenn die Deutschen diesen wichtigen Verbündeten verlören, würden sie sicher bald den Kampf aufgeben.

Dann sprach Sofia weiter: «Ich habe oft darüber nachgedacht, wie unsere Zukunft aussehen könnte. Ich möchte mit dir und Katarina eine richtige Familie sein, mit Trauschein, sodass niemand mehr schlecht über uns reden kann. Doch wo sollen wir leben? Wer will uns?»

«Polen wird dir gefallen, *kochanie*. Es ist ein weites, offenes Land. Die Tage sind lang und hell, und der Himmel …», er suchte nach Worten, während ein Leuchten über sein Gesicht ging, «… er ist endlos, riesig. In der Nacht glaubt man, mitten in den Sternen zu schweben. Als Kind habe ich mir den grössten davon ausgesucht und mir vorgestellt, dass ich auf ihm reite. Wir Polen haben viel Phantasie, weisst du. Wir sind fröhlich und lustig und temperamentvoll. Und wir lieben Kinder. Meine Familie wird dich und Katarszina vergöttern. Ich werde als Zimmermann arbeiten wie mein Vater. Und du könntest unterrichten. Dort wäre Platz für uns. Dort wären wir willkommen.»

Böiger Wind hatte eingesetzt. Die Wolken hatten sich zu mächtigen Gebilden aufgetürmt, wunderschön und bedrohlich zugleich.

«Habt ihr auch Berge?»

«Ja, im Süden, in den Karpaten.» Kaum hatte er den Namen ausgesprochen, schossen ihm schreckliche Bilder durch den Kopf. Gebrochene Augen, erfrorene Füsse, verlorene Hoffnung. Mit Mühe schluckte er den dicken Kloss im Hals hinunter und versuchte, ruhig zu atmen und Sofia nichts merken zu lassen. Hastig sprach er weiter: «Wir singen und tanzen und lachen viel. Und essen gerne.»

«Ich kann die Sprache nicht. Wie soll ich da unterrichten?»

«Du wirst sie rasch lernen. Wir können ja schon damit anfangen. Ich helfe dir.»

«Ich weiss nicht, ob ich in einem Land ohne Berge leben kann. In Zürich bin ich oft auf den Uetliberg gegangen. Er heisst zwar ‹Berg›, ist aber nur ein Hügel. Doch von dort konnte ich unsere Berge sehen. Die richtigen Berge.»

Von der Via Mala her war dumpfes Grollen zu hören.

«Ich habe Heimweh nach Polen», sagte er leise und trat an Katarinas Bettchen. Sie schlief mit offenem Mund, das kleine Schweinchen in der Hand, das er ihr vor einigen Wochen geschenkt hatte. Es hatte nur noch zwei Beine, das Ringelschwänzchen war verschwunden.

Von der Tür her war ein Husten zu hören. Josef Caderas trat in die Stube, das Taschentuch vor dem Mund. Er war im Wirtshaus gewesen.

«Ich glaube, ich habe mich erkältet. Und das mitten im Sommer. Aber halb so schlimm. Das wirft einen nicht gleich um, nicht wahr?» Er setzte sich aufs Sofa. «Am Stammtisch meinen sie, dass der Krieg bald vorüber sei», sagte er in aufgeräumter Stimmung. Er schien die Verstimmung zwischen Marek und Sofia nicht zu spüren und redete lebhaft weiter: «Die Rote Armee hat Städte zurückerobert. Wenn die Alliierten jetzt im Westen eine Front errichten würden, wären die Deutschen bald am Ende. Für einen Zweifrontenkrieg haben sie zu wenig Truppen. Sie haben in Russland grosse Verluste erlitten.»

Marek nickte nur. Er war froh, dass Josef Caderas erschienen war und ihr Gespräch unterbrochen hatte. So blieb alles in der Schwebe. Bis zum nächsten Mal. Doch er wurde das dumpfe Gefühl in seinem Innern den ganzen Tag nicht mehr los.

Als er sich am Abend verabschiedete, begleitete ihn Sofia die Strasse hinunter.

«Was soll aus meinem Vater werden, wenn wir weggehen würden?», fragte sie. «Soll er allein hierbleiben? Das würde ich nicht ertragen.»

«Er kann natürlich mitkommen. Ich würde mich darüber freuen.»

«Mein Vater wird Graubünden niemals verlassen.»

«Vielleicht doch.»

Als sie ihm das Birnbrot für den Lagerkommandanten reichte, ergriff er rasch ihre Hand.

«Ich liebe dich, Sofia. Du und Katarszina, ihr seid das Glück meines Lebens. Ihr seid mir wichtiger als alle Sterne am Himmel zusammen. Wichtiger als die Sonne, wichtiger als …»

Er wurde von ihrem Kuss überrascht. Bevor er ihn erwidern konnte, löste sie sich und lief zurück zum Haus. Als sie ihm zuwinkte, hob er langsam die Hand an den Mund, streckte sie in ihre Richtung aus und blies ihr einen unsichtbaren Kuss zu. Dann drehte er sich um und ging zurück ins Lager.

7

Als der Zug ins Haupttal nach Chur einfuhr, verstummten die Gespräche. Ein kurzatmiger weisshaariger Mann sagte nur: «Dass diese Idioten bei dieser Trockenheit ihre Schiessübungen machen mussten, war einfach dumm. Ich kann immer noch nicht fassen, was passiert ist. Zum Glück hat es keine Todesopfer gegeben.»

Vor einer Woche, am 20. August, war am Calanda ein Brand ausgebrochen. Seit Wochen hatte es nicht mehr geregnet. Das Feuer hatte am ausgetrockneten Berg Nahrung im Überfluss gefunden und sich rasch ausbreiten können. Schon am frühen Nachmittag waren die schwarzen Rauchwolken bis nach Rodels zu sehen und ein dumpfes Grollen zu hören gewesen. Die Männer der Ortsfeuerwehr fuhren nach Chur, um zu helfen, auch Sofias Vater. Immer dicker und höher türmten sich die Wolken auf. Sofia machte sich Sorgen, als ihr Vater fortblieb. Als es eindunkelte, blieb der Himmel über dem Berg furchterregend rot. Erst spätnachts kam Josef Caderas nach Hause, verschwitzt, mit dreckigen Kleidern. Er konnte kaum die Augen offen halten, stützte den Kopf schwer in die Hand. Sofia kochte Kaffee auf, während er berichtete, wie das Feuer innert weniger Stunden über tausend Höhenmeter hochgeklettert sei. Der heftige Föhn unterstütze das Flugfeuer, das die Tobel überspringe, als wären es kleine Hüpfer.

«Ich habe noch nie so etwas erlebt. Die Flammen rasen über unseren Köpfen hinweg wie Geister, von einem Wipfel zum anderen. Wir müssen uns immer wieder zurückziehen, um nicht eingeschlossen zu werden. Die Motorspritzen nützen nicht viel. Wir können nur Brandschneisen schlagen. Wenigstens haben wir ein paar Motorsägen.»

Sofia erschauerte bei der Vorstellung mit den Geistern.

Am nächsten Tag war ihr Vater wieder eingerückt. Sofia hatte ihre Sorge, aber auch ihre Neugier nicht bezähmen können. Hannes, ein Bauer aus dem Dorf mit einem lahmen Bein, hatte sie und ihre Cousine Lina auf seinem Pferdefuhrwerk bis zu den Feldern vor Chur mitgenommen. Fast den ganzen Nachmittag hatten sie dem faszinierenden und zugleich bedrohlichen Inferno zugeschaut. Der Wind trieb das Feuer bis zum Gipfel des Berges hinauf. Bis zu ihnen war der glühend heisse Luftstrom zu spüren. Sofia hielt die Angst um ihren Vater kaum aus. Sie war froh, als Hannes zurück ins Dorf fuhr.

Als ihr Vater nach Hause kam, mit grauem Gesicht und Brandblasen an den Händen, schickte sie ein Stossgebet zum Himmel. Sie bedrängte ihn mit Fragen, doch erst nachdem er drei Gläser Wasser getrunken hatte, antwortete er, einsilbig, mit müder Stimme. Die Ortsfeuerwehren seien an ihre Grenzen gestossen. Das Militär habe das Kommando übernommen. Aus der ganzen Schweiz rückten Soldaten an. Über dreitausend seien es. «Auch Internierte vom Lager Haldenstein helfen mit.» Er betrachtete seine aufgerissenen Hände. «Fast fünfhundert Hektaren brennen, heisst es. Felsberg und Haldenstein sind in grosser Gefahr.» Die beiden Dörfer lagen direkt am Fuss des Calandas.

Er schenkte sich nochmals Wasser nach.

«Musst du morgen auch gehen?», fragte Sofia und war erleichtert, als er den Kopf schüttelte.

Sofia schlief auch in dieser Nacht schlecht. Sie dachte an die Bewohner der beiden Dörfer. Vielleicht verloren sie ihre Häuser, ihr Hab und Gut. Wenn wenigstens niemand umkam. Am nächsten Tag lehnte sie es ab, Lina nochmals nach Chur zu begleiten, um das Feuer zu schauen, wie es Lina ausdrückte. Sie blieb in Rodels und lauschte jede Stunde den Nachrichten im Radio über den Verlauf des Brandes.

In der dritten Nacht setzte endlich Regen ein, das Glühen am Himmel wurde schwächer, war aber in den Morgenstunden noch immer sichtbar. Rasch verbreitete sich die Neuigkeit, dass die beiden Dörfer gerettet seien. Sofia eilte in die Kirche und zündete zwei Kerzen an. Eine dafür, dass ihr Vater unverletzt geblieben war, und eine für die Rettung von Felsberg und Haldenstein.

Das war vor drei Tagen gewesen. Heute sah Sofia den geschundenen Berg zum ersten Mal, seit der Brand erlöscht war. Der Anblick war beklemmend und traurig. Schwarz war die Erde zwischen den hohen Felsbändern, die in der Sonne schimmerten, als wären sie tränenüberströmt. Erstarrt, als könnten sie ihr Schicksal gar noch nicht fassen, stachen nadellos gewordene Föhren, Fichten und Lärchen in den Himmel. Vom Wald war nicht mehr viel vorhanden. An ausgedehnten kahlen Stellen ragten nur noch wie von Riesen zerbrochene Baumstümpfe in die Luft. Immer wieder wirbelte der Wind Staub auf und liess kleine Brandherde auflodern. Die Zeitungen hatten berichtet, dass es der grösste Waldbrand in der Schweiz seit über hundert Jahren gewesen sei.

Der Zug hielt mit quietschenden Bremsen im Bahnhof Chur. Sofia stieg aus. Sie wollte auf den samstäglichen Markt am Kornplatz. Katarina hatte sie bei ihrem Vater in Rodels gelassen, da sie befürchtete, dass immer noch Asche in der Luft schwebte, was der Gesundheit eines neun Monate alten Kindes nicht zuträglich war.

In der Stadt hatte fast schon wieder der Alltag Einzug gehalten. Etwas mehr Offiziere als üblich waren in Jeeps unterwegs. Männer der Ortsfeuerwehr standen beisammen und diskutierten gestenreich über das Drama, den Blick auf den Calanda gerichtet.

Gemächlich schlenderte Sofia durch den Markt und begutachtete die Auslagen. Die weiss-orange gestreiften Stoffdächer der selbst gezimmerten Verkaufsstände bewegten sich träge im Morgenwind. Bäuerinnen standen mit verschränkten Armen hinter ihren Auslagen und liessen die Churerinnen den Käse, die getrockneten Würste, das Gemüse, die Kartoffeln und die selbst gemachte Konfitüre begutachten, griffen jedoch sofort ein, wenn eine Kundin die Ware betatschen wollte. Sofia hielt vergeblich nach Honig Ausschau. Wie alle Zuckerwaren war er vor Kurzem rationiert worden. Es gab immer weniger Stände am Markt. Ob dies darauf zurückzuführen war, dass die meisten rationierten Lebensmittel nur in den Läden erhältlich waren, oder auf den Umstand, dass die Städter, die es sich leisten konnten, oft direkt auf die Bauernhöfe fuhren, um sich dort einzudecken, wusste Sofia nicht.

Sie blieb an einem nett hergerichteten Stand stehen. Rechts lag gelblich grüner Weisskabis neben Karotten, ganz links weisser Blumenkohl und Lauchstängel. In der Mitte gab es eine Reihe mit dicken Salatköpfen, die oben ihren Abschluss mit Spinatblättern fand. Zwei Säcke mit Frühkartoffeln lehnten am Stand auf dem Boden.

Eine gross gewachsene Frau trat heran. Sie trug eine rote, halblange Jacke mit einem dünnen Gurt um die Taille und einen beigen Filzhut. Ausgiebig musterte sie das Gemüse.

«Sind die frisch geerntet?», fragte sie barsch. Sie hatte kleine graue Augen und tiefe Falten um die Mundwinkel. Ihr dünner Zeigefinger, der Sofia an die Hexe im Märchen von Hänsel und Gretel erinnerte, wies auf die Karotten.

Die Bäuerin nickte.

«Es ist schon wieder teurer geworden», sagte die Frau. «Jeden Monat verlangt ihr Bauern mehr, als ob wir Goldesel wären.»

Die Bäuerin seufzte verhalten, als gingen ihr diese Reklamationen langsam auf die Nerven. «Wir haben auch viel Arbeit damit, schliesslich müssen wir erheblich mehr anpflanzen als früher.» Sie war eine ältere Frau mit kräftigen Armen und vollem Busen, einem grauen Dutt und forschem Blick. An den Ohren baumelten Kreolen.

«Die Preise sind doppelt so hoch wie vor dem Krieg.» Die Stimme der Kundin war lauter geworden. Andere Käuferinnen wurden aufmerksam.

Die Nasenflügel der Bäuerin weiteten sich, sie presste die Lippen zusammen.

«Das grenzt an Wucherei», sagte die Frau mit der roten Jacke nun noch lauter.

Die Bäuerin schnappte wütend nach Luft. «Was sagen Sie da? Wucherei? Was glauben Sie, wie viel wir für euch Städter arbeiten? Sechzehn, achtzehn Stunden am Tag. Diese Anbauschlacht bürdet uns unerträglich viel Arbeit auf. Sogar unsere achtzigjährigen Eltern müssen mithelfen, während ihr euch in der Stadt eine gute Zeit macht. Wir Bauern arbeiten bis spätnachts, auch sonntags, während eure Männer ins Wirtshaus gehen, jassen, saufen und faulenzen. Und tagsüber sitzen sie gemütlich im Büro.»

Während die Frau den Redeschwall der Bäuerin über sich ergehen liess, wurde ihr Mund immer schmaler, ihr Blick angriffslustiger. Bevor sie antworten konnte, meldete sich eine ruhige Stimme hinter ihr: «Mein Mann ist kein Beamter. Er ist ein einfacher Arbeiter in der Holzverzuckerungs-AG. Wir haben vier Kinder und können uns kaum noch das Gemüse leisten. Vom Fleisch nicht zu reden.» Die etwa dreissigjährige Frau hatte rotblonde Haare und dunkle, fast schwarze Augen. Sie hielt sich stolz aufrecht, als ob sie damit ihrem abgeschossenen hellbraunen Kleid mehr Würde geben wollte.

«Was kann ich dafür?», polterte die Bäuerin. «Der Staat verlangt Unmögliches von uns und lässt uns dabei alleine. Unsere Männer werden eingezogen, obwohl sie uns dann auf dem Hof fehlen. Das ist einfach absurd. Wir können doch keine Wunder vollbringen. Das Arbeitsamt vermittelt untaugliches Personal, Männer, die über die harte Arbeit jammern und jeden Tag Koteletts und Würste verlangen und mit Kartoffeln und Apfelmus nicht zufrieden sind.» Wieder holte sie tief Luft.

Das nutzte die Frau mit der roten Jacke aus. «Wisst ihr Bauern eigentlich, wie unbeliebt ihr euch macht mit eurer Preistreiberei? Wenigstens hat der Bundesrat eine neuerliche Milchpreiserhöhung abgelehnt.»

«Der Metzger reklamiert auch, dass er für das Schlachtvieh immer mehr zahlen muss», hörte Sofia eine männliche Stimme hinter ihrem Rücken, die einem älteren Menschen zu gehören schien. Es hatte sich eine kleine Menschentraube vor dem Stand gebildet.

Es erschreckte Sofia, dass die Stimmung gegenüber den Bauern so offensichtlich schlecht war. Sie wünschte sich, dass die Bäuerin weniger hart und selbstbewusst auftreten würde. Doch diese machte keinerlei Anstalten dazu, ganz im Gegenteil. «Vor dem Krieg mussten wir unser Gemüse und unsere Kartoffeln zu einem Schundpreis verkaufen. Wir haben kaum unsere Kosten decken können, weil ihr», sie machte eine Kopfbewegung hin zu den Umstehenden, «die billigere Ware aus Italien gekauft habt. Da hat keiner gefragt, wovon wir leben sollen. Ich kenne einige Höfe, die sich verschulden mussten.»

«Und jetzt wollt ihr euch am Krieg gesundstossen? Auf Kosten der Armen?»

«Sie, gnädige Frau, gehören wahrscheinlich nicht zu den Armen», antwortete die Bäuerin der Frau in der roten Jacke, was ein unwilliges Gemurmel zur Folge hatte. Sofia hielt den Atem an. Die Bäuerin machte alles nur noch schlimmer.

«Wir Bauern sind überarbeitet. Die Arbeit nimmt kein Ende. Für die Traktoren haben wir zu wenig Benzin, und unsere beiden Pferde wurden vom Militär eingezogen. Wir mussten selbst sehen, wie wir weiterarbeiten konnten. Vier

Monate später haben wir die Tiere wieder zurückbekommen, abgemagert bis auf die Knochen. Die konnten keinen Kinderschlitten mehr ziehen. Aber meinen Sie, das Militär hätte uns entschädigt? Keine Spur. Viertausend Franken kostet ein gutes Pferd. Viertausend Franken!» Sie streckte vier Finger in die Höhe, als wollte sie sicher sein, dass alle richtig gehört hatten. «Aber für unsere Pferde bekommen wir nichts mehr. Da müssen wir sogar noch den Abdecker bezahlen.» Die Zornesfalten wurden tiefer, ihre Augen blitzten und stachen in die Menge. «Und dann müssen wir uns Beleidigungen anhören, dass wir Wucherer seien und Halunken und noch Schlimmeres.» Ihre geschürzten Lippen zitterten vor Wut.

«Euch Bauern geht es gut, uns Arbeiterfamilien nicht. Wenn es zu einer Revolution kommt, seid ihr Bauern mitschuldig.» Die junge Frau im abgeschossenen braunen Kleid hatte ruhig und bedächtig gesprochen. Nun schien sie zu überlegen, ob sie weiterreden solle. Doch dann machte sie eine Handbewegung, als ob es ja doch keinen Sinn hätte, wandte sie sich ab und ging davon. In ihrem Einkaufskorb waren Kartoffeln und ein Blumenkohl zu sehen.

«Genau», sagte die Frau in der roten Jacke. «Ihr werdet schon sehen, was ihr von eurem Gebaren habt.»

«Sind wir Bauern jetzt plötzlich die Bösen? Ist Ihnen eigentlich klar, dass ohne uns und unsere Arbeit unser Land nicht überleben würde? Nur dank uns kann die Schweiz gegen diese Nazibrut bestehen.»

Sofia hätte gerne gesagt, dass die Streitereien nichts brachten, dass man doch zusammenstehen solle in dieser schweren Zeit. Doch sie hatte nicht den Mut dazu. Zu ihrer Erleichterung verkniff sich auch die Frau in der roten Jacke weitere Bemerkungen. Sie schüttelte nur noch einmal den Kopf, bevor sie, ohne etwas zu kaufen, den Stand verliess. Zwei Frauen mit modischer Kleidung folgten ihr eifrig tuschelnd.

Die übrigen Zuhörer standen etwas ratlos da. Als die Bäuerin sich schwer auf einen Hocker setzte, trabten auch sie weiter zum nächsten Stand.

Sofia blieb unschlüssig stehen. Die Bäuerin hatte ihr nicht gerade einen sympathischen Eindruck gemacht, obwohl sie ihren Standpunkt nachvollziehen konnte. Sofia hatte miterlebt, dass die Bauern hart arbeiteten, dass sie aber auch Hilfe bekamen von Schulklassen und von Frauen und Männern, die nicht erwerbstätig waren. Und von Internierten, polnischen und anderen.

Schon wollte sie weitergehen und ihre Einkäufe an einem anderen Stand machen, als ihr die Bäuerin einen müden Blick zuwarf, der Sofias Entschluss änderte.

«Ich hätte gerne ein Pfund Kartoffeln, fünf Karotten und zwei Gläser Erdbeerkonfitüre», sagte sie hastig und hielt den Einkaufskorb hin.

Langsam machte sich ein Lächeln auf dem Gesicht der Bäuerin breit. Sie stand auf und legte das Gewünschte in den Korb.

«Ich gebe Ihnen noch einen Salat dazu», sagte sie.

Sofia wagte nicht zu antworten, dass sie zu Hause im Garten genug Salat habe. «Vielen Dank.» Sie reichte der Bäuerin das Geld und verabschiedete sich.

8

Tadeusz trat ein und nickte Leonora stumm zu. Die Soldatenstube war gut zur Hälfte gefüllt. Marek tat so, als sähe er ihn nicht, und betrachtete das Wandbild. Er hatte keine Lust auf Tadeusz' anstrengende Gesellschaft. Doch dieser setzte sich zu ihm. Marek hätte es nicht für möglich gehalten, dass sich die Härte in Tadeusz' Miene noch verstärken könnte. Sein Gesicht war starr wie eine Holzmaske. Die grünen Augen blickten kalt wie geschliffene Smaragde.

«Auch wieder hier?», fragte Tadeusz.

«Wie du siehst.» Marek würde ihn nicht fragen, wie es ihm in der Strafanstalt Wauwilermoos ergangen war, obwohl er von den schlimmen Verhältnissen dort gehört hatte.

Am Nebentisch erzählte ein Kamerad von seinem Zahnarztbesuch in Chur. Blonde Locken habe die Gehilfin gehabt und ein Lächeln, das selbst einen Wolf lammfromm gemacht hätte. Sie habe ihm zärtlich die Hand gehalten, während der Zahnarzt den Backenzahn gezogen habe, was äusserst schmerzhaft gewesen sei. Doch die junge Frau habe ihm bei jedem Zucken beruhigend die Hand gedrückt. Er habe das mit dem Zucken etwas übertrieben und zwischendurch auch mitleidheischend gestöhnt. Mit seligem Lächeln und geschlossenen Augen spielte der Internierte sein Stöhnen nach, was einiges Gelächter auslöste. Marek lachte mit.

Tadeusz beugte sich zu ihm hinüber. «Ich bin bald wieder fort», sagte er leise.

Marek verzog unwillig das Gesicht. Schon wieder?, fragte er sich stumm. Trotz der Erlebnisse im Wauwilermoos?

«Ich mache mir Sorgen um Jagoda und Jakub. Hitler lässt in Frankreich willkürlich Zivilisten umbringen, weil Partisanen deutsche Soldaten töten. Ich kann nicht einfach hierbleiben und nichts tun. Ich muss ihnen helfen und weiterkämpfen. Wie andere tapfere Männer, die für unsere Familien und unsere Freiheit ihr Leben riskieren.» Er lehnte sich zurück und starrte Marek kalt an. «Du bleibst natürlich lieber hier. Bei Frau und Kind.»

Marek wurde wütend. «Mach, was du willst, aber lass mich in Ruhe.»

«Es wäre besser für deine Freundin, wenn du mit mir kommen und für Polen kämpfen würdest. Sie wäre ohne dich besser dran, glaub mir. Irgendein Schweizer wird sie schon zur Frau nehmen, auch mit dem Kind. Mit dir hat sie nur Probleme.»

Tadeusz' Worte verschlugen ihm den Atem. Er suchte eine passende Antwort, als es an der Tür lärmte. Krachend sprang sie auf. Ein grauhaariger Mann torkelte herein, unverständlich plärrend und jammernd, ohne Mütze. Schwer schwankend blieb er stehen, verstummte und starrte zu Leonora hinüber, ohne sie wahrzunehmen. Sein Anblick zog alle Blicke auf sich, die Gespräche brachen abrupt ab. Die Kleider des Mannes waren schmutzig, als hätte er sich im Dreck gewälzt, sein Haar wirr, die Lider schwer, sodass die Augen kaum zu sehen waren. Am schlimmsten war das blutverschmierte Hemd. Erst nach Sekunden erkannte Marek den Mann. Es war Marian, einer der älteren Polen, der oft über die politischen und militärischen Ereignisse in seiner Heimat diskutieren wollte und dabei auch ausfällig wurde, wenn jemand anderer Meinung war.

«Einnnen Schschnaps, Lllenara ...», lallte Marian.

Dann sank er zu Boden.

Alle sprangen auf. Tadeusz war der Erste, der neben ihm kniete und ihm leichte Klapse auf die Wangen gab.

«Was ist geschehen, Marian. Was ist passiert? Komm schon, wach auf.»

Marian war nicht zu wecken. Sein schweres Atmen vermischte sich mit abgehacktem Schnarchen und Stöhnen. Hastig knöpfte Tadeusz das Hemd auf und riss dabei zwei Knöpfe ab. Er suchte nach einer Verletzung und fand keine. Ratlos blickte er zu den anderen hoch, die im Halbkreis um ihn und Marian herumstanden. An Tadeusz' Hand klebte Blut. Er wischte es an Marians Hosen ab.

«Wir müssen den Kommandanten verständigen.»

«Wie ist er nur an der Wache vorbeigekommen in diesem Zustand?»

«Vielleicht hatte er einen Unfall?»

«Aber er hat ja keine Verletzung.»

«Ich habe ihn noch nie so besoffen gesehen.»

Die Fragen, Ratschläge und ratlosen Blicke wirbelten durcheinander. Dann sahen sie alle zu Leonora hinüber, die bleich geworden war und sich am Tisch festhielt.

«Holt die Wachen», sagte sie.

Während einer hinausstürzte, setzte sich Tadeusz wieder an den Tisch. Marek bemerkte, dass er Leonora einen eigenartigen Blick zuwarf. Sie erwiderte ihn kurz. Von draussen war aufgeregtes Geschrei zu hören.

Zwei Wachsoldaten traten mit schweren Schritten ein. Der ältere, ein Korporal, trug einen Schnauz, der dünner war als ein Bleistift. Der Kamerad, der sie geholt hatte, folgte ihnen.

«Was ist hier los?», fragte der Korporal polternd und betrachtete Marian mit zusammengekniffenen Augen.

Die Polen schwiegen.

«Wir wissen es auch nicht», erklärte Leonora. «Er kam herein und stürzte zu Boden. Ohne etwas zu sagen. Aber er scheint unverletzt.»

Sekundenlang starrten alle auf den Bewusstlosen, als könnten ihre Blicke ihn zum Aufstehen bewegen. Der Korporal stupste ihn mit dem Fuss an. Marian zeigte keine Reaktion.

«Zwei von euch schaffen ihn zum Kommandoposten

nach Cazis. Dort kann er seinen Rausch ausschlafen. Dann werden wir erfahren, was passiert ist.»

Niemand meldete sich. Es war ein knapp halbstündiger Fussmarsch bis zum Posten.

«Ihr zwei», sagte der Korporal und zeigte mit dem Finger auf zwei Männer, «übernehmt das.»

Murrend traten die beiden vor. Einer ergriff Marians Füsse, der andere packte ihn an den Schultern. Als sie ihn hochhoben, bewegte er sich unwillig, murrte, erschlaffte aber rasch wieder.

«Soldat Tönz, Sie gehen als Bewachung mit. Die Gefreiten Friedrich und Lutz sollen Sie begleiten», befahl der Korporal. Der Soldat nickte und folgte den beiden Polen.

«Legen Sie dem Besoffenen Handschellen an, wenn Sie dort sind», rief der Unteroffizier ihm nach. «Der Gefreite Lutz soll ihn die ganze Nacht bewachen. Und ihr», wandte er sich an die Internierten, «ihr geht jetzt in eure Schlafbaracken.»

Der Befehl trug ihm ungläubige Blicke ein.

«Nein, das machen wir nicht», kam es nach einigen Sekunden von Tadeusz. Er bemühte sich, seine Stimme ruhig zu halten. «Wir bleiben hier bis zehn Uhr. Wie immer. Wir haben uns korrekt verhalten. Was Marian getan hat, ist seine Sache.»

Marek hielt den Atem an. Tadeusz verweigerte vor seinen Kameraden einen Befehl. Das konnte Folgen haben, mehrere Tage Arrest oder Schlimmeres, da er schon vorbestraft war. Doch einige andere nickten und setzten sich ebenfalls. Der Korporal fuhr heftig mit dem Finger über seinen Schnauz. Seine Stirn hatte sich in tiefe Falten gelegt. Die Luft im Raum schien zu knistern.

Da ertönte Leonoras Stimme. «Lassen Sie es gut sein, Korporal. Die Männer werden wie immer pünktlich schlafen gehen. Nimmt mich nur wunder, was Marian zugestossen ist. Aber das werden wir morgen sicher erfahren. Ich hoffe, dass es nichts Schlimmes ist. Möchten Sie noch etwas Kuchen mitnehmen für die Wachmannschaft? Es hat noch welchen übrig. Ich habe ihn vor zwei Stunden aus dem Ofen genommen. Er wird Ihnen schmecken. Sie können ihn gleich so auf dem Blech mitnehmen.»

Noch während sie plapperte, holte Leonora das Backblech, das zu einem Drittel mit Apfelkuchen belegt war, und hielt es dem Korporal hin. Trotz des Ernstes der Situation musste Marek schmunzeln. Leonoras Versuch, die Lage zu entspannen, war so offensichtlich, dass sich sogar die Miene des Korporals auflockerte.

«Bitte, Herr Korporal», ergänzte sie, ohne zu erklären, worum sie bat. Bange Sekunden lang liess er seinen Blick von Leonora zu Tadeusz und über die anderen Internierten schweifen. Dann seufzte er tief.

«Ach, Leonora. Diese Männer hier …», der Korporal machte eine ausholende Armbewegung, «… wissen gar nicht, was sie an Ihnen haben.»

«Doch, ich glaube, die wissen das», sagte sie.

Der Korporal warf nochmals einen scharfen Blick auf Tadeusz. Dann ergriff er das Blech und ging hinaus. Marek atmete erleichtert auf.

Kaum war er fort, trat Leonora zu Tadeusz und boxte ihn heftig in den Arm. «Du schaffst es immer wieder, dich in Schwierigkeiten zu bringen.»

«Ich bin kein kleines Kind, das man ins Bett schickt, wie es einem passt.»

«Du hast ja recht, aber trotzdem …»

Da war er wieder, dieser Blick zwischen den beiden. Marek senkte die Augen, als fühlte er sich beim heimlichen Beobachten ertappt. War er nicht der Einzige, der verliebt war?

Noch lange übertrumpften sich die Männer mit Mutmassungen, was Marian passiert sein könnte. Vielleicht hatte er ein Reh entdeckt, das von einem Wolf gerissen worden war. Oder einen überfahrenen Hasen. Oder er hatte dem Metzger beim Schlachten geholfen. Oder …

Am nächsten Tag erfuhren sie es. Marian hatte seinen Kameraden Frantisek erstochen. Die beiden hatten im Gasthaus im Dorf den Abend durchgezecht, zwei oder drei Flaschen Wein getrunken und Bier, bis der Wirt sie hinausgeworfen hatte, weil sie völlig betrunken gewesen waren. Auf dem Rückweg waren die beiden in Streit geraten über die Zukunft Polens. Frantisek habe Marian einen Verräter genannt, weil er ein Anhänger der Exilregierung war und ein von Russland freies, unabhängiges Polen wolle, berichtete einer der Wachsoldaten von Marians tränenreichem Geständnis. Frantisek habe Marian angerempelt und beleidigt und ihm die Faust ins Gesicht geschlagen. Und da habe Marian plötzlich das Messer in der Hand gehabt, sein Klappmesser, das er immer bei sich trage. Dann sei überall Blut gewesen. Wie ein Wasserfall sei es aus Frantiseks Bauch hervorgeschossen. Frantisek habe geschrien wie am Spiess, ihn beschimpft und verflucht und um Hilfe gerufen. Dann habe Frantisek Marian ganz komisch angeschaut, sei umgefallen, habe noch ein wenig gezuckt. Und dann sei er still gewesen. Ob er schon tot gewesen war, als er ihn verliess, wusste Marian nicht. Er würde sein Leben dafür geben, wenn er dieses schreckliche Unglück ungeschehen machen könnte.

An Frantiseks Begräbnis auf dem Dorffriedhof nahmen auch Einheimische teil. Der Pfarrer von Rodels und ein polnischer Feldpriester lasen gemeinsam die Messe. In der folgenden Woche schnitzte Marek eine Christusfigur für das Grabkreuz. Die Polen trugen zur Erinnerung an Frantisek dreissig Tage lang eine schwarze Armbinde.

9

«Würdest du mich heiraten?», fragte Marek.

Unter ihnen lag das Kloster St. Peter und Paul. Es war ein mächtiger Bau, der das Dorf Cazis seit über tausendzweihundert Jahren prägte. Ein kleiner Glockenturm sass auf dem gradlinigen, lang gezogenen Haupthaus und schaffte eine optische Verbindung zu dem spitz zulaufenden Geläut der angebauten Kirche. Gemeinsam bildeten Kloster und Kirche ein Hufeisen. Dominikanerinnen bewohnten den Konvent.

Helle Wolken belebten den Himmel und drängten sich immer wieder vor die Sonne, was die angenehme frühherbstliche Wärme nicht schmälerte. Sofia hatte eine Decke auf der frisch geemdeten Wiese ausgebreitet und Apfelmost, getrocknete Früchte und Baumnüsse ausgepackt. Die harten Halme piksten durch die Decke hindurch. Sie hätte sich gerne ganz nahe neben Marek gelegt. Doch sie wollte es nicht übertreiben mit der öffentlichen Bekundung ihrer Liebe. Es gab schon genug scheele Blicke und verächtliches Naserümpfen. Katarina brummelte, quietschte und plapperte im Kinderwagen, den Sofia in den Schatten eines Baumes geschoben hatte, vor sich hin und strampelte die dünne gehäkelte Decke von ihren Beinen.

Marek wartete auf eine Antwort, doch sie zögerte. So, wie er die Frage gestellt hatte, verlangte sie nach einem «Wenn». Würdest du mich heiraten, wenn … Wenn was? Das Heiraten erlaubt wäre? Er hierbleiben würde? Hatte er die Frage absichtlich so gestellt, als wäre es nur ein vorsichtiges Abtasten? Als wäre er schon mit einem unverbindlichen «Vielleicht» zufrieden?

Sofia betrachtete den Talboden, dessen Gesicht sich in den

letzten zwei Jahren stark verändert hatte. Der dunkle Wald, der vom Bahnhof Rodels bis zur Höhe von Cazis gereicht hatte, war fast vollständig gerodet, der Boden urbar gemacht und in diesem Jahr die erste Kartoffelernte eingefahren worden. Kaum hundert Meter vom Lager entfernt zum Rhein hin hatten die Polen einen eigenen Gemüsegarten angelegt, um sich selbst zu versorgen. Auch im Lager selbst, in dem Sofia noch nie gewesen war, in das sie aber oftmals neugierige Blicke geworfen hatte, gab es kleine Gemüsebeete vor den Baracken. Etwas hatte sie besonders berührt: Trotz der Notwendigkeit, jeden Quadratmeter für die Selbstversorgung zu nutzen, hatten sie in zwei Beeten Blumen und Steine so angeordnet, dass ein polnischer Adler und ein Schweizerkreuz zu erkennen waren.

Sie spürte Mareks Unruhe und sagte: «Es ist ja gar nicht erlaubt.»

«Aber wenn wir dürften, würdest du?»

Die Frage kam ihr vor wie ein Kinderratespiel. Was wäre, wenn mein Vater Millionär wäre? Dann kamen ihr die Briefe in den Sinn, die er ihr gegeben hatte. Sie hatte sie noch in der folgenden Nacht alle gelesen. Ihr Kissen war bis zum Morgen von Tränen durchnässt gewesen.

«Ja», sagte Sofia kurz entschlossen. Was spielte es im Moment für eine Rolle, wenn sie Ja sagte? Diesen schönen Tag sollte keine Missstimmung trüben. Marek schaute sie mit offenem Mund an. Dann begannen seine Mundwinkel zu zucken.

«Warum weinst du denn jetzt, Marek?» Sie hielt ihn davon ab, sie zu umarmen. «Ihr Polen lacht doch so gerne.»

«Aber noch lieber weinen wir. Wegen der Liebe.»

Sie hielt ihm lachend einen Apfelschnitz hin, und er schnappte danach wie ein Fisch.

«Ihr Schweizer seid wie hartes Brot, wir Polen wie warme Milch. Wenn das Brot in die Milch fällt, wird es weich wie

Kinderbrei. Und es flutscht den Hals hinunter wie ein guter Schnaps.»

Sofia prustete bei dieser Vorstellung los, als hätte sie noch nie etwas Lustigeres gehört. Sie warf sich auf den Rücken, lachte und giggelte, als wollte sie die Lebensfreude von Jahren nachholen. Heute könnte sie die ganze Welt umarmen. Weshalb, wusste sie selbst nicht. Vielleicht, weil Marek ihr das zehnte geschnitzte Herz geschenkt hatte? Endlich beruhigte sie sich. Sie schaute den vorüberziehenden Wolken nach, erkannte sich rasch verändernde Fabelwesen in ihnen, Drachen, Gämsen mit drei Hörnern, Fische mit Flügeln. Marek legte sich neben sie, ohne sie zu berühren. Nach einer Weile fing Katarina an zu jammern.

«Wollen wir Leonora besuchen?», fragte Sofia. Der Gedanke war ihr spontan gekommen. Es war Sonntagnachmittag, kurz nach drei. Das Mittagsschläfchen hatte Leonora sicher schon gehalten, und die Soldatenstube öffnete erst am Abend. Leonoras Haus befand sich nicht weit von hier.

«Gute Idee.»

Marek wollte den Kinderwagen schieben, doch Sofia drängte ihn sanft zur Seite. Wie sähe das aus: ein Mann, der einen Kinderwagen schob?

Nach einer Weile kam die Frage, die sie erwartet hatte. «Dann reichen wir einen Antrag ein?»

«Wir können es versuchen.»

Marek blieb stehen. In seinem Gesicht zeigte sich Zweifel, ob sie es ernst meinte.

Sie zog ihn weiter und begann, von der letzten Deutschstunde zu erzählen. Sie hatte keine Lust, all die Fragen zu besprechen, die es bei einer allfälligen Heirat zu besprechen gab. Das hatte noch Zeit. «Lehrer Lorenz hat mit uns die Novelle ‹Die Richterin› von Conrad Ferdinand Meyer besprochen. Meyer hat vor über achtzig Jahren in Thusis seine Sommerferien verbracht und sich von der Burgruine Hohen

Rätien inspirieren lassen. Sie ist zur Vorlage für den Schauplatz seiner Erzählung geworden. Deshalb ist die Burg in der ganzen Welt bekannt», übertrieb Sofia und wies wie eine Fremdenführerin mit dem Arm zur Burganlage, die auf der anderen Talseite auf einem hohen Felskopf hockte und über den Eingang zur Via Mala wachte. An klaren Tagen waren Teile der Burg und die kleine halb verfallene Kirche zwischen den Tannen von Rodels aus zu sehen.

Leonoras Haus kam in Sicht. Kurz darauf öffnete sich die Haustür. Doch es war nicht Leonora, die heraustrat. Das erkannte Sofia trotz der Entfernung. Es war eine hagere, braun gekleidete Gestalt, die nach einem Blick zu ihnen hin rasch zurückwich. Marek und Sofia blieben fast gleichzeitig stehen und blickten sich an.

«Das war Tadeusz», sagte Marek leise.

«Tadeusz?»

«Ja. Er ist auch im Lager interniert. Er ist ...» Er zögerte. «Er ist ziemlich eigen.»

Eine Erinnerung stieg in Sofia auf. Hatte ihre Tante diesen Namen nicht einmal erwähnt? War das nicht der Internierte, der geflohen war?

«Was macht er bei Leonora?»

Marek zuckte mit den Schultern.

«Komm, wir tun so, als ob wir nichts bemerkt hätten.»

«Ja, gehen wir zurück. Das ist sicher das Beste.»

Marek hob Katarina hoch, obwohl sie zufrieden im Wagen geschlafen hatte. Erschrocken begann sie zu weinen. Beide redeten beruhigend auf die Kleine ein. Falls Leonora sie beobachtete, würde sie glauben, dass sie wegen Katarinas Jammern kehrtmachten. Sofia konnte es sich nicht verkneifen, nach einigen Schritte wie zufällig zu Leonoras Haus zurückzuschauen. Doch niemand war zu sehen.

Katarina beruhigte sich bald wieder. Als sie zu Hause anlangten, war sie eingeschlafen. Vorsichtig, damit sie nicht aufwachte, legte Sofia sie in ihr Bettchen. Als sie sich wieder aufrichtete, stand Marek dicht neben ihr.

«Möchtest du einen Kaffee?», fragte sie.

Marek schüttelte den Kopf, sah sie voller Zärtlichkeit an, ergriff ihre Hand und führte sie an seine Lippen.

«Ich … ich möchte …» Seine Stimme brach. Er zog sie zu sich, sein Gesicht näherte sich dem ihren.

Sie wusste, was er wollte. Und sie wollte es auch. Mit einem Blick vergewisserte sie sich, dass Katarina schlief. Dann zog sie Marek ohne ein weiteres Wort hinaus auf den Flur und die Treppe hinauf in ihr Schlafzimmer.

10

Nach einem kühlen morgendlichen Start zeigte sich der erste Oktobertag des vierten Kriegsjahres von seiner besten Seite, mit Temperaturen, die dem Sommer entlehnt zu sein schienen. Die hintereinanderstehenden Bergketten zeichneten sich klar gegen den tiefblauen, wolkenlosen Himmel ab, wie es typisch war für den Herbst in den Alpen. Erste Blätter verfärbten sich an den Spitzen bräunlich, hielten sich aber noch ohne Anzeichen von Schwäche kräftig an den Ästen fest. Nur die verbrannte Bergflanke des Calandas trübte den Anblick und löste ein mulmiges Gefühl aus.

Noch zwei Jahre muss ich durchhalten, dann bin ich mit der Ausbildung fertig, dachte Sofia, während sie das mit dünnen Käsescheiben belegte Brot auspackte. Sie verbrachte die Mittagszeit oft auf der Quaderwiese. Diese war nur fünf Gehminuten vom Seminar entfernt, trotzdem kam selten jemand aus ihrer Klasse hierher. Die meisten assen im Konvikt oder bei einer Schlummermutter. Sofia war froh darüber.

Seit Kurzem war es vorbei mit der Ruhe. Gerade noch hatte sie die letzte freie Bank erwischt. Alle anderen waren von Fremden besetzt: von Familien, jungen Männern und älteren Ehepaaren. In Trauben umlagerten sie die Bänke. Einige Männer trugen fremde Uniformen oder zumindest einzelne Teile davon, eine Jacke oder eine Hose. Italienische Wörter, Sätze, Rufe und Scherze schwirrten durch die Luft, flogen von einer Gruppe zur anderen und wieder zurück. Jeder wollte sich lautstark Gehör verschaffen und die anderen, die dasselbe versuchten, übertönen. Die Kinder sassen auf dem Boden und plapperten und zankten nicht minder redefreudig. Es war schwierig zu erkennen, wer zur Familie gehörte und wer sich einfach angeschlossen hatte. Ungerührt von dem Treiben, in beschaulicher Ruhe, überragte das majestätische vielfenstrige Quaderschulhaus die Wiese. Es schien, als stehe es schon ewig dort. Mit einem zusätzlichen Turm hätte man das Gebäude für ein Schloss halten können. Doch war es keine dreissig Jahre alt. Es beherbergte die Sekundar- und Töchterhandelsschule der Stadt Chur.

Sofia biss ein kleines Stück des Brotes ab, kaute es lange und bedächtig. Von der Butter, die so dünn aufgetragen war, dass das Brot durchschimmerte, war kaum etwas wahrzunehmen. Vor drei Wochen hatte der Unterricht am Lehrerseminar wieder begonnen. Sofias Befürchtungen waren eingetreten. Sie musste beleidigende Bemerkungen und abschätzige Blicke ertragen, von Mitschülern, aber auch von einigen Lehrern. Nie hätte sie sich vorstellen können, dass Worte so demütigend sein konnten. Sie unterdrückte die Tränen mit überheblichem Lächeln, meldete sich im Unterricht selten zu Wort und ging ihren neuen Schulkollegen aus dem Weg. Nur Lehrer Lorenz hatte ihr zu ihrer Tochter gratuliert. Das sei ein Kind der Völkerverständigung und des Friedens, meinte er.

«Darf ich mich zu Ihnen setzen?», hörte sie eine Stimme neben sich. Sie blickte auf. Ein älterer Mann mit einer runden Brille und dünnen Beinen stand vor ihr. Er stützte sich auf einen Spazierstock.

«Natürlich», sagte sie und rutschte etwas zur Seite.

Der Mann setzte sich und lehnte den Stock an die Sitzfläche. Der könnte von Marek sein, dachte sie, als sie die geschnitzten Verzierungen sah. Sie musterte den Mann aus den Augenwinkeln und überlegte, ob sie fragen sollte, woher er ihn habe. Doch eigentlich hatte sie keine Lust zum Reden. Sie wollte sich für Leonora ein Geburtstagsgeschenk ausdenken. Sie war ihrer Tante so dankbar, dass sie tagsüber Katarina hütete.

«Man könnte fast meinen, wir seien in einer italienischen

Stadt, nicht wahr?», sagte der Mann unvermittelt. «So viele Menschen habe ich in Chur noch nie gesehen.»

«Ja, das stimmt. Alles Flüchtlinge aus Italien.» Seit einem Monat waren Tausende Italiener nach Graubünden geflohen, zu Fuss über Gebirgspässe, aber auch mit dem Zug oder in Automobilen. Als die Alliierten im September Sardinien und das südliche Festland erobert und mit der neuen italienischen Regierung einen Waffenstillstand abgeschlossen hatten, war Sofias Vater mit einer teuren Flasche Veltliner nach Hause gekommen. Das seien kriegsentscheidende Vorgänge, hatte er ihr erklärt und ihr ebenfalls ein Glas eingeschenkt. Die Alliierten hätten jetzt Luftwaffenstützpunkte, die Angriffe auf deutsche Städte erleichterten.

Doch die Zuversicht von Sofias Vater wurde rasch gedämpft. Hitler bezeichnete die Kapitulation seines ehemaligen Kriegspartners als Verrat und war mit grossen Truppenverbänden in Mittel- und Norditalien einmarschiert. Die deutschen Truppen kämpften erbittert gegen weitere Gebietsverluste. Italienische Soldaten wurden zum deutschen Wehrdienst eingezogen. Wer sich weigerte, wurde als Zwangsarbeiter nach Deutschland verschleppt. Auch Jugendliche, die noch nicht im wehrfähigen Alter waren, wurden in den besetzten Zonen zwangsrekrutiert. Viele flohen, um diesem Kriegsdienst für die Nazis zu entgehen. Und noch andere waren aus den von Deutschland besetzten Gebieten nach Graubünden geflüchtet: Antifaschisten, die in den ersten Tagen nach Mussolinis Verhaftung aus den Gefängnissen befreit worden waren und nun unter den Nazis wieder Repressalien zu befürchten hatten.

«Ein wenig wird es einem schon mulmig bei so vielen Fremden», sagte der Mann mit der Brille nach einer kurzen Pause.

«Meinen Sie?» Sofias Bemerkung erfolgte mehr aus Höflichkeit als aus Interesse an einer Diskussion.

«Ich frage mich, wie wir die alle durchfüttern können. Wir haben selbst zu wenig Lebensmittel. Nicht nur der Weizen wird knapp.»

Sofia musste sich im Stillen eingestehen, dass sie sich das auch schon überlegt hatte. Die Schlangen vor den Lebensmittelläden waren länger geworden. Warum aber war für die Herstellung von Bier anscheinend immer genügend Weizen und Gerste vorhanden?

«Die wenigsten von ihnen müssen arbeiten, viele lungern herum. Vor allem die jungen Männer. Haben Sie da keine Angst, Fräulein, wenn Sie mal abends alleine unterwegs sind?»

«Nein», sagte sie, selbst nicht ganz überzeugt. «Aber ich wohne nicht in Chur. Ich bin in einem kleinen Dorf zu Hause.» Sie verschwieg den Namen von Rodels bewusst. Sonst würde der Mann vielleicht noch über die polnischen Internierten lästern.

«Und soviel ich weiss», fügte sie hinzu, «arbeiten viele italienische Flüchtlinge bei den Aufräumungsarbeiten am Calanda mit. Da gibt es ja enorm viel zu tun, bis alle verbrannten Bäume weggeschafft sind.»

Der Mann schwieg, und Sofia hoffte, dass das Gespräch zu Ende sei. Sie würde Leonora eine Tafel Schokolade schenken. Leonora liebte Süsses.

«Man weiss ja, dass sie Geld haben. Das Handeln liegt ihnen im Blut», hob er nach einer Weile wieder an. «In den Läden wollen sie ohne Marken einkaufen und bieten dafür höhere Preise.»

Er starrte ein älteres, gut gekleidetes Ehepaar an, das den spielenden Kindern zusah. Sofia ahnte, worauf er hinauswollte. Auch die Zahl der jüdischen Flüchtlinge nahm zu. Nach seiner restriktiven Rückweisungspolitik der letzten Jahre bei Flüchtlingen, die aus Rassegründen verfolgt wurden, hatte der Bund aufgrund der Ereignisse in Italien an der Südgrenze teilweise Lockerungen vorgenommen. Sofias Vater war kürzlich mit den Informationen vom Stammtisch zurückgekommen, dass die Lage an der Grenze ziemlich chaotisch sei. Fast täglich ersetze eine Vorschrift die andere, werde einmal strenger, dann wieder lockerer. Die Grenzsoldaten wüssten kaum mehr, was denn nun gelte.

«Meinen Sie die Juden? In den Zeitungen steht, dass die Nazis alle töten. Da ist doch nachvollziehbar, dass sie fliehen wollen. Würden Sie das nicht auch tun? Und wohin sollen sie flüchten, wenn nicht in die Schweiz?»

Sofia kannte keine Juden. Aber sie kannte die Sachen, die man über sie erzählte, dass sie Wucherer seien und gut vom Geldverleihen lebten. Dass sie schmutzig, faul und arrogant seien und man sie an der Nase erkenne. Ob das Ehepaar, das der Mann mit der Brille beobachtete, jüdisch war, konnte Sofia nicht beurteilen. Der Ehemann hatte ein markantes, hageres Gesicht. Wie lang musste eine Nase sein, um als jüdisch zu gelten?

Der Mann neben ihr nahm die Brille ab, putzte sie an seinem Hemd, setzte sie wieder auf und blickte Sofia an. Sein linkes Augenlid hing tiefer als das rechte.

«Einige wohnen in den besten Hotels und trinken Champagner. Mein Sohn führt eine Pension im Engadin. Ein paar Juden sind bei ihm untergebracht. Sie hätten koscheres Essen verlangt, über die schlechte Bedienung geklagt und Weissbrot zum Frühstück gewünscht. Und richtigen schwarzen Kaffee. Milchkaffee bekäme ihnen nicht.»

Ein roter Ball kam angerollt, verfolgt von einem lachenden kleinen Jungen. Der Mann mit der Brille hob den Ball hoch und warf ihn dem Buben zu. Er war ein schlechter Werfer. Der Ball landete meterweit daneben.

Wie oft hatte Sofia beleidigende oder unwahre Behauptungen über die polnischen Internierten anhören müssen. Behauptungen, die vielleicht auf Einzelne zutrafen, aber nie auf ein ganzes Volk. Meistens hatte sie dazu geschwiegen, aus Angst, sich blosszustellen oder selbst angefeindet zu werden. Nun fühlte sie sich gedrängt, die Juden zu verteidigen.

«Die meisten Flüchtlinge sind hier in Chur in den Sammellagern untergebracht. Bei der Markthalle oder im Hotel Marsöl. Dort ist es sicher nicht sehr luxuriös. Und sicher benehmen sie sich anständig», sagte sie.

«Vielleicht, vielleicht auch nicht. Mein Sohn hat erzählt, dass einer seiner Freunde, der auch ein Hotel führt, berichtet habe, dass ein reicher jüdischer Emigrant seinen Schosshund mit gebratenen Forellen füttere und die Tochter sich die Haare mit frischen Eiern wasche. Eier sind rationiert, wie Sie wissen.»

«Das glaube ich nicht. Das sind doch alles nur Gerüchte. Einer erzählt eine Geschichte, der Nächste schmückt sie aus und erzählt weiter, der Dritte macht wieder das Gleiche und, und, und. So geht das weiter, bis am Schluss aus einem Regenwurm eine Kobra geworden ist.» Der Vergleich war ihr spontan in den Sinn gekommen. Er hätte von Mareks Grossmutter stammen können.

«Ausserdem ...», fügte sie mit einem Seitenblick hinzu, «... nehmen die Hoteliers das Geld, das ihnen die Flüchtlinge für die Unterkunft bezahlen, gerne an, nicht wahr?»

Sie erwartete eine heftige Antwort, doch der Mann schwieg. Trotzdem hatte sie genug von seiner Gesellschaft. Sie nahm noch einen Schluck Most und packte ihr Brot ein.

Eindringliches Heulen zerschnitt die Mittagsruhe. Fliegeralarm. Das Treiben auf der Wiese erstarrte innert Sekundenbruchteilen. Entsetzt blickten sich die Flüchtlinge an. Dann schrien und kreischten und wehklagten sie durcheinander. Der Ton der Sirenen nahm rasch an Höhe und Lautstärke zu, schwoll ab, um wieder umso eindringlicher zu werden. Mütter packten ihre Kinder und rannten davon, die Alten humpelten so rasch wie möglich zur Strasse hin, von

Frauen zur Eile angetrieben. Die jungen Männer schauten unsicher und ratlos zum Himmel und unterdrückten den Wunsch, ebenfalls davonzurennen. Nach kurzer Zeit waren die meisten Flüchtlinge verschwunden.

Auch Sofia und der Mann mit dem Spazierstock waren aufgeschreckt. Doch sie schlossen sich der Panik der Flüchtlinge nicht an. Fliegeralarm hatte es schon einige Male gegeben, wenn auch nur in der Nacht. Die ersten Male waren Sofia und ihr Vater noch in den Keller geeilt, eine Wolljacke oder eine dünne Decke um das Nachthemd geschlungen, und hatten dort Schutz gesucht vor Bomben, die von einem fehlgeleiteten Piloten irrtümlich über ihnen abgeworfen werden konnten. Doch das war nie geschehen. Sie waren nachlässig geworden, hatten bei Ertönen des Alarms nur noch ein Vaterunser zum Himmel geschickt, die Bettdecke hochgezogen und abgewartet. So hatten es auch die anderen im Dorf gemacht.

Ein wenig hatte Sofia doch ein mulmiges Gefühl. Musste sie sich auch in Sicherheit bringen? Im Keller des Quaderschulhauses oder zumindest im nächstbesten Hauseingang? Noch war im Lärm der Sirenen kein Flugzeug zu hören. Sie lief über die Wiese zur angrenzenden Masanserstrasse. Von dort aus konnte man sich nähernde Flugzeuge besser sehen. Auch andere Passanten waren stehen geblieben und suchten den Himmel ab. Neugier, Faszination und Besorgnis stand in ihren Gesichtern.

Jemand rief: «Sie kommen. Dort.»

Ein Arm zeigte nach Norden, zum Falknismassiv. Wie auf ein Kommando wandten sich alle Köpfe in diese Richtung. Dann sah Sofia die Flugzeuge. Weit entfernt, hoch oben am Himmel, erschienen sie wie Spielzeuge. Ein Brummen war zu hören, erst leise, doch rasch lauter werdend, je näher die Flugzeuge kamen. Ein Schauer lief ihr über den Rücken.

Als die Flugzeuge die Stadt schon fast erreicht hatten, erkannte Sofia, dass es Bomber waren. Ihr Grollen konkurrenzierte mit dem schwingenden Lärm der Sirenen, verstärkte und übertönte ihn schliesslich, bis der ganze Luftraum davon erfüllt war und man schreien musste, um einander zu verstehen. Der Lärm dröhnte in ihrem Körper, als wäre sie in einer riesigen Pauke eingesperrt, auf die immer von Neuem eingeschlagen würde. In pfeilförmiger Formation wie ein Vogelzug überflogen die Flugzeuge die Stadt, aber nicht mit schwalbenhafter Leichtigkeit, sondern Gänsehaut auslösend. Die Köpfe der Zuschauer folgten ihnen in halbkreisförmiger Bewegung. Einige Frauen hielten sich die Ohren zu. Als die Flieger hinter dem Dreibündenstein verschwanden, hörte der Lärm der Maschinen fast schlagartig auf. Nur der Sirenenalarm ging weiter. Die Menschen sahen sich erleichtert an. Einige lächelten sogar. Es war nichts geschehen. Auch diesmal nicht. Sofia verdrängte den Gedanken, wie es gewesen wäre, wenn die Bomber die Stadt angegriffen hätten, so, wie es in den Kriegsgebieten jeden Tag geschah, wo Mütter in den Luftschutzkellern ihre vor Angst weinenden Kinder trösteten, dabei selbst ihre Panik unterdrücken mussten und Gott anflehten, sie noch einmal vor dem Tod zu bewahren.

Dann verstummte auch der Fliegeralarm. Erst jetzt merkte Sofia, dass ihre Ohren schmerzten.

«Das waren Boeings B-17 der Amerikaner. Das sind die grössten und besten Bomber, die es gibt. Sie haben eine Spannweite von dreissig Metern und sind ausgerüstet mit zwölf Maschinengewehren zur Selbstverteidigung. Man nennt sie ‹Fliegende Festungen›», ertönte eine Stimme in ihrem Rücken. Es war der Mann mit der Brille. «Sie fliegen zu hoch, um von unserer Fliegerabwehr beschossen zu werden», ergänzte er, nachdem er Sofias Blick wahrgenommen hatte.

Die Passanten gingen wieder weiter. Die wenigen italienischen Flüchtlinge, die nicht geflohen waren, wanderten zurück zur Wiese, während sie sich gegenseitig mit Worten und Gesten bei der Beschreibung des Geschehens zu übertrumpfen versuchten.

Sofia machte sich auf den Weg zum Lehrerseminar. Vor einem kleinen Laden in der Poststrasse machte sie halt, um eine Tafel Nussschokolade für Leonora zu kaufen. Fast eine halbe Stunde musste sie anstehen. Als die Verkäuferin sie nach ihrem Wunsch fragte, erstarrte Sofia. Nicht nur sie. Abrupt brachen alle Gespräche ab. Die Verkäuferin schürzte die Lippen. Wieder ertönten die Sirenen. Doch niemand floh. Alle standen nur da, blickten einander an und warteten. Als das Brummen der Flugzeuge näher kam und den Höhepunkt erreicht hatte, holte die Verkäuferin wie zum Trotz langsam die Schokolade aus dem Regal und reichte sie Sofia. Mit zittrigen Händen verstaute sie die Tafel in ihrer Schulmappe und klaubte Münzen hervor. Sie verzählte sich zweimal. Dann verstummten die Flugzeuge und – lange Sekunden später – auch der Alarm. Mit einem erleichterten Lächeln verabschiedete sich Sofia von der Verkäuferin und drängte zum Laden hinaus. Sie musste sich beeilen. Die Mittagspause war fast vorbei. Auf keinen Fall wollte sie zu spät zum Unterricht kommen, um dem Geschichtslehrer nicht wieder einen Grund zu höhnischen Bemerkungen zu geben. Sie eilte die Hofstrasse hinauf den anderen Schülern nach, die ebenfalls zeitlich knapp dran waren. In ihrem Körper dröhnte es noch immer.

Dann glaubte sie, ihr Herz bleibe stehen.

«Nein, nicht schon wieder!», schrie sie.

Zum dritten Mal setzten die Sirenen ein. Klagend schraubte sich das Heulen in aggressive Höhen, schwoll wieder ab, begann von Neuem. Was war nur los? Sicher war es diesmal ein Fehlalarm. Es waren keine Flugzeuge zu sehen. Sie holte die anderen Schüler ein, die stehen geblieben waren und nach Norden blickten. Von dort waren schon die anderen Flugzeuge gekommen. Auch Sofia hielt an. Absurderweise hatte sie das Gefühl, dass die Gefahr in einer Gruppe kleiner sei.

Drei von den Schülern waren aus ihrer Klasse. Ein Tadel des Geschichtslehrers fürs Zuspätkommen würde sie also alle gleichermassen treffen.

«Schon ziemlich unheimlich, nicht wahr? Sollten wir nicht im Schulhaus Schutz suchen?», fragte einer der Jüngeren.

«Ja», antwortete ein anderer.

Doch keiner ging weiter. Schweigend beobachteten sie den Himmel. Dann sagte einer seltsam ruhig, als wäre es schon Gewohnheit: «Dort kommen sie.»

Trotz des Sirenenlärms hatte Sofia ihn verstanden. Über dem Falknismassiv waren kleine Punkte zu sehen. Sie näherten sich in fast schon quälender Langsamkeit. Sofias Unruhe stieg. Oder war es diesmal Angst? Trotzdem blieb sie stehen. Wenn es sein muss, bin ich in einer Minute im rettenden Schulhaus, überlegte sie. Reichte das, um vor einer fallenden Bombe zu fliehen?

Plötzlich rief Wilhelm, ein Mitschüler von Sofia, aufgeregt: «Sie werden beschossen. Von unseren Fliegerabwehrgeschützen.» Seine Stimme überschlug sich. «Seht ihr die Geschosse? Die kommen aus den Flugabwehrkanonen der Festung Sargans.»

Wilhelm musste Augen wie ein Adler haben. Sofia konnte nichts erkennen. Sie glaubte, ein wildes, hartes Tackern zu hören. Aber das war fast nicht möglich. Sargans war viel zu weit entfernt.

«Seltsam. Sie fliegen viel tiefer als vorher», sagte Wilhelm.

Es waren mehr Flugzeuge als vorhin, aufgeteilt in drei Staffeln. Schon näherte sich die erste. Das Dröhnen und Brummen nahmen zu.

Dann schrien die Schüler durcheinander. «Seht doch.» – «Dort hinten.» – «Das sind Jagdflugzeuge. Die verfolgen die Bomber.»

«Eins, zwei, drei ...», begann einer zu zählen und hörte bei zwanzig auf.

Die kleinen Punkte, die den Bombern hinterherrasten, wurden rasch grösser. Sie kamen Sofia vor wie aggressive Wespen, die schwerfällige Hummeln attackierten.

«Das sind deutsche Messerschmitt. Die haben wir auch. Von den Deutschen gekauft. Aber unsere sind anders angemalt, nicht schwarz-grau wie die der Deutschen. Unsere sind grün-grau, mit einem Schweizerkreuz auf den Flügeln.» Kurt absolvierte die Abschlussklasse. Er trug stets ein uniformähnliches Béret. Sein Vater war Offizier. «Es sind übrigens die einzigen Flugzeuge, die in unserer Luftwaffe zu gebrauchen sind, hat mein Vater gesagt.»

Dann verschlug es allen den Atem. Selbst Kurt. Aus einem der hintersten Bomber stieg eine Feuersäule auf. Einen Moment lang flog er weiter, doch dann neigte er sich nach vorne. Sofia wollte das Flugzeug mit ihrem Blick aufhalten, doch seine Schnauze senkte sich weiter. Entsetzt verfolgte sie, wie der Bomber ins Trudeln geriet. In einer hellen Explosion barst das Flugzeug auseinander. Seine Teile stürzten hinter die Flanke des Calandas und verschwanden aus Sofias Blickfeld. Sekunden später stieg eine mächtige Rauchwolke in die Höhe, gefolgt von einem dumpfen Knall.

«Das waren Bomben, die sie noch an Bord hatten. Die sind zweihundertfünfzig Kilo schwer. Ich frage mich, ob das Flugzeug von unserer Flugabwehr oder von einer Messerschmitt abgeschossen worden ist. Wahrscheinlich wurde der Treibstofftank getroffen.» Kurt kommentierte das Geschehen wie ein Kriegsberichterstatter. Das machte das Ereignis am Himmel für Sofia noch tragischer, aber auch unwirklicher.

«Und die Menschen im Flugzeug?», fragte sie.

Kurt zuckte mit den Schultern. «Vielleicht haben sie sich mit den Fallschirmen retten können. In der Regel haben sie zehn Mann Besatzung.»

Sofia schlug die Hand vor den Mund. Noch nie hatte sie einen Flugzeugabsturz gesehen. Menschen waren vor ihren Augen gestorben. Trotzdem konnte sie den Blick nicht vom Himmel abziehen. Das schreckliche Schauspiel ging weiter. Die Jagdflugzeuge hatten die Bomber eingeholt, kamen ihnen unglaublich nahe, schienen sie fast zu berühren, schossen helle Blitze ab und änderten dann rasch wieder die Richtung.

Die Bomber erhöhten ihr Tempo und waren schon fast über Chur. Sofia schrie entsetzt auf, als ein weiterer von ihnen eine Rauchwolke hinter sich herzog. Er wurde langsamer, blieb hinter den anderen zurück, verlor an Höhe. Die beiden linken Propeller standen still. Würde er über Chur, über ihr abstürzen? Sie wollte die anderen drängen davonzurennen, da rief Wilhelm aufgeregt: «Die Jäger drehen ab.»

Tatsächlich. Ein Jagdflugzeug nach dem anderen liess von den Bombern ab. In engen Kurven änderten die Piloten die Richtung und flogen zurück. Sofias Mitschüler jubelten auf und schwenkten ihre Mützen. Der Lärm über der Stadt wurde ohrenbetäubend, als eine Bomberformation nach der anderen über sie hinwegdonnerte und hinter dem Dreibündenstein verschwand. Gebannt starrte Sofia auf das brennende Flugzeug, das in einigem Abstand folgte. Konnte es die Höhe halten, um den zweitausendzweihundert Meter hohen Berg zu überwinden? Oder würde es an ihm zerschellen? Als hätte Sofias Stossgebet geholfen, gelang dem Flugzeug der Überflug, und es verschwand als Letztes. Unvermittelt kam es Sofia still vor, obwohl der Fliegeralarm weiterschallte.

Die Schüler schauten sich an, verlegen, doch auch erregt, als hätten sie gemeinsam ein Abenteuer bestanden. Dann, wie auf einen geheimen Befehl, machten sie sich wortlos wieder auf den Weg. Mit zittrigen Beinen stieg Sofia die Treppe zum Schulhaus hinauf. Als der Alarm verklang, kam ihr die Stille bedrückend vor. Ihr Kopf schmerzte, das Pfeifen in ihren Ohren wollte nicht verklingen. Sie hatte Mühe, den aufgeregten Gesprächen ihrer Mitschüler zu folgen. Nur langsam begriff sie, in welcher Gefahr sie geschwebt hatten. Erst eine Stunde später hatten sich die Schüler und Lehrer so weit gesammelt, dass der Unterricht stattfinden konnte.

Am nächsten Tag erschienen in den Zeitungen Berichte von ähnlichen Vorkommnissen in anderen Talschaften. Sofia las sie alle. Der Dorfplatz von Samedan im Engadin war von einer Bombe getroffen worden. Der Pfarrer des Dorfes sprach von einem Wunder, dass dabei niemand zu Schaden gekommen sei. Im Prättigau waren auf einem Maiensäss Sprengbomben niedergegangen, die drei Ställe zerstört und zwölf Rinder getötet hatten. Bei Alvaneu, einem Dorf in Mittelbünden, war eine «Fliegende Festung» abgestürzt. Sofia fragte sich, ob es der Bomber gewesen war, der mit letzter Kraft den Überflug über Chur geschafft hatte. Die Besatzung hatte überlebt.

Aus der Zeitung erfuhr Sofia auch die Hintergründe dieser Überflüge. Amerikanische Bomber waren vor München und Augsburg von deutschen Jagdflugzeugen angegriffen worden. Sie hatten ihren Plan, die beiden Städte zu bombardieren, nicht umsetzen können und mussten vorzeitig umkehren. Kurz vor der Schweizergrenze hatten die Amerikaner ein Verlegenheitsziel für ihre Bomben gefunden, die sie nicht zurück zur Basis bringen wollten. Als Sofia das Wort gelesen hatte, war es ihr übel geworden. Ein Verlegenheitsziel! Was für eine schreckliche Bezeichnung. Ein Ziel, das das Pech hatte, ein anderes zu ersetzen, weil es gerade an der falschen Stelle lag. Anstelle von München und Augsburg war Feldkirch bombardiert worden. Das Schülerinnenheim der Lehrerfortbildungsanstalt war getroffen und einundvierzig Menschen getötet worden. Junge Frauen, die wie sie davon geträumt hatten, wissbegierige Schüler zu unterrichten, einen Mann zu lieben, eine Familie zu gründen. Sofia mochte tagelang nichts essen, sich von niemandem aufheitern lassen, nicht einmal von Katarinas fröhlichem Lachen. Wann endlich fand dieses Gemetzel ein Ende?

11

Mit einem triumphierenden «Kuku» legte Krystian zwei Dreierpärchen auf den Tisch.

«Jetzt hast du schon zum dritten Mal gewonnen», murrte einer der Mitspieler.

«Stimmt. Heute ist mein Glückstag.»

Genüsslich lächelnd verschränkte Krystian die Arme und schaute den andern zu, die weiterhin Strassen und Pärchen zu legen versuchten, um den Verlierer unter sich auszumachen und ihn mit einer peinlichen Frage oder einem Knuff an die Brust zu bestrafen.

Krystian wandte sich an Marek. «Hast du etwas von Tadeusz gehört?»

«Nein», antwortete Marek kurz angebunden. «Woher sollte ich auch?»

Krystian verzog das Gesicht zu einem Grinsen und bestellte bei Leonora mit einem Handzeichen ein Bier. «Schade, dass er sich der Exilarmee anschliessen will. Er wäre ein guter Mann, setzt sich aber für die falsche Sache ein.»

Leonora erschien Marek seit einigen Tagen bedrückt. Seit Tadeusz wieder fort war. Ob ihm die Flucht gelingen würde? Tadeusz hatte nicht mehr gefragt, ob er mitkommen wolle. Marek war froh darüber gewesen.

«Was ist deine Meinung?», fragte Krystian. «Bist du für die schwache polnische Exilregierung, die kaum fähig sein wird, unser Land nach dem Krieg zu führen? Nicht mal unter der Knute der Amerikaner? Oder bist du für ein kommunistisches, selbstbewusstes Polen an der Seite eines starken Partners?» Krystian machte keinen Hehl aus seiner politischen Anschauung.

Marek wollte sich nicht auf eine Auseinandersetzung einlassen. Krystian hatte sich auch schon mit den Kameraden geprügelt, weil sie seine Meinung nicht teilten.

Der Fund des Massengrabes in Katyn mit Hunderten erschossener polnischer Offiziere hatte unter den Internierten heftige Diskussionen ausgelöst. Die Engländer und Amerikaner bestanden nicht auf einer Untersuchung der Morde, um Stalin nicht zu verärgern. Dieser brach die Beziehung zur polnischen Exilregierung in London ab. Er erklärte die von der Roten Armee besetzten Gebiete in Polen zum sowjetischen Staatsgebiet und die Bewohner zu sowjetischen Staatsbürgern. Mareks Heimatort Masty, ein Dorf an der Memel, befand sich in diesem Gebiet. War er jetzt Russe?

Und Stalin ging noch weiter in seinem Bestreben, Polen in sein Reich einzugliedern. Er baute in der UdSSR polnische Streitkräfte auf, unterstützt vom Bund polnischer Patrioten, der zu Beginn des Jahres im Auftrag Stalins gegründet worden war. Krystian sympathisierte mit diesem Bund und dessen kommunistischem Gedankengut wie viele seiner Kameraden, doch ebenso zahlreich waren die Anhänger der polnischen Exilregierung. Diese verlor immer mehr an Bedeutung. Churchill und Roosevelt schien es wichtiger, Stalins Forderungen zu erfüllen, auch wenn Polens Souveränität der Preis dafür war. Es schmerzte Marek, dass die Frage über Polens politische Zukunft den Lageralltag immer stärker belastete. Schon wollten einige Internierte nicht mehr mit Andersdenkenden Karten oder Volleyball spielen oder am gleichen Tisch sitzen.

«Ich bin Pole, und ich will es bleiben», antwortete er nur. «Und ich will in Frieden leben.»

«Dann bleib doch hier mit deinem Schätzchen.» Es klang spöttisch. «Hier hast du deinen Frieden und musst nicht für etwas kämpfen, was wichtig wäre. Zum Beispiel für den Aufbau eines neuen Polen. Hier in der Schweiz ist alles wohlgeordnet und behaglich. Sie sind neutral, die Schweizer. Mischen sich lieber nicht ein. Wollen keinen Ärger.»

«Diese neutrale Schweiz hat uns vor der Kriegsgefangenschaft bewahrt, vielleicht sogar vor dem Tod. Ich bin ihnen dafür dankbar.»

Krystian fuhr ihn wütend an: «Dankbar? Du bist ein Einfaltspinsel. Sie profitieren von uns, diese Schweizer. Wir schuften für sie wie die Irren, roden ihre Wälder, bauen ihnen Strassen, helfen ihren Bauern. Und der Dank dafür? Wir werden behandelt wie Gefangene.» Seine Stimme war mit jedem Satz lauter geworden.

Leonora, die in einer Zeitschrift geblättert hatte, blickte auf. «Was ist mit euch? Ich will hier keinen Streit. Wenn ihr streiten wollt, macht das draussen. Nicht hier bei mir. Verstanden?»

Krystian schnaubte, trank sein fast noch volles Bierglas in einem Zug aus und knallte das Glas so heftig auf den Tisch, dass der Henkel abbrach. Seiner Miene und dem entschuldigenden Blick zu Leonora war anzusehen, dass er das nicht gewollt hatte. Doch sie war aufgesprungen und stand breitbeinig da, mit blitzenden Augen, die Arme in die Seiten gepresst. «Das reicht, Krystian», sagte sie mit einer kaum beherrschten Wut in der Stimme, wie Marek es noch nie bei ihr gehört hatte. «Raus jetzt!»

Die Gespräche der andern waren verstummt. Ihre Blicke waren auf Krystian gerichtet. Eine tiefe Falte zeigte sich auf seiner Stirn. Nach einigen langen Sekunden lachte er auf, erhob sich und ging gemächlich zur Tür. Dort hielt er kurz inne, schaute Marek an, als wolle er ihm noch etwas sagen. Doch dann wandte er sich ab, drückte heftig die Klinke hinunter, trat hinaus und knallte die Tür hinter sich zu. Es klang wie ein Schuss aus einem Gewehr.

Nach einer Weile setzten die Gespräche wieder ein.

«Mir reicht es für heute», sagte einer der Kartenspieler,

obwohl das Spiel noch nicht beendet war. Die beiden anderen nickten und warfen die Karten auf den Tisch. Sie standen auf und folgten Krystian.

Leonora blickte ihnen nach. Sie hatte sich wieder gesetzt und tupfte mit ihrem Taschentuch ein Auge ab. Weint sie?, fragte sich Marek. War es wegen der Feindseligkeiten, die nun auch ihre Soldatenstube einholten? Oder war es wegen Tadeusz?

«Darf ich dir einen Kaffee spendieren?», fragte er.

Leonora schwieg einen Moment lang. Dann nickte sie, schenkte sich eine Tasse ein und setzte sich zu ihm. Manchmal erschien Leonora ihm wie eine jüngere Ausgabe seiner Grossmutter: mutig, klug, empfindsam. Der Gedanke an seine Grossmutter bekümmerte Marek. Er würde seinen kleinen Finger hergeben, um sie zu sehen. Um mit ihr zu beraten, was er tun sollte wegen Sofia. Er hatte einen Brief bekommen aus seiner Heimat, von seiner Mutter und seiner Grossmutter. Sie hatten nur belangloses Zeug geschrieben, dass sie gesund seien und es ihnen gut gehe. Dass sein Vater viel zu tun habe in der Schreinerei. Doch nichts über die politische Lage, die Besetzung durch die Russen oder gefallene Verwandte und Bekannte. Die Grossmutter hatte angefügt: «Menschen sind wie Hühner. Sie gackern viel, hacken aufeinander herum und scharren im Dreck. Doch sie legen immer wieder Eier.»

Er verstand nicht, was sie damit sagen wollte. Dass es immer irgendwie weitergehe mit der Menschheit? Waren die Eier ein Symbol für etwas? Aber für was? Nächsten Sonntag würde er Sofia fragen. Sie war intelligenter als er.

«Leonora», sagte Marek langsam.

«Was ist?»

«Kann ich als Pole hier leben?»

«Was meinst du mit hier?»

«Hier. In der Schweiz. In Graubünden. In Rodels.»

«Bringst du mir einen Kaffee, Leonora?», rief einer der Kameraden.

Hastig stand Leonora auf, als wäre ihr die Unterbrechung gerade recht. Marek verfolgte, wie sie zur Anrichte ging, eine Tasse abwusch und abtrocknete, prüfte, ob sie sauber sei, nachschaute, ob im Krug noch genügend Kaffee war, einschenkte und dann die Tasse ohne Eile an den Platz brachte. Erst nachdem sie noch einige Worte mit dem Polen gewechselt hatte, kam sie zurück. Marek wagte nicht, sie anzuschauen.

«Ich weiss es nicht», sagte sie zögernd. «Wir Bündner haben harte Köpfe, das hast du sicher gemerkt. Wir brauchen lange, bis wir jemandem Vertrauen schenken. Man muss Geduld mit uns haben. Aber ...», sie musterte ihn fragend, «... möchtest du denn hierbleiben?»

Nein, eigentlich wollte er nach Hause zu seinen Eltern und Schwestern, zur Grossmutter, zurück in seine Heimat, wo alle polnisch sprachen und keine hohen Berge die Sicht versperrten. Doch er wollte Sofia und Katarszina nicht verlieren.

Er senkte den Blick, fuhr sich mit der Hand über den Kopf, hörte, wie Leonora weitersprach: «Es ist nicht einfach für euch. Wenn ihr zusammenbleiben wollt, muss einer seine Heimat aufgeben. Du oder Sofia. Das ist schwer. Sehr schwer. Aber ich glaube, wenn man jemanden wirklich liebt –» Sie brach ab.

Er stützte den Kopf in die Hände. Liebte er Sofia und Katarszina so fest, dass er für sie seine Heimat aufgeben würde? Er hatte mit Sofia noch nie ernsthaft darüber gesprochen, wie ihr gemeinsames Leben aussehen könnte. Die Zukunft war bis anhin weit weg gewesen und hatte in der Gegenwart keine Bedeutung gehabt. Manchmal hatte Sofia Andeutungen gemacht, diese aber nicht zu Ende gebracht. Ob er sich vorstellen könne, dass ... Oder: Wie es wäre, wenn er nach dem Krieg ... vielleicht ... noch etwas bleiben ... Er hatte nichts erwidert. So viel passierte in seiner Heimat und veränderte sie. War er überhaupt noch polnischer Staatsbürger? Oder Russe, wie das Stalin verkündet hatte? Oder staatenlos? Konnte er, wollte er in einem von Russen besetzten Polen leben? Es stellten sich so viele Fragen.

Als ein tiefer Seufzer aus seiner Kehle stieg, spürte er Leonoras Hand auf seinem Arm. Nur kurz. Dann stand sie auf, holte bei der Anrichte einen Lappen und begann, die Tische abzuwischen. Es war fast zehn Uhr. Zeit fürs Lichterlöschen.

Er schaute ihr zu, bis die anderen alle bezahlt hatten und gegangen waren. Dann legte er die Münzen auf den Tisch und erhob sich.

«Danke, Leonora», sagte er.

«Wofür?»

«Fürs Zuhören.»

Als er beim Hinausgehen einen raschen Blick zurückwarf, sah er, dass Leonora zum dunklen Fenster starrte, als ob sie dort etwas Besonderes sähe. Leise schloss er die Tür.

12

Marek erschrak, als der Wachsoldat auf ihn zutrat. «Du sollst mitkommen, sofort.»

«Was ist los?», fragte er, doch der Soldat gab keine Antwort. Er lehnte rasch die Axt an einen Baum, holte seinen Mantel, den er über einen Holzstapel gelegt hatte, und beantwortete die neugierigen Blicke seiner Kameraden mit einem Achselzucken. Was war geschehen? Bekam er wieder Ärger wegen seiner Beziehung zu Sofia? Oder war es, weil er am letzten Samstagabend eine Viertelstunde zu spät ins Lager gekommen war? Aber da war er mit anderen Kameraden zusammen im Wirtshaus gesessen. Weshalb sollte nur er bestraft werden? Während er nach weiteren Gründen suchte, folgte er dem Soldaten durch den leichten Schneefall und hauchte seine Hände an, um sie zu wärmen.

Im Lager empfing ihn der Kommandant. «Internierter Kwiatkowski, Ihre Tochter ist krank. Sie liegt im Spital. Sie dürfen zu ihr gehen.»

Entsetzt, sprachlos und mit offenem Mund starrte er den Kommandanten an.

«Was ist …?»

Er brauchte Sekunden, um die rasch hervorgestossenen Worte zu begreifen.

«Los, gehen Sie. Ein Fuhrwerk steht draussen und bringt Sie ins Spital nach Thusis.»

Der Wachsoldat zog ihn hinaus. Sie stiegen auf, der Kutscher trieb das Pferd mit der Peitsche an. Im Galopp eilte es über die Strasse, durch Cazis in Richtung Thusis. Marek konnte noch immer nicht richtig denken. Ihre Tochter ist krank. Ihre Tochter ist krank. Ihre Tochter ist krank, peitschten die Worte des Kommandanten wieder und wieder durch sein Gehirn. Er begann am ganzen Körper zu zittern, fiel in sich zusammen, presste die Fäuste vor den Mund. «Sie darf nicht sterben», würgte er hervor.

Der Wachsoldat blickte zur Seite.

«Schneller», rief Marek dem Kutscher zu, obwohl das magere Pferd schon so schnell lief, wie es konnte. Der Kutscher brummte etwas, Marek verstand es nicht. Er nahm nichts wahr, nicht den Schnee, der aufstob, nicht die wenigen Menschen, die ihnen am Strassenrand verwundert und neugierig nachschauten, nicht die kalte Luft, die ins Gesicht schlug.

Es waren nur zwanzig Minuten nach Thusis, doch Marek kam es unendlich lange vor. Als er vor dem Krankenhaus vom Fuhrwerk sprang, kaum dass das Pferd stillstand, rutschte er auf dem schneebedeckten Boden fast aus, konnte sich gerade noch an der Kutsche festhalten und hastete zum Eingang. Der Wachsoldat folgte ihm langsam.

Marek klopfte heftig an die Scheibe des kleinen Empfangsraumes, wo eine Ordensschwester in Dokumente vertieft war. Sie trug über dem schwarzen Habit eine breite weisse Schürze, die auf Brusthöhe mit Nadeln am Habit festgemacht war. Ihr straff gekämmtes graues Haar wurde am Hinterkopf von einer weissen Haube bedeckt, die am Hals zusammengebunden war. Die Nonne hatte ein schmales Gesicht und trug eine dünne runde Brille. Ungehalten blickte sie auf.

«Wo ist meine Tochter?», fragte Marek, ohne sich Zeit für eine Begrüssung zu nehmen.

Die Nonne musterte Mareks polnische Uniform. «Guten Tag», sagte sie. «Wer sind Sie, und wen wollen Sie besuchen?»

«Marek. Marek Kwiatkowski. Meine Tochter liegt hier. Katarszina.»

«Ihre Tochter?» Ihre Augenbrauen wanderten nach oben.

«Ja, Katarszina. Katarszina Caderas. Bitte. Sie ist schwer krank. Wo ist sie?»

Die Nonne liess sich nicht zur Eile antreiben. Sie ergriff

eine Mappe, öffnete sie, zog eine mehrseitige Liste hervor und fuhr diese mit dem Finger hinunter. Dabei murmelte sie «Caderas, Caderas, Caderas» vor sich hin.

Marek musste sich zusammenreissen, um nicht ausfällig zu werden.

«Zimmer 314. Im dritten Stock.»

Er rannte die Treppen hinauf, hetzte auf dem Flur von einer Zimmernummer zur anderen. Seine Schuhe klackten auf dem Boden, liessen dunkle Flecken zurück. Beim richtigen Zimmer riss er die Tür auf.

Sofia und ein Mann in einem weissen Kittel blickten auf. Sofias Gesicht war müde und grau. Es veränderte sich auch nicht, als sie ihn erkannte.

«Was suchen Sie hier?», fuhr ihn der Arzt unwirsch an. Er hatte graue, lockige Haare, Hängebacken und eine breite Nase.

«Marek, endlich.» Sofia stand auf und trat einen Schritt auf ihn zu. Dann blieb sie stehen und senkte die halb zur Umarmung angehobenen Arme wieder.

Der Arzt blickte sie verwundert an.

«Das ist Katarinas Vater», erklärte sie mit belegter Stimme.

Ein eigenartiger Ausdruck huschte über das Gesicht des Arztes.

«Sofia», sagte Marek nur, dann flog sein Blick zu dem Bett, in dem Katarina mit offenem Mund und schwer atmend lag. Ihre Augen waren geschlossen, die dünnen Ärmchen lagen auf der weissen Bettdecke. Tränen schossen ihm in die Augen, als er das kleine Wesen in dem viel zu grossen Bett sah. Der Hals war dick geschwollen, die winzigen Nasenlöcher mit getrocknetem Blut verschmiert. Er hatte das Bedürfnis, sie hochzunehmen, um sie zu trösten und zu liebkosen. Gleichzeitig hatte er Angst, etwas falsch zu machen und dem kranken Kind wehzutun. Er kniete am Bett nieder.

«Meine Kleine», flüsterte er.

Katarinas Röcheln tat ihm in der Seele weh. Vorsichtig berührte er mit dem Zeigefinger ihr Händchen. Sie schien es nicht zu spüren, als ob sie weit fort wäre.

«Was hat sie?» Er bemerkte nicht, dass Sofia hinter ihn getreten war.

«Ihre Tochter hat Diphtherie», sagte der Arzt mit nüchterner Stimme.

Nur langsam drang das Wort in Mareks Hirn. «Was ist das?»

«Es ist eine schwere bakterielle Infektionskrankheit der oberen Atemwege.» Der Arzt sprach langsam, als überlege er sich, wie er alles in verständlicher Sprache erklären solle. «Sie beginnt mit Halsschmerzen, Fieber und Schluckbeschwerden. Es bilden sich weissliche Beläge auf den Mandeln und auf der Schleimhaut des Rachens, des Kehlkopfs und des Halses. Diese bluten bei der geringsten Beanspruchung und erschweren das Atmen und Schlucken. Bei Kindern kommt es auch oft zu einem blutigen Schnupfen.» Er hielt einen Moment inne, als hätte er bemerkt, dass er ins Dozieren verfallen war. Dann fuhr er weiter: «Der Erreger produziert ein starkes Gift, das das Herz und die Leber schädigen kann.»

Marek näherte sich Katarinas blassem Gesicht, um sie zu küssen, als er einen süsslich fauligen Geruch wahrnahm.

Sofia zog ihn zurück. «Lass sie. Sie braucht Ruhe.»

«Wird sie ... wird sie wieder gesund?»

Wie von ferne hörte er die Stimme des Arztes. «Zum Glück ist Fräulein Caderas rechtzeitig gekommen, sodass wir rasch das Gegengift verabreichen konnten. Und Ihre Tochter ist eine Kämpferin. Doch wir können nichts ausschliessen. Es ist eine schwere Krankheit, die leider auch zum Tod führen kann. Gerade bei Kindern.» Er erhob sich. «Im Moment können wir nur abwarten. Ich lasse Sie jetzt alleine. In einer halben Stunde müssen Sie gehen, dann ist die Besuchszeit vorbei.»

«Wenn Katarszina stirbt, will ich nicht mehr leben», stiess er hervor, als der Arzt fort war.

«Was würde das nützen?», sagte Sofia mit brüchiger Stimme.

«Warum ist sie krank? Hat sie sich erkältet? Hast du zu wenig auf sie aufgepasst?» Er spürte förmlich, wie Sofia nach Luft schnappte.

«Was sagst du da? Ich soll schuld sein an Katarinas Krankheit? Wie kannst du nur so etwas behaupten? Ich würde mein Leben für meine Tochter geben.» Sie liess sich schwer auf den Stuhl sinken und bedeckte ihr Gesicht mit den Händen. Wie aus einer Höhle ertönte ihre Stimme, dumpf und dunkel: «Wenn Katarina stirbt, ist es eine Strafe Gottes. Dann ist es ein Zeichen, dass unsere Liebe Sünde ist. Dann ...» Sie sprach nicht weiter.

Er bereute seine Worte zutiefst, aber er brachte keine Entschuldigung hervor. Er war wie in einem dunklen Raum gefangen, aus dem es keinen Ausgang gab. Seine Knie schmerzten. Er erhob sich mit schweren Bewegungen, stand schweigend da, den bangen Blick so fest auf Katarina gerichtet, dass die Augen zu brennen begannen. Er fuhr beim kleinsten Zucken ihrer Händchen, bei jedem Stöhnen, beim unscheinbarsten Flattern ihrer Lider zusammen. Die Sorge um Katarina verdrängte alles andere. Lieber Gott, lass sie nicht sterben, flehte er in Gedanken. Ich verspreche dir ... Was nur konnte er versprechen, das Katarinas Leben ebenbürtig war?

«Ich habe Angst», flüsterte Sofia.

Er konnte nur mit den Schultern zucken. Er fand keine Kraft, sie zu trösten. Zu sehr musste er gegen seine eigene Erstarrung kämpfen.

Nach einer Weile kam der Arzt wieder ins Zimmer. Er fühlte Katarinas Puls, öffnete vorsichtig ihren Mund, betastete ihren Hals und fuhr ihr zärtlich übers Haar.

«Wie geht es ihr?» Sofia kam Marek zuvor.

«Unverändert. Aber auch nicht schlimmer. Die nächsten Tage werden entscheiden. Doch nun müssen Sie gehen.»

«Gehen? Wir können doch unsere Tochter nicht alleine lassen? Ich will hierbleiben.»

«Das geht nicht. Sie ist gut betreut bei uns. Und soweit ich weiss, hat Ihr Vater einen Telefonanschluss. Wir geben Bescheid, wenn etwas wäre.»

«Bitte, ich möchte hierbleiben.»

«Nein, Fräulein Caderas.» Seine Miene und seine Stimme waren hart geworden. «Sie können morgen während der Besuchszeit wiederkommen. Wo kämen wir hin, wenn die Eltern im Spital übernachten würden? Das gäbe ein Chaos.» Etwas milder fügte er hinzu: «Die Nonnen sind ja da und schauen oft bei Ihrer Tochter vorbei.»

Marek zerriss es fast das Herz bei dem Gedanken, dass Katarszina ganz alleine hierbleiben musste. Doch die Haltung des Arztes liess keinen Zweifel daran, dass er keine Ausnahme machen würde. Marek beugte sich ganz nah zu seiner Tochter hinunter, ohne den seltsamen Geruch zu beachten. «Werde gesund, meine Kleine. Bitte. Werde gesund.»

Am liebsten hätte er sich in Sofias Arme geworfen und mit ihr zusammen geheult. Weshalb tat er es nicht? Wegen des Arztes, der zuschaute? Oder weil er Sofia so sehr verletzt hatte mit seiner unbedachten Anschuldigung, dass sie ihn sicher zurückweisen würde? Marek wischte sich die Tränen aus dem Gesicht. Gerne hätte er es auch bei Sofia getan. Doch ihre Miene war abwesend und starr.

Vor dem Spital wartete der Wachsoldat. Er rauchte und bot Marek ebenfalls eine Zigarette an. Er lehnte mit einem Kopfschütteln ab.

«Wir gehen zu Fuss zurück», sagte der Soldat. «Der Kutscher hatte es eilig.»

«Kommst du mit uns, Sofia?»

«Nein, ich will allein sein», antwortete sie.

Verlegen stand er da, während der Wachsoldat sich einige Schritte entfernte.

«Wenn du etwas hörst, wenn sie dir telefonieren, lass es mich wissen. Bitte. Auch wenn es mitten in der Nacht ist.»

Sofia nickte.

«Versprichst du es mir? Ich halte es sonst nicht aus.»

Wieder nickte Sofia mechanisch.

«Entschuldige. Bitte entschuldige. Ich wollte dir nicht wehtun. Aber ich bin so verzweifelt.»

Ihr Nicken blieb diesmal aus.

«Ich liebe dich, *kochanie*», flüsterte er.

Sofia starrte nur stumm auf den Boden.

Da ergriff er hastig ihre Hand, drückte sie und liess sie fast im gleichen Augenblick wieder los. Sie hatte sich nicht gerührt. Er wandte sich ab und ging rasch davon. Die Strasse verschwamm im Tränenschleier. Verwundert über die plötzliche Eile, trat der Wachsoldat seine Zigarette aus und folgte ihm.

13

Dicht an dicht drängten Krokusse und Gänseblümchen durch den Boden. Schwalben flogen einander pfeilschnell nach und zeichneten wundersame Linien in den Himmel. Der Schnee hatte sich in die Höhen zurückgezogen. Es war Frühling.

Mareks Vorwurf, dass sie Katarina nicht vor der Diphtherie beschützt habe, hatte Sofia wochenlang gequält. Während der Tage im Krankenhaus hatte sie kaum mit ihm geredet, obwohl er sich mehrmals tränenreich entschuldigt hatte. Danach hatte sie ihm verboten, sie zu besuchen. Fast zwei Monate lang. Manchmal hatte sie sich sogar gewünscht, dass er fortgehen, fliehen würde.

Katarina hatte die Diphtherie überstanden. Vorerst zumindest. Der Arzt hatte gesagt, dass es Spätfolgen geben könne, Herzmuskelschwäche, Schluckähmung, Nierenversagen oder andere Schädigungen der Organe. Deshalb beobachtete sie Katarina mit Argusaugen. Beim kleinsten Seufzen oder Weinen wachte sie nachts auf und setzte sich zu ihr, bis sie überzeugt war, dass es der Kleinen gut ging. Der Arzt hatte ihr empfohlen, Katarina bald impfen zu lassen. Und sich selbst gleich auch. Sobald sich Katarina ganz erholt und wieder etwas Gewicht zugelegt hatte, würde sie dem Ratschlag des Arztes folgen.

Katarina zerrte an Mareks Arm, wollte alleine laufen, doch er liess sie nicht los. Sie riss sich die gelbe Mütze vom Kopf und warf sie zu Boden.

«Nein, mein Schätzchen. Du musst sie anbehalten. Sonst wirst du wieder krank», erklärte ihr Marek, nahm die Mütze auf und versuchte, sie ihr aufzusetzen.

Sie schüttelte unwillig den Kopf. «Nein, nein», rief sie energisch. «Keine Mütze, Papa.»

Sie spazierten auf einem Feldweg dem Fluss entlang in Richtung Thusis. Wo vor drei Jahren dichter Wald gestanden war, gab es Äcker mit Kartoffeln und Gemüse. Mitten auf dem gerodeten Feld erhob sich eine gleichmässig gewachsene Tanne. Sie erschien Sofia stolz wie eine Königin. Die Polen hatten sie stehen lassen als Erinnerung an ihre Arbeit. Sie sollte nicht in Vergessenheit geraten, wenn sie nach dem Krieg in ihre Heimat zurückgingen.

Nur langsam fasste Sofia wieder Vertrauen zu Marek. Ihre Beziehung hatte haarfeine Risse bekommen, die Zeit brauchten, um zu heilen. Fast täglich legte er ihr ein geschnitztes Herz in den Milchkasten. Es waren sicher schon fast fünfzig. Sie wusste kaum noch, wohin mit ihnen. Ihr Nachttischchen war voll, in ihrer Kommode hatte sie keinen Platz mehr für die Kleider. Doch jedes Herz hatte ihres weicher werden lassen, bis sie ihn am letzten Sonntag wieder zu sich eingeladen hatte.

«Blume holen», rief Katarina, entzog sich mit einem unerwarteten Ruck Mareks Hand und rannte zu einem Bund Löwenzahn am Wegrand. Sie setzte sich und begann, den Blumen die Köpfe abzureissen und auf den Boden fallen zu lassen.

Sie blieben stehen und schauten ihr zu. Da spürte Sofia Mareks Finger am Handrücken. Sie tat, als ob sie es nicht bemerkte, und trat wie beiläufig einen Schritt zur Seite. Doch als sie aus dem Augenwinkel sah, wie sich sein Mund verzog und sich seine Stirn in Falten legte, tat es ihr leid. Sie wollte ihren Fehler gutmachen. Bevor sie seine Hand fassen konnte, begann er zu sprechen, langsam und so leise, dass sie ihn fast nicht verstand.

«Es war schrecklich, als die Russen kamen. Unsere Armee war völlig überfordert. Nach wenigen Wochen war sie am Ende. Viele Männer wurden ins Gefängnis gesteckt oder nach Sibirien verschleppt. Offiziere, Professoren, Lehrer,

Politiker, aber auch einfache junge Männer. Wir hatten alle Angst, dass es uns auch treffen könnte. Darum bin ich geflohen. Zusammen mit zwei Freunden, Filip und Michal. Wir haben nichts mitgenommen, keine Fotos, keine Andenken, keinen Proviant, keine Kleider. So hätten wir jederzeit abstreiten können, auf der Flucht zu sein, falls wir von russischen Soldaten aufgegriffen würden. Mit dem Zug sind wir bis nach Krakau gefahren. Danach zu Fuss weiter, auf kleinen Nebenstrassen, durch endlose Wälder und Wiesen, immer auf der Hut vor einer Verhaftung. Tagelang sind wir gelaufen.»

Katarina hatte einen winzigen Teppich aus gelben Blüten gelegt. Nun trampelte sie darauf herum. Dann rannte sie lachend weiter. Ihr Röckchen war staubbedeckt, ihre Hände gelb.

Sie folgten ihr. Marek holte Atem, stiess ihn heftig aus und fuhr mit einem neuerlichen tiefen Atemzug weiter: «Die Füsse taten weh und brannten, als ob ich auf glühenden Kohlen laufen müsste. Dann kamen die Berge, die Karpaten. Es wurde noch schlimmer. Es hatte Schnee und war eiskalt. Zweimal haben wir uns verirrt und mussten zurücklaufen, um wieder den richtigen Weg zu finden. Einer meiner Freunde hatte heimlich, ohne es uns zu sagen, eine Landkarte mitgenommen. Wir haben ihm Vorwürfe gemacht dafür. Wenn die ein Russe entdeckt hätte, wären wir alle verhaftet worden. Doch dann waren wir doch froh. Ohne die Karte hätten wir den Weg nie gefunden. Die Schuhe liessen Wasser und Schnee durch. Meine Füsse fühlten sich wie nasse Klumpen an. Ich habe so gefroren, dass der ganze Körper geschmerzt hat. Jede Bewegung war eine Qual. Ich weiss nicht, wie ich die Nächte überstanden habe. Manchmal wollte ich einfach nur noch aufgeben und einschlafen. Dann haben wir einen Toten im Schnee gesehen. Einen alten Mann. Sein Gesicht war ganz weiss. Und die Augen …» Marek hielt inne.

Weit vorne hatte Katarina eine Schnecke aufgehoben und kitzelte sie mit einem dünnen Grasstängel am Bauch.

«Wir gingen einfach an ihm vorüber, liessen ihn liegen. Was hätten wir tun können? Wir mussten selbst schauen, dass wir überlebten.» Wieder stockte Marek, presste die Lippen zusammen, schaute zum Himmel. Weit oben kreiste ein Mäusebussard. Als er hinter den Bergen verschwand, sprach Marek weiter, hastiger als vorhin, wie gehetzt. «Dann endlich hatten wir die Berge überwunden. Am nächsten Tag hat uns ein Lastwagen bis nach Budapest mitgenommen.»

«Und dann?», fragte Sofia nach einer Weile. Zum ersten Mal erzählte Marek von seiner Flucht. In ihrem Inneren regte sich etwas, als rumple eine schwere Kugel in ihrem Bauch.

«Dann? Dann waren wir in Sicherheit. Wir haben uns nach Griechenland durchgeschlagen. Von dort sind wir mit vielen anderen Flüchtlingen auf einem Schiff nach Frankreich gefahren. Ich habe dafür den goldenen Kreuzanhänger, den mir meine Grossmutter geschenkt hat, versetzt. In Frankreich sind die meisten von uns in die polnische Schützendivision eingetreten. Wir wollten kämpfen. Für unser Land.»

Katarina setzte die Schnecke ins Gras und rannte den Weg weiter.

«Warte auf uns», rief Sofia.

Katarina blickte zurück, zögerte und setzte sich dann auf den Weg. Nach einem kurzen Moment begann sie, Kieselsteine aufzuheben und in die Wiese zu werfen. Bei jedem Wurf jauchzte sie auf.

Sofia ergriff Mareks Hand und war froh, dass er ihren Druck erwiderte. Sie war überrascht worden von seiner Erzählung. Dabei hatte sie ihm auch etwas sagen wollen, das sie beschäftigte. Schliesslich begann sie doch: «Ich würde nicht mehr Schweizerin sein, wenn ich dich heirate. Man könnte mich und Katarina jederzeit ausweisen. Wir hätten kein Recht mehr, hierzubleiben, in unserer Heimat. Es ist so ungerecht. Wenn ein Schweizer eine Ausländerin heiratet, geschieht ihm nichts. Er bleibt Schweizer. Aber wenn eine Schweizerin einen Ausländer heiratet …» Sie beendete den Satz nicht.

«Ich liebe dich so sehr. Dich und Katarszina. Lass uns einen Weg finden, um zusammenzubleiben. Bitte.»

Sie wich seinem Blick aus und schaute den Schwalben nach, die immer noch ihre hektischen Runden drehten. Sie wusste nicht, wie dieser Weg aussehen sollte. Nur eines wusste sie: dass sie hierbleiben wollte, hier in Graubünden. Doch sie sagte nichts. Sie brachte es nicht übers Herz.

14

Aus der Stube ertönte ein lauter Schrei. Vor Schreck fiel Sofia das Rüstmesser aus der Hand und in die Kartoffeln, die im Wasser lagen. Sie rannte ins Wohnzimmer.

«Die Alliierten sind in der Normandie gelandet», sagte ihr Vater hastig, das Ohr ans Radio gepresst. «Hör nur.»

Eine Stimme, der anzumerken war, dass sie sich um Sachlichkeit bemühte, berichtete, dass englische, amerikanische und kanadische Truppen mit viertausend Schiffen und elftausend Flugzeugen östlich von Cherbourg gelandet seien.

«Jetzt ist der Krieg bald vorbei.»

«Meinst du?», fragte Sofia. «Das hat man schon erwartet, als die Amerikaner in den Krieg eingetreten sind. Und das ist schon drei Jahre her. Und vor einem Jahr, als Italien kapituliert hat, hat man das Gleiche gesagt.»

«Diesmal wird es so sein. Ganz sicher. Amerikanische und englische Truppen sind ja schon vor zwei Tagen in Rom einmarschiert. In ein paar Wochen ist Frieden.»

«Hoffentlich.»

Sie ging zurück in die Küche, um das Mittagessen fertig zu machen. Katarina erwartete sie mit grossen Augen, die angeknabberte Karotte in der Hand.

«Alles ist gut, mein Schatz. Grosspapa hat sich darüber gefreut, dass der Krieg bald zu Ende ist.»

«Dann wieder viel Schokolade für Katarina!» Sofia war verblüfft, dass ihre Tochter den Zusammenhang der rationierten Süssigkeit zum Krieg anscheinend begriffen hatte, und musste wider Willen lachen.

An diesem Dienstag blieben sie trotz des schönen Wetters zu Hause und fieberten am Radio mit den Alliierten mit. Die Truppen mussten schwere Hindernisse überwinden:

An Bojen befestigte Minen bedrohten Schiffe und Kähne, hohe Drahtzäune, tiefe Gräben und der fortwährende heftige Beschuss durch die deutsche Wehrmacht erschwerten den Vormarsch der Soldaten, in den Boden gerammte Eisenbahnschienen das Vordringen der Panzer. Stumm schauten sich Sofia und ihr Vater an, als schon bald von grossen Verlusten an Menschenleben berichtet wurde.

Kurz nach dem Abendessen klopfte es. Marek stand vor der Tür.

«Ist etwas passiert?», fragte sie überrascht.

«Heute ist mein Namenstag. Klaudiusz. Weisst du noch? Mein zweiter Vorname.»

Sofia schlug die Hand vor den Mund. Das hatte sie vergessen.

«Da habe ich den Lagerkommandanten gefragt, ob ich dich deshalb besuchen dürfe. Und auch weil heute ein guter Tag sei wegen der Landung der Alliierten. Ich bin selbst erstaunt, dass er es mir bewilligt hat. Aber nur ein Stündchen, hat er gesagt. Er war bester Laune.»

«Es tut mir leid, Marek. Ich habe dir nicht mal ein Geschenk.»

«Nicht so schlimm. Die Landung der Alliierten ist viel wichtiger.»

Josef Caderas holte die Flasche mit Zwetschgenschnaps und Gläser aus dem Schrank, als er von Mareks Namenstag erfuhr. «Heute gelten keine Vorschriften», sagte er. «Heute gibt es so vieles zu feiern, da muss man einfach einen guten Schnaps trinken.»

Sofia nahm ein Schlückchen, um auf Mareks Feiertag anzustossen. Dann begann ihr Vater, ausführlich die Radioberichterstattung der letzten Stunden zur Landung der Alliierten wiederzugeben, als hätte Marek nichts davon erfahren. Dieser nickte hin und wieder oder murmelte eine Zustimmung, doch Sofia hatte das Gefühl, dass er nur mit halbem Ohr zuhörte.

Sie holte sich einen Kaffee aus der Küche und setzte sich zu Katarina, die auf die Rückseite einer alten Rechnung eine Schnecke zeichnete, die einen Baumstamm emporkroch. Aus dem Radio ertönte ein mehrstimmiger Choral.

«Bald werdet ihr meine Familie kennenlernen», sagte Marek, als Josef Caderas seine Ausführungen beendet hatte und lächelnd seiner Enkelin beim Malen zuschaute.

«Ich freue mich darauf.» Sofias Stimme fehlte die Begeisterung. Dabei meinte sie es ehrlich.

«Ich auch», sagte Josef Caderas.

«Ich habe gehört, dass es einigen Internierten erlaubt worden ist, zu heiraten», sagte Marek nach einer Weile.

Das hatte sie auch schon gehört und nicht gewusst, was sie davon halten sollte.

«Kannst du dir nicht vorstellen hierzubleiben, in der Schweiz? Du sprichst Deutsch, bist ein geschickter Handwerker. Du würdest schnell eine Stelle finden.»

Wie sie erwartet hatte, schaute er sie nur traurig an. Er trank das Glas, das Sofias Vater ihm nachschenkte, in einem Zug leer und stellte es mit einem harten Knall auf den Tisch zurück, sodass Josef Caderas ihn verwundert anschaute.

Da begann Katarina zu singen. Zuerst war es mehr ein Summen, dann wurde sie lauter, liess den Farbstift sinken und schaute mit einem ernsten Ausdruck von einem zum anderen. Es war ein polnisches Wiegenlied. Nach einigen Sekunden stimmte Marek mit ein.

«Mama auch singen», rief Katarina zwischen zwei Tönen.

Sofia nickte und setzte mit einem Blick zu Marek, dem die Augen feucht wurden, ein. Katarina sang immer lauter, bis es fast ein Schreien wurde.

«Nicht so wild, Katarina», sagte Sofia.

Doch da war das Lied auch schon zu Ende. Marek hob seine Tochter hoch und drückte ihr einen Kuss auf die Wange.

Kurz darauf verabschiedete er sich. Sofia begleitete ihn in den Flur.

«Sie ist musikalisch.» Endlich lächelte er ein wenig.

Widerstrebend nahm sie den Umschlag entgegen, den er ihr hinhielt. Sie wusste, was drin war. Zehn Einfränkler. Beim ersten Mal hatte sie energisch protestiert und das Geld nicht nehmen wollen. Marek hatte darauf bestanden. Jeden Monat. Er könne es gut von seinem Sold absparen. Sie solle das Geld für Katarszina zur Seite legen. Für eine gute Ausbildung. Oder für den Kauf einer Geige. Oder für den Besuch eines Konservatoriums. Vielleicht sogar für dasjenige in Warschau.

«Danke», sagte Sofia. Sie wollte hinzufügen, dass er ein guter Vater sei, sagte es dann doch nicht. Warum, wusste sie selbst nicht. Einen Moment stand sie unschlüssig da. Dann umarmte sie ihn. «Alles Gute zum Namenstag», flüsterte sie und schaute ihm nach, bis er in der Wegbiegung verschwunden war. Nächsten Sonntag würde sie ihm ein Geschenk machen. Und wenn es nur ein Paar Socken war.

15

«Lasst uns trinken auf die Befreiung von Warschau. Auf unsere heldenhaften Soldaten! Auf unser tapferes Volk! Der heutige Tag ist ein Freudentag für uns.» Dimitri hob sein Glas.

Marek und die beiden Brüder Adam und Aleksander taten es ihm nach.

«Auf Polen! Auf unsere mutige Heimatarmee. *Na zdrowie*», sagte Adam und blickte ehrfürchtig zur Decke, als wolle er seinen Trinkspruch zum Himmel schicken. Er hatte strohblondes Haar und einen vollen, breiten Mund, der immer lächelte, aber in einem starken Gegensatz zu den kleinen braunen Augen stand. Aleksander glich ihm aufs Haar. Er hätte sein Zwilling sein können, war aber ein Jahr jünger. Die beiden hatten es geschafft, während der ganzen Internierungszeit zusammenzubleiben.

Es war Freitagabend, der 4. August 1944. Sie hatten den letzten freien Tisch neben der Tür ergattern können. Der Saal des Gasthauses war brechend voll, die Luft zum Schneiden dick vom Qualm der Zigaretten und Zigarren. Auch Marek schwitzte, denn die weit geöffneten Fenster brachten keinerlei Erfrischung. Die Hitze hatte sich in den Abend fortgesetzt. Die Tanzenden und Musizierenden wischten sich mit Taschentüchern, Ärmeln oder den blossen Händen Schweisstropfen von der Stirn und vom Nacken. Die Männer hatten ihre Sonntagsjacken über die Stuhllehnen gehängt, die Krawatten in die Jackentaschen gestopft, die obersten zwei Knöpfe der Hemden geöffnet. Zwei jüngere hatten für den Foxtrott die glänzend polierten Schuhe ausgezogen. Die Frauen zupften an ihren Blusen, um sich Kühlung zu verschaffen. Ununterbrochen brachten die Serviertöchter

Getränke an die Tische, an denen die Männer – manche von ihnen in feldgrauer Uniform – und die sorgfältig frisierten und mit einem Hauch von Lippenstift geschminkten jungen Frauen mit hübschen Halsketten eng nebeneinandersassen. Die Tanzfläche war dicht besetzt, sodass die Paare in die engen Durchgänge zwischen den Tischen auswichen, was aber ein schwungvolles Bewegen kaum zuliess. Aleksander hatte unwillig geraunzt, als er vom Ellenbogen eines Tänzers am Kopf getroffen worden war. Doch dies tat ihrer aufgeräumten Stimmung keinen Abbruch.

Überraschte Blicke hatten Marek und seine Kameraden empfangen, doch die Wirtin hatte sie willkommen geheissen. Die amerikanischen und englischen Internierten in Davos dürften auch tanzen und feiern, wie sie wollten, hatte sie gesagt und ihnen eine Karaffe Wein gebracht. Da sei es nur recht und billig, dass dies für alle gelte.

Der Wein schmeckte eigenartig. Marek nahm noch einen Schluck, behielt ihn prüfend im Mund und warf Dimitri, der dasselbe machte, einen fragenden Blick zu. Dann schluckte er und grinste. «Da ist Rum drin.»

Dimitri nickte. Adam trank das Glas leer und leckte sich genüsslich die Lippen.

«Alles klar?», fragte die Wirtin, als sie mit einem Tablett voller Getränke vorübereilte, und zwinkerte mit dem linken Auge.

Dimitri hatte die Idee gehabt, nach Thusis zu gehen, obwohl das Dorf ausserhalb ihres Ausgangsrayons lag. Ein vergnüglicher Tanzabend sei gerade das Richtige. Warschau, seine Heimatstadt, befreie sich in diesen Tagen von den deutschen Besatzern. Ohne die Hilfe der Roten Armee, betonte er mit erhobenem Zeigefinger. Da seien ihm Tanzverbote oder Rayonsgrenzen egal. Heute müssten sie feiern. Sie hatten die fünf Kilometer nach Thusis im Laufschritt hinter sich gebracht.

Dimitri schenkte nach, während er wohl zum dritten Mal an diesem Tag von den Ereignissen berichtete, die ihnen schon längst bekannt waren, aber die sie immer noch nicht ganz glauben und fassen konnten.

«Das ganze Stadtzentrum haben unsere Soldaten schon erobert. Überall weht unsere Fahne. Unsere Armee wird Polen wieder befreien. Zuerst Warschau, dann das ganze Land. Ich könnte weinen vor Freude.»

Marek korrigierte Dimitris Aussage nicht. Ein grosser Teil des Zentrums war den Deutschen abgerungen worden, darunter wichtige Gebäude wie das zentrale Postgebäude und das Elektrizitätswerk. Aber nicht die ganze Stadt.

«Ach, wie gerne wäre ich dort und würde mitkämpfen», sagte Aleksander.

Adam nickte. «Das sind alles Helden. Tapfere, mutige Helden. Blumen haben die Einwohner ihnen zugeworfen.»

«Wir sind auch Helden», entfuhr es Marek. «Wir haben auch gegen Hitler gekämpft.»

«Schade, dass der Mordanschlag gegen dieses Schwein nicht geglückt ist. Dann wäre jetzt alles vorbei. Ich hoffe, dass er eines Tages einen langsamen, qualvollen Tod erleidet, so wie ihn noch nie ein Mensch erlitten hat.»

«Warum hat Gott zugelassen, dass dieser Teufel überlebt hat? Die Bombe ist nur zwei Meter neben ihm explodiert.»

«Wenigstens zeigt es, dass sogar Hitlers eigene Generäle begriffen haben, dass ihr Führer ein Ungeheuer ist.»

Kichernd näherten sich zwei junge Frauen. Die eine hatte ihr dunkles Haar hochgesteckt und mit einer Blume geschmückt. Die andere war rothaarig und hatte Sommersprossen. Sie drängten sich gegenseitig zum Tisch.

«Frag du», sagte die Rothaarige zu ihrer Freundin und lächelte Marek an.

«Nein, du.»

Dimitri erlöste die beiden. «Wollt ihr tanzen?»

Sie nickten eifrig.

Dimitri erhob sich sofort.

«Ich kann leider nicht tanzen. Ich habe ein steifes Bein», sagte Aleksander. «Vom Krieg.» Sein schüchterner Bruder senkte die Augen und machte keinerlei Anstalten aufzustehen.

«Komm, Marek», forderte Dimitri ihn auf. «Machen wir uns und den Mädchen diese Freude.»

Marek zögerte. Er dachte an Sofia, die nicht wusste, dass er hier war. Sie wäre nicht mitgekommen, da war er sich sicher. Einerseits weil sie nicht wollte, dass Marek die Lagervorschriften missachtete. Andererseits weil sie sich nach wie vor scheute, ihre Beziehung in der Öffentlichkeit zu zeigen. Sie waren noch nie zusammen in einem Restaurant gewesen, auch nie in einer Kinovorstellung oder an einem Unterhaltungsabend. Vor drei Jahren hatten sie das einzige Mal zusammen getanzt, an dem Abend, an dem sie sich zum zweiten Mal gesehen hatten und auf sein Drängen hin zum Du übergegangen waren. Er konnte sich an jede Kleinigkeit erinnern, an das Blitzen ihrer silbernen Ohrringe, an die Haarsträhne, die ihr beim Tanzen ins Gesicht gefallen war und die sie mit einer raschen Kopfbewegung zurückgeworfen hatte, an den Druck ihrer Finger auf seiner Hand, wenn er sie beim Walzer in eine Linksdrehung geführt hatte. Seither hatte Marek nie mehr getanzt. Er vermisste es.

Dimitri und die beiden Frauen schauten ihn immer noch erwartungsvoll an. Morgen werde ich Sofia alles erzählen, sagte sich Marek. Ich muss nichts vor ihr verheimlichen.

Er stand auf. Sie tanzte gut, die Rothaarige, die sich als Roswita vorstellte. Bei der Polka strahlte sie vor Vergnügen, als die Musiker immer schneller spielten. Marek spürte ihre Hitze, wenn er sie für eine rasche Drehung ein wenig an sich zog.

«Darf ich Ihnen etwas zu trinken anbieten?», fragte er, als die Musiker Pause machten.

Roswita suchte mit den Augen ihre Freundin, hob fragend die Augenbrauen, als sie sie neben Dimitri entdeckte, und zeigte mit dem Finger zum Tisch der Polen. Die Freundin antwortete mit einem Nicken.

«Gerne», sagte sie. «Susanne kommt auch.»

«Wir nehmen ein Bier. Aber nur ein kleines», sagte Roswita, als sich Adam anerbot, Getränke zu holen.

«Bei den Amerikanern in Davos haben wir letzthin Champagner bekommen.» Susanne hatte eine Stimme wie ein dünnes Rinnsal. «Sie haben uns an eine Bar im Hotel Palace eingeladen. War das schön. Es gab dicke rote Teppiche, und die Angestellten trugen eine schicke Uniform. Zuerst habe ich geglaubt, das seien auch Gäste, so wie sie angezogen waren.» Sie lachte auf, als müsse sie sich für ihre Naivität entschuldigen.

«Die Amerikaner spielen dort Tennis und Baseball. Wir haben zugeschaut. Roswita hat sogar versucht, Tennis zu spielen. Aber sie hat nicht einen einzigen Ball getroffen.» Susanne kicherte. «Und im Winter wollen sie Eishockey spielen, haben Ben und John gesagt.» Sie dehnte die englischen Namen genüsslich.

Dimitris fröhliches Lachen war verschwunden. «Champagner können wir uns leider nicht leisten, meine Damen. Wir sind nur arme Polen.»

Auch Marek verzog unwillig den Mund. Im Lager hatte er von den amerikanischen Piloten gehört, die interniert worden waren. Sie erhielten weiterhin Sold von ihrer Regierung, waren in den besten Hotels untergebracht, tanzten jeden Tag, konnten sich tägliche Restaurantbesuche leisten. Einige spielten sogar Golf.

«Die benehmen sich wie reiche Feriengäste», brummte Adam. «Und wir müssen froh sein, wenn die Dächer der Baracken dicht sind.»

«Aber ihr tanzt besser», beeilte sich Susanne zu sagen.

Doch es war zu spät. Die gute Laune war verflogen. Das Gespräch schlief ein. Nach einigen Minuten erhoben sich Roswita und Susanne gleichzeitig, als hätten sie sich unter dem Tisch mit einer Beinberührung abgesprochen.

«Dann gehen wir mal zu den anderen», sagte Roswita. «Schönen Abend noch. Und vielen Dank für das Bier.»

Marek schaute den beiden Frauen nach, die zu einem Tisch an der gegenüberliegenden Seite des Saales gingen und sich zwischen die Sitzenden drängten.

Dimitri ergriff eines der Biergläser, die Roswita und Susanne halb voll zurückgelassen hatten, und trank es in einem Zug aus. «Die Italiener müssen auch nicht arbeiten, heisst es», sagte er.

«Sofia hat gesagt, dass sie bei den Aufräumarbeiten vom Waldbrand bei Chur mithelfen müssen», entgegnete Marek halbherzig.

«Das ist ja schon ein ganzes Jahr her. Sind die immer noch nicht fertig damit?»

«Ich habe gehört, dass manche in schönen Wohnungen logieren und sich Kleider und Schmuck und solche Sachen kaufen können», sagte Adam. «Und wir Polen sind der letzte Dreck. Alle anderen haben es besser.» Er schnappte sich das andere halb volle Glas und leerte es ebenso rasch wie Dimitri vorhin.

Marek nickte. Er fühlte sich auch ausgenutzt. Seit Jahren arbeiteten sie hart als Gegenleistung für Unterkunft, Verpflegung, medizinische Versorgung, für Kleider und Schuhe und für den kleinen Lohn. Dass andere Flüchtlinge sich freier bewegen konnten, bessere Unterkünfte hatten und nicht arbeiten mussten, war ungerecht.

Da kam eilig die Wirtin auf sie zu. «Die Heerespolizei ist im Anmarsch. Es ist besser, wenn sie euch hier nicht sieht. Sonst bekommen wir nur unnötigen Ärger. Kommt mit. Ihr könnt euch oben verstecken.»

«Müssten wir uns auch verstecken, wenn wir Amerikaner wären?», fragte Dimitri trotzig.

«Es tut mir leid, aber derzeit weiss keiner so recht, was nun verboten ist und was nicht. Ihr könnt nachher ja wieder herunterkommen.»

Dimitri machte keinerlei Anstalten aufzustehen.

«Komm schon! Machen wir der Wirtin keinen Ärger. Sie war freundlich zu uns und kann nichts dafür», forderte Marek ihn auf.

Dimitri starrte ihn mit verkniffenen Augen an, dann erhob auch er sich und folgte der Wirtin zu einer Tür, die etwas versteckt neben der Bühne lag. Sie führte sie eine enge Treppe hinauf in den ersten Stock und dort durch den Flur in ein kleines Zimmer, wo sich im Halbdunkeln frisch gewaschene Tischtücher, Servietten und Bettwäsche stapelten. Auf einem langen Tisch stand ein Bügeleisen.

«Wartet hier. Und seid leise.» Die Wirtin hielt den Finger vor den Mund und eilte hinaus.

Dimitris Groll war noch nicht verschwunden. «Wir dürfen nicht einmal an einen Tanzabend. Wir müssen uns verstecken wie Ehebrecher, die auf frischer Tat erwischt werden. Das ist entwürdigend. Und die Amerikaner saufen Champagner und essen Kaviar. In aller Öffentlichkeit.»

Marek schob behutsam den schwarzen Vorhang vor dem Fenster zur Seite und öffnete es einen Spaltbreit. Eine tiefe, forsche Stimme drang zu ihnen herauf. Die Wirtin empfing die Heerespolizei vor der Haustüre.

«Haben Sie eine Bewilligung für den Tanzanlass?»

«Ja, die habe ich, obwohl ich nicht verstehe, weshalb man jetzt noch Bewilligungen braucht. In anderen Dörfern gibt es auch wieder Tanzanlässe. Ich wage zu bezweifeln, dass alle eine Genehmigung dafür haben. Wozu auch. Es ist höchste Zeit, dass wir wieder fröhlich sind.» Die Wirtin sprach ruhig und fest, ohne Zeichen von Nervosität.

Eine andere Stimme murmelte etwas, was Marek nicht verstand. Dann ertönte wieder die erste Männerstimme: «Sind Internierte im Saal?»

«Nein, es sind keine Internierten hier. Aber ich sage Ihnen Folgendes: Ich würde sie hereinlassen. Die Polen, die Italiener, die Jugoslawen. Weshalb nicht? Das ist doch eine Frage des gesunden Menschenverstandes. Übrigens habe ich bei einem Ihrer Kameraden nachgefragt – nur so aus Neugier –, ob dieses Tanzverbot für die Internierten wirklich noch gelte. Wissen Sie, was er geantwortet hat?»

Es folgte eine kurze Pause, aber keine Antwort. Die gab die Wirtin selber: «Dass man kaum den Amerikanern in Davos das Tanzen erlauben und den anderen Internierten verbieten könne. Jawohl. Das hat er gesagt.»

Marek stellte sich vor, dass die Wirtin resolut ihre Arme verschränkte.

«Kommen Sie herein und schauen Sie nach, wenn Sie wollen. Es sind keine Internierten hier», sagte sie weiter.

«Sie wissen, dass Sie die Ausgangserlaubnis von Internierten kontrollieren müssen. Wenn Sie das nicht tun, können wir Ihnen die Gastwirtschaftsbewilligung entziehen.»

«Das weiss ich, guter Mann. Ich weiss auch, dass der Ausschank von Schnaps an Internierte verboten ist. Möchten Sie einen?»

Marek unterdrückte ein Grinsen. Er würde der Wirtin ein Bild schnitzen. Einen Adler. Ausserdem hatte er noch einen wunderschönen Spazierstock mit einem Schweizerkreuz. Den könnte er ihr auch schenken.

Wieder folgte eine Pause. Das abgehackte Bellen eines Fuchses war zu hören.

«Für heute lassen wir es gut sein», ertönte die Stimme des Mannes. «Aber befolgen Sie bitte die Vorschriften. Sonst könnten Sie Ärger bekommen.»

Marek verzog den Mund. Ein «Bitte» konnten nur

Schweizer Militaristen hervorbringen. Bei keiner anderen Nation hatte er das jemals gehört.

«Ich werde alles befolgen, was Sinn ergibt, Herr Offizier. Darauf können Sie sich verlassen.»

Marek staunte immer wieder über diese besondere Eigenheit der Schweizer, Widerstand in ganz subtiler Form zu leisten, sodass dieser Widerstand fast nicht spürbar, aber doch vorhanden war. Keiner verlor so sein Gesicht. Könnte er sich in diesem Volk wohlfühlen? Die Polen waren viel direkter, ehrlicher, durchschaubarer.

Das Knirschen von harten Schuhsohlen zeigte an, dass sich die Heerespolizisten entfernten. Die Haustür knarrte. Kurz darauf trat die Wirtin ins Bügelzimmer, mit einem Lächeln auf den Stockzähnen. «Wollt ihr wieder runterkommen?»

«Nein», sagte Marek rasch, bevor einer seiner Kameraden etwas anderes sagen konnte. «Ich gehe zurück ins Lager.»

Sie hatten Glück gehabt mit dieser verständigen Wirtin. Doch die Heerespolizei konnte zurückkommen. Wenn sie die Internierten dann erwischte, würde es mit Sicherheit Arrest absetzen. Er musste auch an Sofia und Katarszina denken. Und daran, dass sie sicher bald einmal eine Heiratserlaubnis beantragen wollten. Er war schon leichtfertig gewesen, dass er mit Dimitri hierhergekommen war. Jetzt war es genug.

Dimitri blickte ihn ungehalten an. Als Aleksander und Adam nickten, zuckte er mit den Achseln. «Also gut. Gehen wir in unser trautes Heim zurück.»

Die Wirtin verzog ihr Gesicht. Doch Marek war sich fast sicher, dass sie erleichtert über diese Entscheidung war. Sie führte sie zum Hinterausgang, prüfte die Umgebung und liess sie hinaus.

«Kommt gut nach Hause», sagte sie und wollte zurück ins Haus gehen, als Marek rasch ihre Hand ergriff und sie an seinen Mund führte.

«Vielen Dank, gnädige Frau. Sie sind wunderbar. Eines Tages bringe ich Ihnen ein schönes Geschenk.»

«Na, da bin ich ja gespannt», sagte sie und liess ihre Hand einen Moment lang an Mareks Lippen ruhen.

«Lasst euch nicht erwischen», rief sie ihm leise nach, als er seinen Kameraden nacheilte, die schon in einer Seitengasse verschwunden waren. Als ob er sie vor Entdeckung bewahren wollte, verzog sich der Mond hinter den Wolken. Marek winkte ihm dankbar zu.

16

Sofia trug ihr blaues Sonntagskleid und als Schutz vor dem Herbstwind braune Strümpfe und ein wollenes hellbeiges Dreiecktuch über den Schultern. Das Haar hatte sie mit einem bordeauxfarbenen Band straff am Hinterkopf zusammengezogen. Sie wollte einen anständigen, vertrauenswürdigen Eindruck machen. Seit sie in den Zug eingestiegen war, knetete sie ihr Taschentuch, was nichts half. Sie war so nervös, dass sie manchmal vergass zu atmen und den fehlenden Atemzug mit einem schnappenden Geräusch nachholte.

Ihr gegenüber sass eine ältere, dünne Frau. Sie hatte ein fliehendes Kinn, kleine schwarze Augen und trug einen grünen Mantel. Das Kopftuch war nach hinten gerutscht und liess die grau melierten Haare sehen. Sie hatte einen Korb, der mit einem Tuch zugedeckt war, neben sich gestellt. Die linke Hand liess sie auf dem Henkel liegen, als ob sie Angst hätte, dass ihr der Korb weggenommen würde. Sie plapperte auf Sofia ein, mit einer unangenehmen, nörgelnden Stimme, die selbst das Quietschen des Zuges an den kleinen Bahnhöfen übertönte.

«Jetzt rufen sie schon Sechzehnjährige zu den Waffen. Stellen Sie sich das vor. Das sind ja noch Kinder. Dabei bringt das gar nichts mehr. Sie haben den Krieg verloren, diese Nazis. Die Amerikaner sind schon auf deutschem Boden. Haben schon eine grosse Stadt dort oben erobert. Ich weiss zwar den Namen nicht mehr. Irgendetwas mit A. Und im Osten sind die Russen bis Ostpreussen vorgestossen. Da kann das doch wirklich nicht mehr lange dauern. Ich sage Ihnen, Fräulein, ich bin so froh, wenn wieder Frieden ist.»

Da bist du nicht die Einzige, dachte Sofia. Da sind andere noch viel glücklicher darüber. Alle, die unmittelbar vom Tod bedroht sind im Schlachtfeld, durch Bomben oder durch Verfolgung.

«Dann können die Flüchtlinge auch bald wieder nach Hause, nicht wahr? Das wäre das Beste. Wir nehmen jetzt ja alle auf, auch die Juden. Die sind als politische Flüchtlinge anerkannt. Ich hoffe nur, dass wir alle durchfüttern können. Wir haben kaum für uns genügend Nahrungsmittel. Seit wir keine Güter mehr aus Marseille und Spanien erhalten, ist es noch schlimmer geworden. Mein Sohn arbeitet im Wald. Er möchte mal Förster werden. Die Arbeit macht ihm Freude, aber er jammert, dass er immer Hunger habe. Er könnte das Doppelte an Essen verdrücken, um richtig satt zu werden.»

Sofia deutete ein Nicken an. Marek hatte ihr erzählt, dass auch die Essensrationen der Internierten gekürzt worden waren, was zu einigem Unmut im Lager geführt habe. Vierhundertfünfzig Gramm Brot, fünfundfünfzig Gramm Fleisch, fünfundzwanzig Gramm Käse und vier Gramm Kaffee standen jedem Internierten pro Tag zu, sofern er schwere Arbeit verrichtete. Die leicht oder gar nicht Arbeitenden bekamen weniger. Sofia hatte ihm entgegengehalten, dass dies die gleichen Rationen wie für Zivilisten seien.

Die Frau plapperte weiter: «Aber wenigstens ist die Verdunkelung aufgehoben worden. Ach, was bin ich froh darüber. Gerade für uns Frauen ist das befreiend. Man war sich seines Lebens nicht mehr sicher, wenn man im Dunkeln nach Hause musste. Jetzt brennen wieder Strassenlampen, und einige Schaufenster sind beleuchtet. Und beim Essen sind wir Hausfrauen phantasievoll, nicht wahr? Ich habe letzthin für meinen Mann ein geschmortes Huhn gekocht. Er hat gar nicht gemerkt, dass es schon ziemlich alt war, so zart habe ich es hinbekommen.»

Der Wortschwall hatte Sofia eine Zeit lang von ihrer Nervosität abgelenkt. Nun schweiften ihre Gedanken endgültig ab, und die eigenen Sorgen und Fragen übernahmen wieder das Zepter. Würde sie einen guten Eindruck machen? Würden ihr Fragen gestellt, auf die sie keine befriedigende Antwort hätte? Aber vor allem: War es richtig, dass sie Marek nichts von ihrem Plan erzählt hatte? Ihre Augen folgten einer Fliege, die auf dem Kopftuch der Frau spazierte, innehielt, zur Stirn wanderte und von einer Handbewegung der Frau verscheucht wurde. Sie flog mit einem leisen Plopp gegen die Fensterscheibe, verharrte einen Moment, als ob sie sich vom Aufprall erholen müsste, und setzte dann ihre ziellose Wanderung fort.

Der Zug fuhr mit metallisch lärmenden Bremsen in Chur ein. Mit einem knappen Gruss verabschiedete sich Sofia mit vorgespielter Eile von der älteren Frau, die ihr mit einem Kopfschütteln nachschaute, als ob sie die Unfreundlichkeit der heutigen Jugend nicht fassen könnte. Aber Sofia hatte Zeit. Fast noch eine Stunde. Sie wollte nicht zu früh zum vereinbarten Termin erscheinen, das wäre ebenso unhöflich, wie zu spät zu kommen. Auf dem Bahnhofvorplatz blieb sie stehen und überlegte, wie sie die Zeit nutzen könnte, um ruhiger zu werden. Wenn nur schon alles vorbei wäre. Der Kloss im Hals liess sich einfach nicht herunterschlucken, die Leere in ihrem Kopf machte ihr Angst. Sie hatte das Gefühl, nichts aufnehmen zu können, keine Fragen, keine beiläufigen Bemerkungen, keine Gesten, und erst recht zu keiner vernünftigen Antwort fähig zu sein. Fast wollte sie den nächsten Zug nach Hause nehmen. Doch es gab kein Zurück. Sie musste das Ganze durchstehen. Schliesslich ging es um ihre Zukunft. Und um die von Katarina und Marek und ihrem Vater.

Sie ging die Bahnhofstrasse hinauf. Als sie von Weitem einen Bekannten entdeckte, bog sie nach links ab, fort von der Bahnhofstrasse hinüber zum Quaderschulhaus. Sie hatte keine Lust, jemandem zu erklären, wohin sie unterwegs war. Auf der Quaderwiese waren alle Bänke besetzt. Einen Moment lang blieb sie stehen, atmete tief durch. Es half nichts. Die Nervosität blieb. Sie ging weiter, machte einen Bogen um den Postplatz, um keinem ihrer Mitschüler zu begegnen, die oft am Samstagnachmittag im Restaurant Calanda ein Bier tranken. Sie nahm die Reichsgasse und bog in die Planaterrastrasse ein, hinauf zur Kantonsschule und dem Konvikt. Dort hatten die meisten ihrer männlichen Schulkameraden ihre Unterkunft. Es war ein mächtiger Bau mit einem tiefroten Ziegeldach. Zum Hang hin erhob sich, halb versteckt durch das Hauptgebäude, ein hoher viereckiger Turm mit einem Zeltdach. Stadtwärts machte ein halbrunder, mit hohen Fenstern versehener Vorbau auf der linken Seite aus dem Gebäude eine L-Form. Die danebenstehende Kantonsschule, die nicht minder gross, aber schlichter war, hatte Mühe, sich gegen so viel Dominanz zu behaupten. Sofia malte sich aus, dass im Konvikt ein strenger Patriarch herrsche, dessen Schritte beim täglichen, auf Regelverstösse achtenden Kontrollgang hart auf dem Steinboden aufschlugen und widerhallten.

Heute bedachte sie ihre Lehrstätte nur mit einem flüchtigen Blick. Sie ging weiter nach rechts, zwischen der Kathedrale und dem bischöflichen Schloss hindurch auf den Hofplatz. Wie sie gehofft hatte, war niemand dort. So konnte sie sich noch ein paar Minuten ungestört sammeln. Sie setzte sich auf den Rand des Marienbrunnens unter den Linden und liess ihre Hand ins Wasser gleiten. Das kühle Nass würde sie vielleicht beruhigen. Aus dem Schloss trat ein schwarz gekleideter Priester und hastete hinüber zur Kathedrale. Er warf ihr einen neugierigen Blick zu, und seine Schritte verlangsamten sich, als ob er sie ansprechen wollte. Sie senkte die Augen und plätscherte mit der Hand im Wasser, schaute ihm heimlich nach, bis er hinter dem Kirchenportal verschwunden war.

Vielleicht lugte ein alter Pfarrer, versteckt hinter weissen

Vorhängen, aus einem der ehemaligen Domherrenhäuser und fragte sich, auf wen diese junge Frau wartete. Sie musterte die Fenster, doch nichts bewegte sich. Auch der Bischof in seinem Schloss schien ein Mittagsschläfchen zu halten. Ein Schloss stellte sich Sofia eigentlich etwas eindrücklicher vor, mit vielen Türmchen und Ornamenten über den Fenstern, nicht nur mit den wenigen Stuckverzierungen an der Fassade des Haupteinganges. Vielleicht waren die Innenräume reicher ausgeschmückt. Aber das wusste sie nicht. Drinnen war sie noch nie gewesen.

Die Kirchenuhr zeigte Viertel vor zwei. Wenn sie ganz langsam, ohne Eile die Hoftreppe hinunterginge, käme sie gerade pünktlich. Sie wartete noch ein paar Minuten, dann stand sie auf, trocknete die Hand an ihrem Schal ab und machte sich auf den Weg.

Ihre Hände zitterten, als sie kurz vor zwei die Tür zum Rathaus aufstiess. Sie ging die breite Treppe hinauf in den ersten Stock und den Flur entlang zum letzten Zimmer auf der linken Seite, so wie es das Schreiben des Schulratspräsidenten erklärt hatte. Die Tür war angelehnt, das Brummeln einer Männerstimme war zu hören. Wieder zögerte sie, dann atmete sie nochmals tief ein, hob die rechte Hand und klopfte. Als ein barsches «Herein» ertönte, trat sie ein.

Zwei Männer blickten ihr entgegen. Sie sassen an einem langen Holztisch, mit dem Rücken zu den Fenstern. Beide trugen dickwollige braune Tschopen über gleichfarbigen Westen und schwarze Krawatten, wenn auch die Jacke des älteren von einem helleren Beige war als die seines Kollegen. Er hatte einen kurz geschnittenen grauen Bart und eine Halbglatze. Sein braun gebranntes Gesicht war von Falten durchfurcht, auf seinem Kopf zeigten sich dunkle Hautverfärbungen. Eine dicke Brille sass ganz vorne auf der Nase. Er paffte an seiner Pfeife. Der Tabak roch süsslich. Der andere hatte den Stuhl etwas vom Tisch weggerückt, die Hände über dem Bauch gefaltet und die Beine übereinandergeschlagen. Er sass da, als ob er sich auf eine Aufführung des Dorftheaters freue. Sein leicht geöffneter Mund liess gelb verfärbte Zähne sehen.

«Guten Tag, Fräulein Caderas. Kommen Sie näher», sagte der Ältere, als Sofia unsicher stehen blieb.

«Guten Tag», sagte sie mit bemüht fester Stimme.

«Setzen Sie sich.» Er zeigte auf einen kleinen Tisch und einen Stuhl ihm gegenüber.

Sie nahm Platz.

«Mein Name ist Pfister. Ich bin der Präsident des Schulrates. Und das ist Herr Altmann, ebenfalls vom Schulrat. Sie möchten also bei uns an der Primarschule unterrichten.»

Es war mehr eine Feststellung als eine Frage. Herr Pfister blickte Sofia durch seine dicken Brillengläser prüfend an. «Warum ausgerechnet bei uns?»

Sofia zwang sich, ihren erstarrten Kiefer zu lockern. «Ich bin nächsten Sommer mit der Ausbildung fertig. Bei uns im Tal wird aber keine Stelle frei. Und als ich Ihre Stellenanzeige in der Zeitung gelesen habe, habe ich mich beworben. Ich kenne Chur gut, und es gefällt mir hier.»

Sofia kamen ihre Ausführungen dumm und banal vor. Die beiden Männer verzogen keine Miene.

«Sie sind noch sehr jung, haben keine Berufserfahrung. Das Unterrichten ist keine einfache Sache, vor allem für Frauen nicht. Trauen Sie sich das zu, Fräulein Caderas? Wir haben einige Buben hier, die eine feste Hand benötigen. Glauben Sie, dass Sie die nötige Strenge mitbringen, um sie im Griff zu haben?»

Sofia nickte energisch. Als Herr Pfister sie immer noch erwartungsvoll anschaute und sich mit dem Nicken nicht zufriedengab, sagte sie: «Es ist mir klar, dass die Knaben eine Strafe erhalten müssen, wenn sie nicht gehorchen oder faul sind.»

«Auch mal mit dem Stock?»

Sofia konnte sich nicht vorstellen, dass sie einen Schüler mit dem Stock züchtigen würde, obwohl sie wusste, dass ein Schlag auf die Hand oder den Hosenboden von manchen Lehrern als Strafe durchaus üblich war. Das hatte sie selbst miterlebt. Doch sie antwortete mit bestimmter Stimme: «Wenn es nötig ist.»

Herr Pfister wechselte einen Blick mit seinem Schulratskollegen. Dieser verzog das Gesicht, als wollte er ausdrücken, dass er immer noch der Meinung sei, dass sich Frauen nicht als Primarlehrerinnen eigneten.

«Die Mädchen sind sicher auch froh, wenn sie von einer Lehrerin unterrichtet werden», sagte sie ungefragt.

Das trug ihr einen missmutigen Blick von Herrn Altmann ein.

Herr Pfister legte seine Pfeife auf den Tisch. «Sie haben gute Noten. Ausser in Mathematik. Aber die Erstklässler müssen ja noch keine Algebra lernen, nicht wahr?»

Dankbar nahm Sofia sein Lächeln entgegen.

«Selbstverständlich würden wir Sie nur bei den Erstklässlern einsetzen. Zumindest so lange, bis wir sicher sind, dass Sie vielleicht auch eine zweite Klasse unterrichten können. Die Anstellung würde vorerst ein Jahr dauern.»

Wieder nickte Sofia. Sie kam sich vor wie ein einfältiges Schaf, das zu allem Ja und Amen sagte.

«Sie wissen, dass Sie in Chur wohnen müssen, wenn Sie bei uns angestellt sind. Die Witwe Schmid in der Vazerolgasse hätte ein Zimmer frei. Sie ist meine Cousine, ich kann sie also nur empfehlen. Sie ist nett und kocht gut. Und es kostet auch nicht viel. Wäre Ihnen damit gedient? Sie würde sich sicher freuen über eine weibliche Untermieterin.»

Nun war es so weit. Sofia musste mit der Wahrheit herausrücken. Herr Pfister machte einen netten Eindruck. Vielleicht hatte er Verständnis.

«Ich bräuchte vielleicht zwei Zimmer oder eine kleine Wohnung. Weil …», sie holte tief Luft, «… ich habe eine kleine Tochter.»

Die Männer blickten sie verdutzt an. Herr Pfister stöberte in Sofias Unterlagen. «Davon steht hier nichts.»

«Sie heisst Katarina und ist fast zwei Jahre alt.» Sofia mühte sich ein fröhliches Lächeln ab.

«Ich dachte, Sie seien ledig.»

«Ja, das bin ich.» Herrn Altmanns Stirnrunzeln liess ihre Stimme zittern. Seine Frage kam hart und heftig: «Weshalb sind Sie nicht verheiratet?»

«Wir dürfen nicht heiraten.»

«Wie das?»

«Mein … äh … Katarinas Vater … ist polnischer Internierter.»

Mit einem Mal fühlte sich Sofia an das polizeiliche Verhör vor bald drei Jahren zurückversetzt. Die böse Erinnerung stieg in ihr hoch, wie Wachtmeister Kunz sie nach ihrer Beziehung zu Marek ausgefragt hatte und selbst intimste Sachen wissen wollte. Hier in diesem Gebäude, in dem sie jetzt von diesen beiden Männern befragt wurde, hatte Marek damals seinen Arrest absitzen müssen, ganz oben im Dachstock, als Strafe für die Beziehung zu ihr.

Herr Altmann stiess heftig den Atem aus. Sofia bemühte sich, sich nicht von seinem vielsagenden Zusammenziehen der Augenbrauen erdrücken zu lassen. Sie straffte die Schultern. Dann liess er sich zum ersten Mal vernehmen. «Kürzlich habe ich gehört, dass ein Pfarrer von der Kanzel herab über die Internierten gewettert hat. Sie verführten unsere jungen Mädchen, hat er gesagt. Er hat nicht unrecht damit, scheint's.»

Herr Pfister blickte seinen Kollegen tadelnd an, als ob eine solche Bemerkung in einem Bewerbungsgespräch nichts zu suchen hätte. Doch auch seine Miene drückte Bedauern aus, sein Lächeln war verflogen. Sofia wusste nicht, ob von ihr eine Antwort, eine Rechtfertigung erwartet wurde. Mit zusammengepressten Lippen versuchte sie, das Zucken ihrer Mundwinkel zu unterdrücken. Als spüre Herr Pfister ihre Verzweiflung, sagte er: «Auf dem Bauernhof meines Schwagers arbeitet auch ein polnischer Internierter. Mein Schwager ist sehr zufrieden mit ihm. Er sei arbeitsam und sauber und höflich.»

Herr Altmann schnaubte verächtlich. «Nett sind sie sicher. Vor allem bei den Frauen.» Dann stutzte er und kratzte sich am Kopf, als ob er sich an etwas zu erinnern versuchte. «Gab es hier in Chur vor zwei, drei Jahren nicht schon mal so eine Beziehung einer Primarlehrerin zu einem Internierten? Ich glaube, die bekamen auch einigen Ärger.»

«Ja, das stimmt. Die Frau wurde deshalb nicht in den militärischen Frauenhilfsdienst aufgenommen.»

Da wurde Sofia klar, dass das Gespräch die Wendung bekommen hatte, die sie befürchtet hatte. Nicht mehr ihre fachlichen Fähigkeiten waren wichtig, sondern ihre Familiensituation. Mit einem Mal fühlte sie sich unsäglich müde. Sie wollte nur noch weg aus diesem Zimmer, fort von Herrn Altmanns hartherzigem Blick und dem Gespräch, das sich erschöpft hatte.

Herr Pfister stellte noch einige belanglose Fragen, als wolle er Sofia einen guten Abgang ermöglichen. Was ihr Vater beruflich mache? Wie es ihr am Seminar gefalle? Ob die Obsternte im Domleschg zufriedenstellend ausgefallen sei? Dann endlich stand er auf.

«Ich danke Ihnen für Ihr Kommen, Fräulein Caderas. Wir melden uns dann bei Ihnen.»

Hastig erhob sie sich und ergriff seine ausgestreckte Rechte. Herr Altmann hob nur leicht die Hand und murmelte ein Adieu.

«Vielen Dank, Herr Pfister, vielen Dank, Herr …» Vor

Verwirrung und Erschöpfung kam ihr der zweite Name nicht mehr in den Sinn. Sie stolperte zur Tür, ohne sich nochmals umzuschauen. Mit brennenden Augen eilte sie hinaus auf die Strasse, lehnte sich an eine Hauswand und sog tief Luft ein. Das Gespräch hatte keine halbe Stunde gedauert.

17

Sofia schob den Brief in die Schublade, als sie Marek kommen sah. Er wirbelte mit dem Fuss dürre Blätterhaufen auf. Kurz darauf trat er in die Stube.

«Papa», rief Katarina mit strahlenden Augen und liess die Malstifte fallen.

«Mein Goldstück.» Er herzte sie mit schnellen, schmatzenden Küssen.

Sie quietschte vor Vergnügen, während sie versuchte, Mareks Kopf zu umfassen.

«Hilfe, ich kann mich nicht mehr bewegen», rief er mit gespielter Verzweiflung, was Katarina zu weiterem Kichern veranlasste.

«Zeig Papa, was du für ihn gemalt hast», sagte Sofia. Katarina löste ihren Griff und drängte auf den Boden.

«Schau, Papa. Eine Blume mit ganz grossen Blättern und einer Spinne drauf.»

Bevor Marek die Zeichnung gebührend bewunderte, nahm er Sofias Gesicht in die Hände und küsste sie.

«Ich habe dich vermisst, *kochanie*.»

«Hast du die Zeit wieder mit einem Tanzanlass überbrückt?», fragte Sofia halb scherzend. Sie hatte mit Marek geschimpft, als er ihr von dem turbulenten Abend in Thusis erzählt hatte. Nicht, weil er ohne sie tanzen war. Das mochte sie ihm gönnen. Aber dass er den Ausgangsrayon verlassen hatte, war dumm gewesen. Das hätte eine Bestrafung nach sich ziehen und das Heiratsgesuch negativ beeinflussen können. Dieses hatte sie am Tag nach dem Bewerbungsgespräch eingereicht. Ohne Marek etwas zu sagen.

«Ich tanze mein ganzes Leben lang nur noch mit dir, *kochanie*.»

Sofia wollte antworten, dass er nicht zu viel versprechen solle, als ihr Vater eintrat.

«Guten Tag, Marek. Wie geht es dir? Denkst du immer noch an den Fall von Warschau zurück?», fragte er.

«Natürlich. Wie könnte ich auch nur eine Minute nicht daran denken? Es ist einfach schrecklich.»

Nur wenige Wochen nach dem Beginn des Aufstandes der polnischen Heimatarmee hatte die deutsche Wehrmacht Warschau zurückerobert. Sie hatte alle Aufständischen erschossen, auch wenn sie verletzt waren oder sich ergeben wollten. Doch nicht nur sie wurden ermordet. Die Deutschen hatten auch Frauen, alte Menschen, Kinder, Kranke niedergemacht. Mit schwerer Artillerie und Bombardierungen aus der Luft hatten sie die Stadt vollständig zerstört und ein Trümmerfeld hinterlassen. Zehntausend Menschen seien gestorben, hiess es. Vielleicht sogar Hunderttausende.

«Die Russen haben nur zugeschaut. Sie haben an der Weichsel gewartet, bis die Deutschen alle getötet haben. Warum nur? Ich verstehe das nicht. Warum wollen sie Polen zerstören?»

«Ist Papa traurig?», fragte Katarina und versuchte, Marek auf den Schoss zu klettern.

Er hob sie hoch und drückte sie an sich. «Ja, meine Kleine.»

«Warum?»

«Weil die Menschen böse sind.»

«Warum sind die Menschen böse?»

«Ich weiss es nicht, mein Schatz.»

«Nicht alle Menschen sind böse, Katarina», mischte sich Sofia ein. «Papa und Mama und Leonora und Grosspapa sind lieb und ganz viele andere Menschen auch. Komm, wir spielen zusammen.»

Katarinas Miene hellte sich auf. Sie rutschte von Mareks Schoss, setzte sich auf den Boden und suchte die bunten Bauklötze zusammen, die sie zuvor über den ganzen Fussboden verteilt hatte.

«Wir zwei machen einen gaaanz grossen Turm.»

«Ja, Mama, grösser als Katarina.»

Marek und Josef Caderas beobachteten eine Zeit lang, wie der Turm wuchs, umfiel und von Neuem aufgebaut wurde. Dies wiederholte sich mehrere Male.

Dann räusperte sich Josef Caderas. «In Warschau haben euch die Russen nicht geholfen. Ausserdem wird Stalin den Ostteil von Polen nicht mehr aufgeben. Roosevelt und Churchill haben ihm diesen schon zugesprochen. Dein Heimatdorf liegt jetzt in von Russen kontrolliertem Gebiet. Willst du tatsächlich unter russischer Herrschaft leben? Nach allem, was die Russen deinem Volk angetan haben?»

Sofia wagte kaum zu atmen. Ihr Vater sprach aus, was ihr seit Wochen durch den Kopf ging. Sie blickte nicht auf, hörte nur Mareks Schnaufen.

Katarina legte ein weiteres Klötzchen auf den Turm. Er brach erneut zusammen.

«Nochmals», rief sie fröhlich.

«Ich vermisse meine Heimat so sehr», sagte Marek fast flüsternd. «Ich habe meine Familie seit fünf Jahren nicht mehr gesehen. Ich weiss kaum mehr, wie sie aussehen.»

Die Trauer in Mareks Stimme und seine Sehnsucht schnürten Sofia die Kehle zu. Doch sie hatte sich entschieden. Sie wollte nicht in Polen leben. Sie wollte hierbleiben. Mit Katarina. Auch auf die Gefahr hin, dass ihre Tochter als Polenkind oder noch Schlimmeres beschimpft würde. Das konnte geschehen, da machte sich Sofia nichts vor. Vor allem, wenn Katarina vaterlos aufwuchs. Ihre Tochter würde sich ein dickes Fell zulegen und lernen müssen, sich gegen Beleidigungen zu wehren oder diese zu ertragen. Sie würde versuchen, Katarina zu einer starken, selbstbewussten Persönlichkeit zu erziehen. Viel mehr, als sie selbst eine war.

Katarina hatte genug vom Turmbau. Sie versuchte, ein Bauklötzchen auf dem Boden in eine kreiselnde Bewegung zu bringen.

«Ich will beim Aufbau meines Landes helfen.»

Welcher Aufbau?, wollte Sofia fragen. Doch sie tat es nicht. Stattdessen sagte sie mit einem tiefen Atemzug: «Ich habe ein Heiratsgesuch eingereicht.»

Jetzt war es raus.

Ein erfreutes Lächeln zeigte sich auf Mareks Gesicht, doch sie sprach rasch weiter: «Du weisst, dass Katarina und ich das Schweizer Bürgerrecht verlieren, wenn ich dich heirate. Wir könnten nach dem Krieg alle drei ausgewiesen werden. Es sind so viele fremde Menschen bei uns, und die Stimmung ihnen gegenüber ist ...», sie zögerte kurz, «nicht so gut. Viele wollen die Flüchtlinge nach dem Krieg wieder loswerden, die Polen, die Italiener, die Juden. Auch dich. Und ich müsste mitgehen mit dir, weil ich dann eine Ausländerin wäre. Deshalb weiss ich nicht, ob ich wirklich heiraten möchte, auch wenn wir die Erlaubnis bekommen.»

Sofia hatte den Kopf gehoben und blickte Marek betrübt an. «Ich bin so verzweifelt. Mir dreht sich alles im Kopf. Katarina soll nicht als Kind einer ledigen Frau aufwachsen. Das will ich auch nicht. Aber wenn ich dich nicht heirate, bleibe ich Schweizerin und kann hierbleiben, hier in Graubünden, bei Vater. Was soll ich nur tun?»

«Ich liebe dich, Sofia. Und auch meine Tochter Katarina. Du kannst sie mir nicht wegnehmen. Ich würde dran sterben. Aber ... mein Herz sehnt sich nach Polen.»

Katarina hatte begonnen, die Klötzchen in die Luft zu werfen. Mit einem harten Klacken fielen sie auf den Boden zurück und liessen das Mädchen jedes Mal zusammenzucken, obwohl sie das Geräusch erwartete.

«Ausserdem kann ich Vater nicht alleine zurücklassen.» Mit diesem Argument hatte Sofia lange gewartet. Sie fühlte sich nicht wohl dabei. Schliesslich müsste Marek seine Eltern auch alleine lassen, wenn er in der Schweiz bliebe, und würde sie vielleicht nie wiedersehen.

Josef Caderas sah auf. «Auf mich müsst ihr keine Rücksicht nehmen. Natürlich würde ich mich freuen, wenn ich euch alle drei um mich hätte, doch das darf nicht eure Entscheidungsgrundlage sein. Auf keinen Fall. Es ist euer Leben. Entscheidet, ohne an mich zu denken.»

Sofia stand auf und trat ans Fenster. Satt und rund hingen die Äpfel an den Bäumen und sogen die letzte herbstliche Sonnenwärme in sich auf.

«Ich habe mich für eine Stelle als Lehrerin beworben. In Chur. Doch sie haben mich nicht genommen. Aber ich bin sicher, dass ich irgendwo eine Anstellung bekommen werde. Wenn nicht in Graubünden, dann vielleicht in Zürich.»

Drei Wochen hatte Sofia warten müssen. Mit jedem Tag war das Bangen grösser und das Hoffen kleiner geworden. Dann war der Brief mit dem Wappen der Stadt Chur eingetroffen. Erst am Abend hatte sie gewagt, ihn zu öffnen. Im Schreiben stand, dass eine andere Bewerberin vorgezogen worden sei. Ohne Begründung.

Katarina kickte nun die Klötzchen über den Fussboden. Die schleifenden Geräusche erschienen Sofia im erdrückenden Schweigen übermässig laut. Als sie sich umwandte, schlug ihr Mareks fassungsloses Gesicht entgegen. Sie hätte es lieber gehabt, wenn er wütend geworden wäre. Er hatte allen Grund dazu: Sie hatte sich um eine Stelle beworben, ohne ihm etwas davon zu sagen. Sie hatte ihm deutlich gemacht, dass sie in der Schweiz bleiben wolle. Und sie hatte gesagt, dass sie ihn vielleicht nicht heiraten wolle, obwohl sie – ohne sein Wissen – ein Heiratsgesuch eingereicht hatte. Seine Augen wurden feucht. Seine Brust hob und senkte sich heftig. Sie machte einen Schritt auf ihn zu, wollte ihn umarmen, doch dann stand er unvermittelt auf.

Seine Stimme hörte sich an, als würde ihm jemand den Hals zudrücken: «Ich … ich bin …» Er stockte und schloss die Augen.

Vergeblich versuchte sie, ihren Herzschlag zu beruhigen. Katarina schaute unsicher von ihr zu Marek und wieder zurück zu ihr und klopfte mit einem Klötzchen auf den Boden. Es kam Sofia vor wie Hammerschläge.

«Möchtest du mit Papa spazieren gehen, Katarszina?» Mareks Frage kam völlig überraschend.

«Oh ja!», rief Katarina und sprang auf.

«Aber …», setzte Sofia an. Er konnte doch jetzt nicht einfach fortgehen.

Mareks Blick liess sie verstummen und machte ihr klar, dass er schockiert und verzweifelt war und sich verraten fühlte.

«Gehen wir zu den Geissen? Ich möchte sie streicheln.» Katarina verschwand im Flur.

Marek zögerte einen Moment, als wolle er etwas sagen oder tun. Seine Mundwinkel zitterten. Doch dann verliess er ohne ein weiteres Wort die Stube. Vom Flur her war Katarinas Plappern zu hören, die die Namen der Geissen aufzählte, während sie Schuhe und Jacke anzogen. Dann ging die Tür, und Katarinas Stimme verklang.

Sofia kam sich mit einem Mal egoistisch vor. Doch weshalb? Hatte sie nicht das gleiche Recht, ihr Leben nach ihren Wünschen zu führen, wie Marek? Der Klumpen in ihrem Bauch wurde schwerer und schwerer, als wollte er sie zu Boden drücken. Verzweifelt blickte sie zu ihrem Vater. Sie brauchte dringend einen Menschen, der sie verstand und sie unterstützte. Sonst würde sie zusammenbrechen.

«Komm her», sagte er. Sie setzte sich zu ihm und lehnte den Kopf an seine Schulter.

«Bin ich ein schlechter Mensch?», flüsterte sie.

Er legte den Arm um sie. «Es wird alles gut, Sofia. Es

wird alles gut.» Er strich ihr übers Haar. «Marek ist ein guter Mann. Das weisst du.»

«Ja, das weiss ich. Und er ist ein wunderbarer Vater.» Sie löste sich aus seiner Umarmung. «Was ist, wenn wir die Heiratserlaubnis bekommen? Soll ich Marek dann heiraten? Ach, Papa, ich weiss gar nicht mehr, was ich tun soll. Warum nur macht man es uns so schwer?»

«Habe Geduld, mein Kind. Die Zeit wird eine Lösung bringen. Glaub mir.»

Sofia blickte ihn zweifelnd an. Sie sah keine Lösung. Doch die Zuversicht und Zärtlichkeit in seiner Stimme taten ihr gut wie leise einsetzender Regen ausgetrockneter, aufgesprungener Erde.

18

Marek starrte aus dem Fenster hinauf zum hell scheinenden Mond, dem nur zwei Tage zur vollen Rundung fehlten. Eine verhalten friedliche Stimmung erfüllte die Soldatenstube, wenn auch nicht Mareks Innerstes. Aus dem Radio ertönten leise amerikanische Schlager. Seine Kameraden schrieben Briefe mit Weihnachtswünschen in der Hoffnung, dass diese den weiten Weg zu ihren Familien in der Heimat rechtzeitig schaffen würden. Dimitri las das Neuste aus der Interniertenzeitung vor. Es waren erfreuliche und besorgniserregende Neuigkeiten zugleich. Roosevelt war vom amerikanischen Volk für eine weitere Amtszeit gewählt worden. Hitler hatte seine traditionelle Ansprache im Münchner Bürgerbräukeller abgesagt, zum ersten Mal seit der Machtergreifung der Nationalsozialisten, was darauf schliessen liess, dass selbst der Führer den Krieg für verloren betrachtete. Das waren die erfreulichen Nachrichten. Dass Stalin in einer für den wortkargen Diktator ungewohnt ausführlichen Rede erklärt hatte, dass sich Amerika, das Vereinigte Königreich und Russland über die politische Nachkriegsordnung einig seien, liess kein polnisches Herz unberührt.

«Dann haben wir Ostpolen endgültig an Stalin verloren», murmelte Karol, der Chorleiter, mit grimmiger Miene. «Und im Westen haben die Kommunisten die Macht übernommen, die sich an Russland anlehnen wollen wie an einen grossen Bruder. Doch Russland ist ein böser Bruder, obwohl die Rote Armee uns von den Deutschen befreit hat. Aber es ist eine üble Befreiung. Der Beelzebub folgte dem Teufel. Diese Kommunisten, die doch unsere Landsleute sind und sich sogar noch als Patrioten bezeichnen, verraten unser armes Polen. Es ist schrecklich.»

«Pass auf, was du sagst, Karol. Die kommunistische Partei wird unser Land wieder aufbauen und stark machen.» Krystian blickte Karol mit verkniffenen Augen drohend an. Er wollte weiterreden, doch ein scharfes «Keine Politik, meine Herren» von Leonora liess ihn verstummen. Sie hatte verboten, in der Soldatenstube über Polens Zukunft zu politisieren. In letzter Zeit waren die Meinungsverschiedenheiten in kompromisslose Gehässigkeiten und gegenseitige Beleidigungen ausgeartet, einmal sogar in eine Schlägerei. Die Männer schwiegen. Dimitri legte die Zeitung zur Seite.

Marek hatte kaum hingehört, obwohl das Geschehen in seinem Land seine Zukunft mitentschied. Er war des Denkens müde, in seinem Kopf schien alles erstarrt. Er schnitzte an einer handgrossen Vogelfigur, sein Geburtstagsgeschenk für Katarina, die in vier Tagen zwei Jahre alt wurde. Jede einzelne Feder sollte zu sehen sein, die perlgrossen Augen wie lebendig wirken, die Füsse gerade so zart werden, dass sie bei der ungelenken Berührung durch eine Zweijährige nicht zerbrachen.

Seit ihm klar geworden war, dass Sofia nicht nach Polen mitkommen würde, hatte er aus dem schwarzen Loch nicht mehr herausgefunden. Er sprach kaum ein Wort mit seinen Kameraden, auch nicht mit Leonora, er stocherte lustlos im Essen, liess sich von seiner Verzweiflung den Schlaf rauben. Nur der Gedanke an Katarszina und ihr bevorstehender Geburtstag hielten ihn aufrecht. Sein Geschenk sollte etwas ganz Besonderes werden und Katarszina an ihn erinnern, wenn er vielleicht nicht mehr da war.

Marek hatte sich in die hinterste Ecke gesetzt. Seine Seele war von einem dunklen Schleier bedeckt, den auch die Erwartung des baldigen Endes des Krieges und der Internierung nicht wegreissen konnte. Denn unvermeidlich kam die Forderung nach einer Entscheidung auf ihn zu. Die Luft zum Atmen blieb ihm weg, wenn er daran dachte, seine Heimat aufzugeben. Ebenso verzweifelt war er, wenn er sich vorstellte, Sofia und Katarszina zu verlieren.

Mit einer hastigen Bewegung leerte er das Glas und suchte Leonoras Blick, um mit der erhobenen Hand noch ein Bier zu bestellen. Es war das fünfte oder sechste. Leonora verzog ablehnend das Gesicht, doch er beachtete es nicht, senkte den Kopf, um weiterzuschnitzen.

«Ach, Marek, es tut mir weh, dich so traurig zu sehen», ertönte ihre Stimme neben ihm. «Der Krieg ist bald vorüber. Dann seid ihr wieder frei. Freust du dich denn gar nicht?»

Marek antwortete nicht, blickte auch nicht auf. Sicher hatte Sofia ihr gesagt, dass sie ihn lieber verlassen, als mit ihm weggehen würde. Da musste es für Leonora nachvollziehbar sein, dass Trauer und Verzweiflung ihn fast auffrassen. Marek wollte zum Bier greifen, doch als er aufsah, stand immer noch das leere Glas vor ihm. Er starrte Leonora zornig an.

«Ich gebe dir gerne noch einen Kaffee, Marek. Aber keinen Alkohol mehr.»

Wut stieg in ihm auf. Er konnte nicht anders, er musste seinen Zorn hinauslassen, auch wenn er Leonora traf, die doch nichts dafürkonnte, dass er sich verlassen, ausgenützt und unverstanden fühlte.

«Warum muss ich mich immer bevormunden lassen? Kann ich nicht selbst entscheiden, wann ich genug habe? Immer wollen andere über mich, über mein Leben bestimmen. Die Russen haben mich zur Flucht getrieben, die Deutschen mich in die Internierung gejagt, die Schweizer halten mich seit Jahren in Arbeitslagern fest, beuten mich aus und schimpfen mich einen Polacken. Ich komme mir vor wie ein Hund, der mit Knüppeln und Fusstritten von einer düsteren Ecke in die andere gejagt wird, überall nur stört und lästig ist. Meine einzige Freude in diesen Jahren waren Sofia und Katarszina. Doch jetzt will mich auch Sofia nicht mehr. Auch sie schickt mich fort aus ihrem Leben.»

Leonora erschrak sichtlich. Hastig legte sie ihre Hand auf Mareks Arm. Er schüttelte sie ab.

«Das stimmt nicht. Das ist ungerecht. Sofia will dich nicht fortschicken. Sie würde gerne mit dir zusammenbleiben. Aber sie will ihre Heimat nicht verlassen.»

«Sie denkt nur an sich. Es ist ihr egal, wie es mir geht. Sie will ihre Heimat nicht aufgeben, aber ich soll es tun. Sonst nimmt sie mir Katarszina weg.»

Er fuhr mit dem Zeigefinger zärtlich über den Vogel. Doch durch den Tränenschleier konnte er ihn nur verschwommen wahrnehmen. Leonora berührte seine Schulter. Wieder reagierte er unwillig.

«Kannst du dir denn nicht vorstellen, dass Graubünden deine Heimat werden könnte? Sind wir denn so schlechte Menschen?», fragte sie.

Marek schwieg. Er hätte sagen können, dass er sich nicht willkommen fühlte, dass er oft böse Bemerkungen ertragen musste. Doch was hatte das für einen Sinn? Es würde Sofias Entscheidung nicht ändern. Er setzte das Messer wieder an. Ein Schluchzen, das unkontrolliert aus seinem Innern kam, liess es abrutschen, und ein Schmerz durchfuhr Marek. Weiss zeichnete sich ein fast zentimeterlanger Schnitt unterhalb des linken Daumens ab. Dann trat Blut heraus, erst zögerlich, dann stärker.

«Ich hol Verbandszeug», sagte Leonora und eilte zur Theke.

Er betrachtete bewegungslos, wie das Blut in einem dünnen Rinnsal über die Hand floss, die Unterseite des Vogels beschmutzte und in seinen Ärmel lief. Schon war Leonora wieder da und wollte ihm ein Stück Stoff auf die Wunde drücken. Doch Marek riss ihr den Lappen aus der Hand.

«Lass mich in Ruhe», rief er. «Lasst mich endlich alle in Ruhe!»

Er wischte heftig das Glas vom Tisch, das klirrend am

Boden zerbrach, und stand so hastig auf, dass der Stuhl umfiel. Leonora wich erschrocken zurück. Ohne die verwunderten Blicke seiner Kameraden oder die besorgten «Marek»-Rufe von Leonora zu beachten, stürmte er nach draussen. Den Schmerz in der Hand spürte er kaum. Er war nichts gegen denjenigen in seinem Herzen.

Beissende Kälte schlug ihm entgegen. Achtlos steckte er den blutbefleckten halb fertigen Vogel in seine Hosentasche und presste mit der Faust das Stoffstück auf die Wunde. Er musste raus aus diesem Lager, irgendwohin gehen, wo er sich die Verzweiflung aus der Seele schreien konnte. Er eilte zum Tor, wo der Wachsoldat kurz und uninteressiert aus seinem Wachhäuschen aufblickte. Dann senkte er wieder den Kopf, als ob er weiterlesen oder weiterschlafen wolle, und Marek hastete hinaus auf die Landstrasse.

Er schlug den Weg nach Rodels ein. Er musste zu Sofia. Er musste ihr sagen, dass Katarszina nicht ohne Vater aufwachsen dürfe. Dass Katarszina in Polen ein besseres Leben haben würde als in der Schweiz, wo sie als Polenkind verrufen wäre. Und dass er das Recht habe, seine Tochter aufwachsen zu sehen.

Rasch setzte sich ein Fuss vor den anderen. Wie unendlich viele kleine, erbarmungslose Blitze flackerten die Sterne am Himmel. Der Ruf einer Eule ertönte. Zuerst nahm er ihn gar nicht wahr, erst, als er mit dem Fuss einen Stein in klackerndes Holpern brachte, hörte er das klagende, lang gezogene Rufen. Das Rauschen des Flusses kam näher. Seine Schritte wurden langsamer. Vielleicht schlief Sofia schon. Vielleicht würde er die falschen Worte wählen, die jede kleinste Hoffnung auf ein gemeinsames Leben zerstören würden. Marek torkelte. Doch nicht wegen des Alkohols. Es war die Kälte, die ihn von innen und aussen ergriff und seine Bewegungen steif werden liess. Er trug keinen Mantel, keine Mütze. Nur das Stück Stoff an seinen Händen war warm. Marek blieb stehen und löste es von der Wunde. Immer noch trat Blut hervor, der Stoff war dunkel geworden. Warum war er nicht auch geflohen wie Tadeusz? Dann hätte er sein Blut sinnvoll für sein Vaterland opfern können. Er warf den blutigen Fetzen fort und ging unschlüssig weiter. Kleine rote Tropfen fielen auf den Weg, ohne dass er es bemerkte. Ein Gedanke machte sich in seinem Kopf breit, nahm immer mehr Raum ein, und als er die Brücke erreichte, schien alles plötzlich klar und einfach.

Langsam glitt seine rechte Hand über das Geländer. Als der Zeigefinger einen Holzsplitter erspürte, der nadelspitz hervorstand, hielt sie kurz inne. Der Finger tastete über die Spitze, drückte sie, widerstand dem Schmerz, verstärkte den Druck, liess den Einstich zu. Der Daumen verrieb den winzigen Blutstropfen auf der Fingerbeere. Dann wanderte die Hand weiter bis zur Mitte des Geländers. Dort blieb sie stehen.

Der Fluss trug Baumstämme mit sich. Wenn einer davon den Kopf träfe, würde er sicher ohnmächtig und still in den Fluten versinken. Er hätte Ruhe vor dieser Zerrissenheit in der Seele, vor der Angst, dieser übergrossen Verantwortung nicht gerecht zu werden und die Liebsten unglücklich zu machen.

Was blieb dem Menschen ohne Heimat? Was blieb, wenn man entwurzelt wurde?

Es war leicht, das Geländer zu übersteigen, die Augen zu schliessen und loszulassen.

Wie viel durfte Sofia von ihm verlangen?

Wenn er nicht mehr da wäre, hätten sie und Katarszina es einfacher. Dann müsste sie keine Rücksicht mehr auf ihn nehmen. Vielleicht würde Sofia einen anderen Mann kennenlernen, einen Schweizer, mit dem sie eine richtige einheimische Familie gründen könnte. Schon bald wäre der Makel wegen Katarszinas polnischem Vater vergessen. Marek erinnerte sich, dass einer seiner Kameraden dies einmal prophezeit hatte. Wer war es gewesen? Krystian? Dimitri? Oder Tadeusz? Er wusste es nicht mehr. Vielleicht war das wirklich die beste Lösung, für Sofia und vor allem für Katarszina. Nein, nicht nur vielleicht, sogar ganz bestimmt. Er zog die Vogelfigur aus dem Hosensack. Sie war nicht fertig geworden. Doch Katarszina würde sich sowieso bald nicht mehr an ihren Vater erinnern. Er warf den Vogel in die Dunkelheit. Dann packte er mit beiden Händen das Geländer und schwang sein rechtes Bein hinüber.

Ein gellender Schrei zerriss die Nacht.

«Neeeiiinnn, Maaareeek. Neeiinn!»

In Bruchteilen von Sekunden rasten ihm die Fragen durch den Kopf, wer ihn da stören wollte, wer ihm bei seinem Tod zusehen und Sofia davon berichten würde. Wie ein hundert Mal verschnellerter Film rasten Erinnerungen an seine Geliebte vor seinem geistigen Auge vorüber, wie sie verlegen gelächelt hatte bei ihrem ersten gemeinsamen Tanz, fröhlich gewesen war, als sie von ihrer Zukunft als Lehrerin sprach, ihm zärtlich ihre gemeinsame Tochter in die Arme gelegt hatte, als sie von Zürich zurückgekommen war. Marek schloss die Augen, um die Bilder zu verdrängen, atmete die Angst vor dem Tod aus, stiess mit dem linken Bein ab, löste seine Hände vom Geländer und – wurde heftig zurückgerissen. Wilde Wut lag in dem Griff, der ihn am Kragen und am Gesäss gepackt hatte und sich durch den Stoff rücksichtslos in die Haut krallte. Das Geräusch von zerreissendem Stoff war zu hören. Völlig überrumpelt von der Attacke und unfähig, die Kontrolle über seinen Körper, die er schon an ein Nichts abgegeben hatte, wieder zurückzuerlangen, stürzte Marek wehrlos wie eine Puppe zurück auf den Boden, schlug mit dem Hinterkopf und dem rechten Ellenbogen auf den Planken der Brücke auf. Vor seinen Augen erschienen stechende Lichtblitze.

«Bist du verrückt?», schrie jemand schrill in sein Ohr und prügelte auf ihn ein.

Marek wehrte sich nicht, spürte die Schläge kaum. Er war ganz benommen, einer Ohnmacht nahe. Die Hiebe wurden rasch kraftlos und weniger, bis nur noch ein Schluchzen zu hören war. Marek zwang sich, die Augen zu öffnen. Es gelang nur langsam, als wehrten sie sich dagegen, wieder in diese Welt zu blicken. Wie durch einen Nebel erkannte er durch den klopfenden Schmerz in seinem Kopf Leonora, die neben ihm auf die Knie gesunken war.

«Bist du verrückt?», wiederholte sie nochmals anklagend, doch diesmal erschöpft und traurig. «Wie kannst du uns so etwas antun? Du dummer, blöder Mensch!»

Wie ein waidwundes Reh starrte sie ihn an, die Mundwinkel tief nach unten gezogen. Haarsträhnen hingen ihr ins Gesicht. Mit einer müden Geste strich sie sie zur Seite. «Ich hasse dich», stiess sie hervor, doch lag keine Überzeugung in ihrer Stimme.

«Ich tue es für Sofia und Katarszina.» Nur mit Mühe brachte Marek die Worte hervor, als hätte er mit dem Sprechen schon abgeschlossen. Warum hatte Leonora ihn gerettet? Jetzt wäre alles vorbei. Er hatte sich auf die grosse Leere gefreut.

«Was?», bellte Leonora mit neu aufgeflammter Wut und boxte ihn heftig in die Seite und auf die Brust. «Was sagst du? Dass du es für Sofia und Katarina tust? Nein, das stimmt nicht. Du tust es nur für dich. Du entziehst dich deiner Verantwortung. Meinst du, dass du die beiden glücklich machst, wenn du ins Wasser gehst? Meinst du das wirklich? Ich hätte nicht gedacht, dass du ein solcher Idiot bist, Marek. Wirklich nicht!» Die Hiebe wichen Tränen. «Geh doch ins Wasser. Mach deine Liebsten unglücklich. Aber wenn du die beiden liebst, tust du es nicht.» Mühsam erhob sie sich.

«Es wäre das Beste für sie.» Er drehte den Kopf zur Seite. Plötzlich schämte er sich.

«Wer sagt das?», fuhr ihn Leonora wieder an. «Nur du. Weisst du, was das Beste für sie wäre? Wenn du hierbleiben würdest. Hier in der Schweiz.» Leonoras Atem ging immer noch heftig, sie wischte sich mit dem Ärmel über das Gesicht.

«Ich weiss ja gar nicht, ob ich hierbleiben kann nach dem Krieg. Die Behörden –»

Leonora unterbrach ihn heftig: «Die Behörden, die Behörden. Es geht nicht um die Behörden. Es geht darum, was du willst, Marek. Sofia liebt dich, das weiss ich ganz bestimmt. Ja, vielleicht gibt es Schwierigkeiten mit der Aufenthaltsbewilligung. Aber wenn ihr verheiratet und eine richtige Familie seid, dann haben sie sicher ein Einsehen.»

«Ich vermisse meine Heimat. Du kannst dir nicht vorstellen, wie fest. Stell dir vor, du müsstest dein Land aufgeben. Würdest du das tun?»

«Menschen sind wichtiger als das Heimatland. Leben kann man überall. Ein geliebter Mensch ist wertvoller als ein ganzes Land. Sei glücklich, dass du Sofia gefunden hast. So hat dieser Krieg für euch beide wenigstens etwas Gutes.» Leonora kniete wieder nieder und legte ihre Arme um Mareks Oberkörper. Fast unhörbar sprach sie weiter: «Der Krieg hat auch mir einen Menschen gebracht, den ich lieb gewonnen habe. Doch er hat mich verlassen. Sein Land und seine andere Liebe waren ihm wichtiger. Ich werde ihn nie wiedersehen. Ich werde immer nur von ihm träumen und mich fragen, wie es gewesen wäre, mit ihm zusammenzuleben. Jetzt aber wird die Erinnerung an ihn mein ganzes Leben überschatten wie ein Phantom. Lass Sofia nicht alleine. Bleib hier, bei ihr.»

Er hörte Leonoras Herz klopfen. Noch immer konnte er keinen klaren Gedanken fassen. Erst langsam begriff er, dass er immer noch da war, auf dieser Brücke, durch deren Boden die Kälte des Wassers aufstieg, unter diesen Sternen, die ihn nicht mehr an kleine Blitze erinnerten, aber auch an nichts anderes. Es waren einfach Sterne. Doch dass Leonora von Tadeusz sprach, diesem harten, kompromisslosen Menschen, der es als seine Bestimmung ansah, für das Vaterland zu kämpfen, das begriff Marek. Langsam schlang auch er seine Arme um sie. Schweigend sassen sie da, minutenlang, in unbequemer Haltung, verkrampft im Körper und in der Seele.

Wieder rief die Eule, gleichgültig oder mitleidig.

Endlich rührte sich Leonora. «Es ist kalt hier. Komm, lass uns zurückgehen.» Sie stand auf. «Sonst holen wir uns noch den Tod», scherzte sie lahm und zog Marek mühsam mit hoch. Er spürte ein heftiges Pochen in seiner linken Hand.

Leonora packte ihn an den Schultern und betrachtete prüfend sein Gesicht. «Versprichst du mir, dass du das nie mehr machst?»

Marek zögerte. Konnte er das wirklich versprechen? Er wusste nicht, ob er genügend Kraft hatte für die vielen Entscheidungen, die auf ihn zukamen. Doch es nützte nichts, Leonora zu beunruhigen.

«Ich verspreche es dir.» Unvermittelt überkam ihn ein heftiges Schluchzen, das seinen ganzen Körper schüttelte, krampfhaft, unkontrolliert.

Wieder zog Leonora ihn an sich. «Scht», flüsterte sie wie zu einem kleinen Kind. «Alles wird gut. Alles wird gut.»

Nach langen, dumpfen Minuten beruhigte er sich.

«Bitte sag Sofia nichts von … von …» Er brachte das Wort nicht über die Lippen.

«Nein, ich sage ihr nichts. Darauf kannst du dich verlassen.»

Sie führte ihn von der Brücke hinunter auf die Strasse zum Lager. Immer wieder stockten sie. Seine Beine wollten kaum gehorchen, fühlten sich schwammig an. Er musste sich auf Leonora stützen wie ein alter, zittriger Mann. Sie brauchten lange für den Rückweg. Nur allmählich schaffte er es, seinen Schritten Festigkeit zu geben. Als sie das Lager erreicht hatten, umfasste Leonora sein Gesicht mit beiden Händen. «Jetzt gehst du schlafen. Und morgen sieht alles schon wieder besser aus. Du und Sofia, ihr habt noch das ganze Leben vor euch.»

Er schloss die brennenden Augen. Das ganze Leben? Doch was für eines? Er zog Leonoras Hände hinunter. Sie erschraken beide, als wenige Meter über ihren Köpfen ein Rauschen zu vernehmen war. Er schaute hoch und erkannte in dem massigen Vogel eine Eule, die stumm in der Dunkelheit verschwand.

Marek hatte das Gefühl, dass Leonora etwas von ihm erwartete, ein Danke oder so. Doch er brachte nichts über die Lippen. Er wusste gar nicht, ob er ihr überhaupt dankbar dafür war, dass sie ihn an seinem Vorhaben gehindert hatte. Wortlos drehte er sich um, liess sie einfach stehen und ging zum Tor. Er wollte nur noch schlafen. Nichts mehr fühlen, nichts mehr denken.

«Gute Nacht, Marek», hörte er wie von ferne. Er war zu müde, um zu antworten.

19

Sofia legte die Zeitung zur Seite. In wenigen Wochen sei der Krieg vorbei, stand da. Die Russen hatten die deutschen Truppen aus ihrem Heimatland vertrieben, Polen und Oberschlesien befreit und die Oder überschritten. Nun standen sie bereits im Nordosten Deutschlands. An der Westfront hatten amerikanische und britische Truppen die Wehrmacht zurückgeschlagen. Kanadische und amerikanische Soldaten waren in breiter Front am linken Rheinufer aufmarschiert und hatten Köln und andere Städte besetzt. Die Luftangriffe auf deutsches Gebiet waren so intensiv wie nie zuvor, die Einnahme des ganzen Landes war nur noch eine Frage der Zeit. Jetzt erfahren die Nazis endlich am eigenen Leib, was sie anderen Menschen zugefügt haben, ging es ihr durch den Kopf, doch gleichzeitig dachte sie an die Kinder, die keinen Anteil an Hitlers Rassen- und Grössenwahn hatten und unschuldig leiden mussten.

Sie trat ans Fenster. Nur zögernd zeigte sich heute die Sonne. In der Nacht hatte es stark geregnet, die Wolken hingen noch tief an den Berghängen. Sie war allein im Haus. Ihr Vater machte mit Katarina einen Spaziergang. Sie hatte ihn darum gebeten, um mit Marek ungestört reden zu können.

Vor zwei Tagen war die Antwort des Eidgenössischen Kommissariats für Internierung und Hospitalisation eingetroffen. Fast eine halbe Stunde lang hatte Sofia nur dagesessen, nachdem sie das Schreiben gelesen hatte. Dann hatte sie den Brief noch einmal durchgelesen, langsam, Wort für Wort, selbst die Adresse und Telefonnummer in der Fusszeile, als müsse sie sich vergewissern, dass sie nicht träume, dass alles real war. Die «Eheschliessungsbewilligung», wie es in dem Schreiben hiess, wurde ihnen erteilt. Jetzt hing es von Marek ab, wie ihre Zukunft aussah.

«Wo ist Katarina?», fragte Marek, kaum dass er in die Stube getreten war.

«Sie ist mit Vater unterwegs. Ich wollte mit dir allein reden.»

«Was ist denn los?» Auf seiner Stirn zeigten sich Sorgenfalten. Sein Kuss war flüchtig.

Sofia schenkte ihm Kaffee ein.

«Wir haben die Erlaubnis zum Heiraten erhalten.»

Sie sagte es in einem sachlichen Tonfall, fast wie ein Beamter, der eine amtliche Ankündigung macht, sodass Marek einige Sekunden brauchte, bis er die Bedeutung ihrer Worte erfasste. Seine Reaktion glich der ihrigen vor zwei Tagen. In seiner Miene spiegelte sich eine Mischung aus Unglauben, Freude, Zaudern und Angst, wobei einmal dieses, dann jenes überhandnahm. Je länger sein Schweigen dauerte, desto unruhiger wurde Sofia. Sie hatte sich einen Freudenausbruch erhofft, ein Aufjauchzen.

Dann sagte er: «Ich dachte, dass der Orange-Befehl immer noch gültig sei.»

«Ja, aber es gibt immer mehr Ausnahmen, und anscheinend gehören wir zu diesen. Freust du dich denn nicht? Das wolltest du doch immer.»

«Freust *du* dich denn?»

«Ja, ich freue mich. Ich möchte dich heiraten, Marek. Und mit dir hier leben.»

In seinen Augen zeigten sich erste Tränen. «Sofia, ich habe dich so lieb. Dich und Katarszina.» Er ergriff Sofias Hände. Sie erschrak über die Kälte in seinen Fingern. «Aber ich weiss nicht mehr, wer ich überhaupt bin, wo mein Zuhause ist. Ich habe über fünf Jahre in Baracken gelebt, einmal hier, einmal dort, fern von meiner Heimat, ohne je meine Familie gesehen zu haben. Ich muss wissen, wie es ihnen geht. Und ich muss sehen, wie es um Polen steht. Ich liebe mein Heimatland so wie du deines. Verstehst du das? Wenn ich einfach hierbleibe, würde es mir vorkommen, als ob mein altes Leben ausgelöscht würde, als ob ich meine Identität aufgeben würde.»

«Aber …», unterbrach ihn Sofia. Sie wollte sagen, dass jetzt doch sie und Katarina und ihr Vater seine Familie seien. Doch sie schwieg.

«Ich … ich … muss meine Seele wiederfinden, *kochanie*.»

«Heisst das, dass du uns verlässt?», fragte sie leise, mit gesenktem Blick.

«Ich brauche Zeit, um mich zu entscheiden. Ich weiss einfach nicht, was richtig ist. Ich sterbe fast bei dem Gedanken, dich und Katarszina für lange Zeit nicht mehr zu sehen. Aber …» Er stockte.

Sofia starrte auf das Tischtuch, fuhr mit dem Zeigefinger den blauen Linien nach. Auf ihrem Herzen lag ein Druck, der ihr das Atmen schwer machte. Als Marek laut aufschluchzte, stürzte sie zu ihm und umarmte ihn so ungestüm, dass der Stuhl fast umfiel. Sie spürte seine Tränen an ihren Wangen.

«Ich wünsche nichts sehnlicher, als dass du hier bei mir und Katarina bleibst», sagte sie leise. «Das wäre mein grösstes Glück. Ich gebe dir alle Zeit, die du brauchst, um dich zu entscheiden.»

«Danke, *kochanie*. Du weisst, dass ich dich mehr liebe als mich selbst. Aber …»

Sie drückte ihm den Zeigefinger auf den Mund. «Ich werde eine Stelle finden. Dann sehen die Behörden, dass wir uns selbst ernähren können, dass wir ihnen nicht zur Last fallen werden. Dann darfst du sicher jederzeit zu uns zurückkommen.» Sie zögerte kurz. «Und dann heiraten wir.»

Es waren viele «Dann». Die Möglichkeit, dass Marek in Polen bleiben wollte, schlossen sie aus.

Marek zog sie erneut in seine Arme. Minutenlang verharrten sie in der Umarmung.

«Komm zurück zu mir», flüsterte sie ihm ins Ohr.

Da platzte Katarina in die Stube. Wie ertappt trennten sie sich. Katarina streckte ihnen ein Schneeglöckchen entgegen.

«Mama, Papa, seht nur», rief sie fröhlich.

Schwer atmend kam Josef Caderas nach. «Sie ist mir einfach davongerannt», entschuldigte er sich und schaute Sofia an, als wolle er in ihrer Miene erforschen, wie das Gespräch gelaufen sei.

«Das macht nichts, Papa», sagte sie. «Ihr stört nicht. Ihr stört nie. Ihr gehört zu uns.»

Marek hob Katarina hoch und drückte ihr einen Kuss auf die Wange. «Mein Augenstern! Ich habe dich vermisst.»

Mareks rasch aufgesetzte Fröhlichkeit bedrückte Sofia. Lieber Gott, flehte sie stumm, mach, dass er zu uns zurückkommt.

20

Seit einigen Tagen hatte sich Sofia ausgemalt, wie das Kriegsende gefeiert würde. Fröhliche, ausgelassene Bilder stiegen in ihr hoch: Menschen, die in den Strassen tanzten und sangen, Flöten, Handorgeln, Trompeten, Trommeln spielten, zusammen, spontan, ohne nach musikalischen Fähigkeiten zu fragen. Kinder, die wild und überdreht umherhopsten und in ihre Spielzeugtröten bliesen, Blumenkränze in den Haaren. Soldaten, Internierte, Bauern, Arbeiter, Bürolisten, die mit jungen und weniger jungen Frauen tanzten, deren Röcke aufwirbelten. Sie hatte sich sogar vorgestellt, dass sich die weit über achtzigjährige Frau Demont von Sofias Vater zu vorsichtigen Tanzschritten verleiten liess. Sich selbst sah sie mit Marek tanzen.

Nun war dieser Tag gekommen. Schon seit Wochen erwartet. Seit sich Hitler vor einigen Tagen das Leben genommen hatte, war allen klar, dass es nur noch Stunden, allerhöchstens wenige Tage dauern würde, bis Deutschland aufgab. Dann war dieser Tag des Sieges, dieser 8. Mai 1945, ganz anders geworden. Ruhig, besinnlich, unaufgeregt. Sofia war enttäuscht.

Heute Morgen hatte Lehrer Lorenz Sofia und ihren Klassenkameraden stumm die Hand gedrückt. Dann hatte es eine Dankfeier in der Aula gegeben, mit Ansprachen des Rektors und zweier Theologieprofessoren, einem katholischen und einem protestantischen. Der Priester hatte die Schüler ermahnt, den Tag in Ernst und Würde zu begehen, jede lärmende Festfröhlichkeit zu unterlassen. Noch sei zu viel Leid in der Welt, als dass man sich einem Freudentaumel hingeben könne. Sie hatten Choräle gesungen, begleitet von der Kadettenmusik. Als sie zum Schluss «Heil dir, mein

Schweizerland» sangen, mehrstimmig, laut und inbrünstig, war Sofia eine Gänsehaut über den Rücken gelaufen. Den Rest des Tages hatten sie schulfrei bekommen.

Sofia nahm das «Bündner Tagblatt», das jemand im Zug liegen gelassen hatte, zur Hand und las, dass in London die Bevölkerung schon gestern in einen Siegestaumel geraten sei. Die Innenstadt sei von Menschenmassen überflutet worden, der Verkehr zum Stillstand gekommen. Man habe gesungen und getanzt und zwischen ausgebombten Häusern Freudenfeuer errichtet. Genau wie ich es mir vorgestellt habe, dachte Sofia. Weshalb feiert man in der Schweiz nicht so ausgelassen?

Sie war die Einzige, die kurz vor Mittag am Bahnhof in Rodels ausstieg. Im Lager gegenüber war es ruhig wie immer. Die Internierten waren bei der Arbeit. Sofia überlegte. Sollte sie nach Hause gehen und den freien Nachmittag für einen Hausputz einsetzen? Oder sollte sie Katarina bei Leonora abholen und mit ihnen beiden einen schönen Nachmittag verbringen? Sie entschied sich für das Zweite. Ein Hausputz an diesem Tag war fehl am Platz.

Leonoras Haus lag am Dorfrand von Cazis. Es war zweistöckig, mit grünen Fensterläden und blumengeschmückten Simsen. Hätte Leonora Kinder gehabt, hätten sie hier eine behütete Kindheit verbracht, da war sich Sofia sicher. Als Leonora öffnete, erschrak Sofia über ihre rot geränderten Augen.

«Was ist los, Tante? Ist etwas passiert?»

Leonora wollte etwas sagen, doch kaum öffnete sie den Mund, presste sie ihn wieder zusammen, um nicht zu weinen. Wortlos ging sie Sofia voran in die Stube, wo Katarina einer Puppe Kleidchen und Schühchen an- und auszog, ihr Bändel ins Haar drehte und auf sie einplapperte: «Hitler ist tot, weisst du. Jetzt ist alles wieder gut. Die Nassis sind weg», sagte sie. Sofia erschrak. Wie viel hatte Katarina in der ganzen Zeit von den Radioberichten zum Kriegsgeschehen mitbekommen? Was hatte sie von den vielen Gesprächen der Erwachsenen aufgeschnappt? Was für Erinnerungen würde sie mitnehmen? Katarina war in ihr Spiel vertieft und hatte ihr nur einen kurzen Blick zugeworfen.

Leonora bedeutete ihr mit einer Kopfbewegung, dass sie mit in die Küche kommen solle. Dort setzte sie sich schwer auf die Bank und zog ein zerknittertes Stück Papier aus ihrer Schürzentasche. Tränen liefen ihr über die Wangen. Sofia blieb stehen.

«Tadeusz ist tot.» Leonoras Stimme war brüchig wie altes, hartes Brot.

Tadeusz? Wer war Tadeusz? Nach einigen Sekunden kam die Erinnerung. Das war der Internierte, den Marek und sie vor Leonoras Haus gesehen hatten. Das war schon lange her. Mindestens zweieinhalb Jahre. Sofia wusste nicht, was sie sagen sollte, starrte auf das zerknüllte Papier, das Leonora auf den Tisch legte und glatt strich. Zögernd setzte sich Sofia neben sie, kramte ein Taschentuch hervor und bot es ihr an. Leonora schüttelte den Kopf, zog ihr eigenes hervor und tupfte sich die Tränen ab. «Ich habe dir nie von ihm erzählt. Warum auch? Du hättest mich bestimmt ausgelacht. Wie kann sich eine über vierzigjährige Frau in einen jüngeren Mann verlieben? Doch es war so. Alle meinten, Tadeusz sei gefühlskalt und überheblich. Aber das stimmt nicht. Er hat unglaublich darunter gelitten, dass seine Frau und sein Sohn in Frankreich der grössten Gefahr ausgesetzt waren, während er sich hier in Sicherheit befand. Eines Tages hat er sich mir anvertraut, und da habe ich begriffen, dass er ein tiefgründiger und verletzlicher Mensch war. Ich habe ihn lieb gewonnen. Es war eine einseitige Liebe. Er dachte nur an Jagoda und Jakub. Aber ich …» Leonora brach ab und presste das Taschentuch vor den Mund.

Sofia war erschüttert, ein Unbehagen griff nach ihr, ein

schlechtes Gewissen. Sie hatte überhaupt nichts von Leonoras Seelenschmerz mitbekommen. Sie war nur auf ihre Probleme mit Marek fixiert gewesen. «Das tut mir so leid», murmelte sie.

«Jagoda hat mir einen Brief geschickt. Tadeusz ist im Kampf gefallen. Vor drei Monaten. Er habe ihr von mir erzählt, dass ich die einzige Person gewesen sei, bei der er Verständnis gefunden habe. Deshalb habe sie sich verpflichtet gefühlt, mir von seinem Tod zu berichten. Ich hätte ein Recht darauf. Und sie dankt mir für alles, was ich für ihn getan habe.»

Mit einem Mal fand Sofia es richtig, dass das Kriegsende nicht mit Pauken und Trompeten gefeiert wurde. Der Priester hatte recht gehabt. Der Krieg war vorüber. Aber das Leiden würde noch viele Jahre weitergehen.

Sie legte ihre Hand auf Leonoras Arm. So nahe war sie ihrer Tante nie gewesen. Da hörten sie Katarinas Stimme im Flur, und gleich darauf trat sie in die Küche. Hastig schnäuzte sich Leonora.

«Tante Leonora ist erkältet», sagte Katarina mit ernsthafter Miene. «Deshalb hat sie rote Augen und eine rote Nase.»

«Genau. Sie kocht sich jetzt einen Tee mit Honig», sagte Sofia. «Und wir beide gehen nach Hause. Dann kann sich Tante Leonora etwas hinlegen und ausruhen und wird schnell wieder gesund.» Sie warf Leonora einen fragenden Blick zu. «Ist dir das recht?»

Leonora nickte.

Auf dem Heimweg war sich Sofia nicht sicher, ob sie nicht doch besser bei ihrer Tante geblieben wäre. Ihr Aufbruch war abrupt gewesen. Vielleicht hätte Leonora noch mehr erzählen wollen. Sie seufzte.

«Ich habe eine Aufgabe für dich», sagte sie zu Katarina, als sie zu Hause waren, holte den abgeschossenen ledernen

Koffer unter ihrem Bett hervor, der mit den Herzen gefüllt war, die Marek ihr geschenkt hatte, und trug ihn in die Stube.

«Du darfst Herzen aussuchen. Eines für Papa, eines für Grosspapa, eines für Tante Leonora, eines für Mama und eines für dich. Magst du?»

«Ja», jubelte Katarina.

Innert kurzer Zeit war der halbe Stubenboden mit Herzen bedeckt, grossen und kleinen, rauen und glatt polierten, hellen und dunklen, schmalen und dicken. Sofia liess sie gewähren.

Josef Caderas lachte, als er nach Hause kam und Katarinas Tun sah. Das Mädchen wollte kaum zu Abend essen, da sie sich immer noch nicht entschieden hatte, wem sie welches Herz geben wollte. Doch dann erbat sie sich eine Tasche von Sofia, verbot ihr, zuzuschauen, wie sie diese füllte, räumte die restlichen Herzen in den Koffer zurück und schleppte ihn und die Tasche ins Schlafzimmer.

Nach dem Abendessen kam Marek.

«Nun bist du frei», flüsterte Sofia ihm bei der Begrüssung ins Ohr.

Er lächelte nur.

Josef Caderas holte eine Flasche Chianti aus dem Keller und stellte ihn auf den Tisch.

«Den habe ich aufgehoben. Für einen besonderen Tag. Und heute ist ein besonderer Tag. Sofia, hol uns Gläser. Aber die guten.»

Während Sofia drei kristallene Weingläser aus dem Schrank nahm, öffnete er mit bedächtigen Bewegungen die Flasche, schenkte sich ein wenig ein, schwenkte das Glas, trank einen Schluck, befand ihn für gut und füllte die Gläser fast zur Hälfte.

«Viva», sagte er mit erhobenem Glas, überlegte kurz und fügte hinzu: «Auf dass wir nie mehr solche Zeiten erleben müssen.»

Katarina lachte über das Klirren der Gläser.

«Ich bin froh, dass der Krieg endlich vorbei ist», sagte Marek. «Und doch so traurig, dass ich nur noch weinen möchte.»

Sofia ging es gleich. In ihrem Inneren herrschte ein Chaos der Gefühle. Katarina zog sie ungeduldig am Arm.

«Darf ich jetzt, Mama?»

Als Sofia nickte, wieselte sie zur Stube hinaus und kehrte nach wenigen Augenblicken mit der Stofftasche zurück, ein breites Lachen auf dem Gesicht. Sie stellte die Tasche auf den Boden, öffnete sie, aber so, dass nur sie den Inhalt sehen konnte. Dann blickte sie nochmals hoch und zog langsam ein dickes, grosses Herz hervor. «Das ist für Papa», sagte sie mit leuchtenden Augen, stand auf und gab es ihm.

Kaum konnte Marek «Danke» sagen, kniete sie schon wieder am Boden und holte das nächste Herz hervor. Es war fast gleich gross, nur ein wenig schmaler.

«Das ist für Grosspapa», sagte sie und streckte es ihm entgegen. Auch er kam nicht dazu, zu danken, als Katarina schon das nächste Herz hervorzog. Es war wieder von gleicher Grösse.

«Das ist für Mama.» Sie wehrte Sofias Kuss ab, wollte mit dem Verteilen weitermachen.

«Und das ist für Tante Leonora.» Sie legte das Herz, das den anderen ebenfalls ähnlich war, auf den Boden neben sich. «Das bringen wir ihr morgen.»

Dann steckte sie den Kopf in die Tasche. «Und die …», tönte es dumpf hervor, «… sind für Katarina.» Mit einem triumphierenden Gesicht zog sie in rascher Folge fünf winzig kleine Herzen hervor und reihte sie vor sich auf. «Das ist Mama, Papa, Grosspapa, Tante Leonora und Katarina», zählte sie die Herzchen ab. «Die sind alle für mich. Die nehme ich zu mir ins Bett.» Sie stimmte in das Lachen ein und kletterte auf Mareks Schoss. Er umarmte sie fest.

«Mein Augenstern. Ich habe dich so lieb. Ich werde dir noch viele Herzen schenken. Damit du oft an Papa denkst.»

Bleib doch hier, wollte Sofia sagen, dann siehst du sie jeden Tag. Doch sie unterliess es. Noch immer kam ihr das Ende des Krieges unwirklich vor. Noch immer konnte sie nicht fassen, dass Marek bald zurück nach Polen gehen würde. Und Leonoras Trauer belastete sie ebenfalls. Sie stand auf und stellte das Radio ein. Weder ihr Vater noch Marek protestierten, als ob auch sie keine Lust zum Reden hätten. Selbst Katarina lauschte der Streichmusik, den Kopf an Mareks Brust gelehnt.

«Kommt ihr mit in den Gottesdienst?», fragte Josef Caderas nach einer Weile. «Der Kirchenchor singt, vielleicht spielt auch die Dorfmusik.»

Sofia und Marek nickten.

«Willst du denn die Ansprache von Bundesrat von Steiger im Radio nicht anhören?», fragte Sofia.

«Sie wird morgen in der Zeitung stehen.»

Das ganze Dorf hatte sich vor der Kirche versammelt. Sofia begrüsste das Ehepaar Demont mit Handschlag und nickte Franz und den anderen zu. Um acht Uhr begannen die Kirchenglocken zu läuten. Aus dem ganzen Tal vereinigte sich das Geläut. Eine ganze Viertelstunde lang dröhnte, hallte und schallte es und liess die Luft vibrieren und die Körper beben. Mit ernster Miene standen die Menschen da und hörten zu. Keiner sprach.

Die Kirche war bis auf den letzten Platz besetzt. Sofia hatte Mühe, der Predigt zu folgen. Zu viele Erinnerungen drängten sich in ihrem Kopf: die erste Begegnung mit Marek an dem herrlichen Augusttag vor fast vier Jahren. Der erste Kuss auf der Brücke. Das erste Herz aus Holz, das er ihr im Schneegestöber geschenkt hatte. Das Verhör auf dem Polizeiposten. Der erste Abend auf der Waldlichtung am See. Katarinas Geburt.

Der Kirchenchor sang das Credo. Ich weiss, dass es egoistisch von mir ist, lieber Gott, betete sie stumm, aber mach, dass die politischen Verhältnisse in Polen nicht besser werden. Damit Marek zu mir zurückkommt. Zu mir und zu Katarina.

Nach dem Schlusssegen ergriff sie Mareks Arm und flüsterte ihm ins Ohr: «Wir werden uns jeden Tag schreiben, nicht wahr?»

Er nickte, und sie küssten sich zärtlich. Mitten in der Kirche. So, dass es alle sahen.

Epilog

Es war die erste Trauung nach dem Krieg, die der grauhaarige Priester in der kleinen Kirche in Rodels durchführte. Am Tag zuvor hatten Sofia und Katarina Blumen gepflückt: für den Hochzeitsstrauss, für zwei Kränze als Kopfschmuck und für den festlichen Mittagstisch. Katarina hatte jedem Schmetterling, jeder Raupe erklärt, dass die Blumen für die Heirat ihrer Eltern bestimmt seien.

Es war eine stille, bescheidene Hochzeit. Nur Sofias Vater, Leonora und das Ehepaar Demont waren dabei. Marek hatte sich einen schwarzen Anzug von Josef Caderas geborgt. Grösse und Schnitt passten, nur die Ärmel waren etwas zu kurz. Katarina trug ein rüschenbesetztes weisses Röcklein. Sich selbst hatte Sofia ein schmales, knielanges Kleid genäht, weiss, ohne Firlefanz. Nach der Hochzeit würde sie es blau oder gelb einfärben und hätte dann ein schönes Sommerkleid. Die weissen Halbschuhe hatte sie dank Leonoras Schuhmarken kaufen können. Einen Schleier lehnte sie ab. Das passe nicht zu ihr. Der Kranz aus Margeriten sei besser. Leonora und Herr Demont amteten als Trauzeugen. Der Priester freute sich über das junge Brautpaar, sprach mit zittriger Stimme von Liebe, die alle Grenzen überwinde, wünschte der kleinen Familie Gottes Segen und verständnisvolle, tolerante Mitmenschen. Am Schluss zeichnete er Katarina ein Kreuzzeichen auf die Stirn.

Sie nahmen das Mittagessen in der Stube ein. Schon am Vorabend hatte Sofia den Tisch gedeckt. Als sie das Silberbesteck, das feine Porzellangeschirr und das leinene Tischtuch mit den floralen Kreuzstichmustern aus der Kommode hervorgeholt hatte, war ihr ein Seufzer entschlüpft. All das entstammte der Aussteuer ihrer Mutter. Was hätte sie darum gegeben, wenn sie diesen Tag hätte miterleben können. Doch auch Mareks Familie fehlte, Vater, Mutter, Grossmutter, Geschwister. Er hatte ihr ein Foto von ihnen mitgebracht, das nun in einem von ihm geschnitzten Holzrahmen auf der Kommode stand.

Das Ehepaar Demont hatte Sofia einige Lebensmittelmarken geschenkt, damit sie grosszügig Gerste in die Suppe, Speck in den Eintopf und Schokolade in den Kuchen geben konnte. Seit Beginn des Krieges hatte Sofia nie mehr so üppig gegessen.

«Irgendwann werde ich euch allen mein Polen zeigen», sagte Marek. Er war im März zurückgekommen. Nach fast neun Monaten. Ernüchtert, enttäuscht, traurig. Das Polen, so wie er es gekannt hatte, gab es nicht mehr. Als er wenige Wochen nach Kriegsende seine Eltern, seine Schwestern und seine Grossmutter in die Arme schliessen konnte, war die Freude über das Wiedersehen innert kürzester Zeit der schrecklichen Realität gewichen, dass die Familie ihre Heimat aufgeben musste. Die siegreichen Mächte Russland, Amerika und das Vereinigte Königreich hatten Polen wie ein Spielklötzchen auf der Landkarte von Osten nach Westen verschoben, als ob es keine Menschen gäbe, die seit Generationen dort verwurzelt waren, dort ihre Äcker bestellten, dort ihre Toten begraben hatten. Es ging das Gerücht, dass Stalin und Churchill mit drei Streichhölzern die Grenzen auf der Landkarte neu gezogen hätten. Russland behielt den östlichen Teil von Polen, den es seit Beginn des Krieges besetzt hatte. Dafür musste Deutschland Schlesien, halb Ostpreussen, Danzig und grosse Teile von Pommern an Polen abtreten.

Die Kwiatkowskis – und Tausende andere ostpolnische Familien – mussten ihre Heimat verlassen, um Platz für russische Bürger zu machen. Ein Volk verdrängte das andere. Mareks Familie beschloss, nach Schlesien zu gehen, nach

Breslau, in die Geburtsstadt von Mareks Mutter. So hätte wenigstens sie ihre alte Heimat wiedergefunden. Marek ging mit ihnen. Sie nahmen alles mit, was sie auf den Leiterwagen laden konnten. Es war wenig. Kleider, für jeden ein zweites Paar Schuhe, eine alte Truhe, fünf Stühle, zwei Fotoalben und ein eisernes Grabkreuz, das von Mareks Urgrossvater stammte und einst das Grab der Grossmutter bezeichnen sollte. Zu Beginn hatte diese sich geweigert, ihr Haus, ihr Dorf aufzugeben. Sie wolle da sterben, wo sie geboren war. Doch der Tod kam nicht, und sie konnte sich den russischen Behörden nicht widersetzen. Sie musste mitgehen und fast siebenhundert Kilometer verwüstetes Land durchqueren. Auch wenn sie ein Grossteil davon auf dem Leiterwagen sitzend verbringen konnte, der von einem Ochsen gezogen wurde, den Mareks Vater in letzter Minute einem Bauern hatte abkaufen können, war die Reise kräftezehrend. Es hätte Marek nicht erstaunt, wenn sie eines Morgens nicht mehr aufgewacht wäre. Sie überstand die Strapazen.

Als die Kwiatkowskis in Breslau ankamen, hatte die Stadt bereits einen polnischen Namen: Wrocław. Mareks Mutter war mit ihrer Heirat Polin geworden, durfte deshalb in Breslau – wie sie es weiterhin nannte – bleiben und musste nicht wie alle deutschstämmigen Schlesier das Land verlassen. Doch die Feindseligkeiten, die ihr als ehemalige deutsche Staatsangehörige entgegenschlugen, machten sie krank und verbittert. Sie konnte nicht mehr weinen, ihre Augen waren leer, hart und trocken. Es war schwer für Mareks Familie, in Breslau Fuss zu fassen. Sein Vater trat der Kommunistischen Partei bei. Was blieb ihm anderes übrig, wenn er Arbeit wollte? Sie mussten schliesslich leben.

«Komm zurück, Marek», flehte Sofia ihn in jedem Brief an. «Solange du das Land noch verlassen kannst. Sonst ist es plötzlich zu spät.»

Am zweiten Weihnachtstag fasste Marek den Entschluss.

Er konnte nicht mehr in diesem unfreien, von der Partei besetzten Polen leben.

Als Sofia seinen Brief bekommen hatte, war ihr ein Schrei entwichen, so laut, dass Katarina ein ängstliches «Mama?» hören liess.

«Papa kommt bald wieder», jauchzte sie, packte ihre Tochter und drehte mit ihr wilde Kreise.

«Papa?», fragte Katarina. Sie runzelte die Stirn, als müsse sie über etwas nachdenken. Sofias Jubel bekam einen Dämpfer. Sie hatte Katarina oft Mareks Foto gezeigt, trotzdem schien sein Bild im kindlichen Erinnerungsvermögen bereits zu verblassen.

Sofia hatte das Einreisegesuch eingereicht, zusammen mit einem langen Brief, in dem sie um Verständnis für ihre besondere Situation bat. Ihre Tochter brauche den Vater, und dieser würde als Zimmermann sicher rasch Arbeit finden. Sie selbst habe eine Stelle als Lehrerin in Thusis erhalten und könne so ihr Leben und das von Katarina und Marek finanzieren. Die kleine Familie würde der Schweiz nicht zur Last fallen.

Jeden Tag erwartete sie ungeduldig den Briefträger. Als er endlich das ersehnte Schreiben brachte, wagte Sofia nicht, es zu öffnen. Den ganzen Tag trug sie den Brief mit sich herum, befühlte ihn immer wieder. Am Abend fand sie den Mut, ihn zu öffnen. Mit fliegenden Augen suchte sie nur ein Wort und fand es, fett gedruckt, am Ende des mit Schreibmaschine getippten Textes: «Genehmigt».

Nun waren sie wieder vereint, feierten in der kleinen Stube in Rodels Hochzeit. Die Morgenwolken hatten sich verzogen, die Sonne schien frühlingshaft warm. Sofia stand auf und öffnete das Fenster. Die ersten Apfelblüten strahlten ihr entgegen. Marek trat neben sie und legte seinen Arm um ihre Taille.

«Meine Grossmutter wünscht uns noch viele Kinder»,

flüsterte er. «Bist du einverstanden? Mir würde es gefallen.» Er kitzelte ihr Ohr mit der Zunge.

Sofia errötete. Bevor sie antworten konnte, krächzte Katarina in ihrem Rücken: «Papa, komm mit mir spielen.»

Er streichelte Sofias Wange. «Ja, Katarszina, ich komme.»

Dank

Ich danke Historiker Dr. Christian Ruch, der mit seiner ideellen und fachlichen Unterstützung wesentlich zur Entstehung des Romans beigetragen hat.

Margrit Cantieni